红楼梦

与《金瓶梅》之关系

张庆善◎等编

辽海出版社

图书在版编目（CIP）数据

《红楼梦》与《金瓶梅》之关系/张庆善等编. —沈阳：
辽海出版社，1997.3（2019.1重印）

（《红楼梦》本事大揭秘）

ISBN 978－7－80507－399－6

Ⅰ. 红… Ⅱ. 张… Ⅲ.《红楼梦》研究—中国
Ⅳ. I207.411

中国版本图书馆 CIP 数据核字（97）第 03914 号

《红楼梦》与《金瓶梅》之关系

责任编辑	丁　凡
责任校对	王　清
开　　本	155mm×230mm　1/16
字　　数	287 千字
印　　张	23.5
版　　次	2019 年 1 月第 2 版
印　　次	2019 年 1 月第 1 次印刷

| 出　　版 | 辽海出版社 |
| 印　　刷 | 三河市京兰印务有限公司 |

ISBN 978－7－80507－399－6　　　　定价：68.00 元

版权所有　侵权必究

目 录

红楼梦抉微

导　读 ·· 3
红楼梦抉微自识 ································· 阚　铎　6
以贾代西门之铁证 ·· 7
"贾雨村言"应注重"村"字 ································ 7
黛玉与金莲同上过女学 ··· 8
西门及吴、潘均实有其人 ····································· 8
《水浒》《金瓶梅》《红楼梦》三书以先后为正副册 ······ 8
《水浒》化为《金瓶》《金瓶》化为《红楼》之痕迹 ······ 9
西门之李代桃僵 ··· 9
荣府及花园之地位，狮子之由来 ························ 10
狮子街与紫石街之不同 ·· 10
"好了歌"之真谛 ·· 11
陋室空堂之解释 ·· 11
《红楼》以孝作骨，《金瓶》以不孝作骨 ············ 12
两书气象之针对 ·· 12
两书之僧尼 ··· 12
两书之皇亲 ··· 13
两书之王姓 ··· 13
两书之官 ··· 14

· 1 ·

《红楼梦》与《金瓶梅》之关系

两书之造屋与卖药、做生日、出殡之所由来 …… 14
宝玉说化灰之所本 …… 14
两书之官吏卖法 …… 15
瓶儿命名之由，瓶儿何以姓李 …… 15
两书之扶正 …… 16
两书之雪天戏叔 …… 16
两书在服中作种种之不肖 …… 17
不发长房 …… 17
《红》之大房 …… 17
《红》之二房 …… 18
两书叙事之章法 …… 18
芙蓉屏与瓶儿 …… 18
《红》之清朝礼俗，《金》书之明朝礼俗 …… 19
手帕本之刻书 …… 19
海盐优人 …… 20
死人头上珍珠及紫河车之解释 …… 20
两书之曲词 …… 20
原本《红楼》与通行百廿回本不同之点，原本《红楼》与《金瓶》之关系 …… 21
通灵玉究竟是何物 …… 26
摔玉之故 …… 26
络玉之故 …… 26
炼石之故 …… 27
石头是玉之前身，西门是孝哥之前身 …… 27
宝玉是孝哥化身，《红楼》所纪皆宝玉十五岁以内之事 …… 27
宝玉所以为小孩之故 …… 28
衔玉而生者之根性 …… 28

目 录

珠儿已死之故	28
宝玉挨打之故	29
宝玉踢人之故	29
宝玉自白	29
酸笋汤	30
两书这大打醮	30
宝玉乞滋补药	30
装玉之函	31
女儿者，对再醮妇而言	31
宝玉怕二老爷	31
紫河本人参之寓言	32
莲叶羹之所本	32
闹书房与闹花院	33
警幻曲之所指	34
黛玉、宝钗与袭人之易地易主	34
钗、黛之排行	35
吹倒吹化之故	35
乳名兼美之故	35
黛、钗之与金莲，上学裁衣之相同	36
葬花之真诠：化灰下水与葬坟之别	36
葬花诗之解释	37
黛玉不劝宝玉立身扬名之所本	37
宝、黛之似曾相识	38
莲为花草，故以各植物烘托，犹金莲之为小脚	38
"有凤来仪"之说	38
"偷香玉"三字之意义	39
黛玉烧香	39

捉蒋玉函即逻打蒋竹山	40
葬花诗之所本	40
焚稿与丧子	40
黛玉何以姓林	40
黛以文学见长之所由	41
还眼泪债之所由来	41
手帕以眼泪而来，小脚从金莲而来	42
宝钗与李瓶儿	42
钗之与簪	43
绣鸳鸯描摹横陈之所本	43
送宫花之所本	44
冷香丸方之解释	45
四种花名之用意	45
宝钗生日之原因	46
梨香院之方位	46
蘅芜之解释	46
宝钗何以有热毒	47
宝钗与宝玉初见	47
宝玉历次之炫玉	47
以"偷香"封"窃玉"切实发挥	48
贾珍与可卿之关系	48
叔公与侄妇之关系	49
可卿寿木与瓶儿寿木	50
会芳园赏花之所由	51
可卿丧事与瓶儿丧事逐事之比较	52
五儿承错爱之由来	54
熙凤月鉴之与磨镜	54

目 录

铁槛寺弄权一案之真相 …………………………………… 55
烧糊卷子 ………………………………………………… 56
协理宁国府之所由 ………………………………………… 56
吃猴子尿 ………………………………………………… 57
鲍二家的与宋蕙莲 ………………………………………… 57
凤姐与王六儿 …………………………………………… 58
李纨与孟玉楼，李纨、孟玉楼之于李师师 ……………… 58
元春之与吴月娘 ………………………………………… 60
迎春与李娇儿，司棋与夏花 …………………………… 60
狼筋 ……………………………………………………… 61
探春与孟玉楼 …………………………………………… 62
探春何以为庶出 ………………………………………… 62
惜春与孙雪娥 …………………………………………… 62
妙玉遭劫与孙雪娥被拐，铁门槛之寓意 ………………… 63
妙玉烹茶之有本 ………………………………………… 63
柳五嫂之与孙雪娥 ……………………………………… 64
湘云之与李桂姐 ………………………………………… 64
湘云之与云儿与李桂姐之关系，女儿诗之细评 ………… 66
薛姨妈之与王婆 ………………………………………… 67
刘姥姥之与应花子 ……………………………………… 68
刘姥姥之与王婆 ………………………………………… 69
李妈妈之与潘姥姥 ……………………………………… 69
尤三姐之与金莲 ………………………………………… 69
湘莲之与武松 …………………………………………… 71
尤二姐之与瓶儿 ………………………………………… 72
晴雯之与瓶儿 …………………………………………… 72
"补裘"与"检泡螺" …………………………………… 73

· 5 ·

《红楼梦》与《金瓶梅》之关系

千金一笑之所本 …………………………………… 73
袭人之与金莲 ……………………………………… 73
袭人之与春梅 ……………………………………… 74
袭人之与瓶儿 ……………………………………… 74
花自芳之与花子虚 ………………………………… 75
香菱之与金莲 ……………………………………… 75
"情解石榴裙"与"醉闹葡萄架" ………………… 76
平儿之与春梅 ……………………………………… 76
鸳鸯之与玉箫 ……………………………………… 77
剪头发 ……………………………………………… 78
琴、棋、书、画四丫头 …………………………… 78
雪雁之与迎春 ……………………………………… 78
翠缕"阴阳之说"之所本 ………………………… 79
宝玉与碧痕洗澡,西门与金莲水战 ……………… 79
傻大姐之本来 ……………………………………… 80
柳五儿为瓶儿化身 ………………………………… 80
林四娘与林太太 …………………………………… 80
贾琏管家之所由 …………………………………… 81
两书参案之相同 …………………………………… 82
两书魇魔法之相似 ………………………………… 83
贾环为猫之由来 …………………………………… 83
赵姨娘之与金莲 …………………………………… 84
贾瑞之与陈敬济 …………………………………… 85
湘莲打薛蟠即武松打西门 ………………………… 86
湘莲杀三姐即武松杀金莲 ………………………… 86
薛蟠即武大 ………………………………………… 87
夏金桂合金莲、桂姐为一人 ……………………… 89

秦钟与王经书童	89
两书之清客	90
冷子兴与温秀才、韩伙计之寓意	90
茗烟与玳安	91
焦大与胡秀	92
赖世荣与玳安	93
赖大、赖升与来保、来旺	93

集 评

(张竹坡评点《金瓶梅》摘录)

第一奇书凡例	97
杂录小引	97
西门庆家人名数	98
西门庆家人媳妇	100
西门庆淫过妇女	100
潘金莲淫过人目	102
西门庆房屋	102
竹坡闲话	103
冷热金针	106
寓意说	107
苦孝说	112
第一奇书非淫书论	112
第一奇书金瓶梅趣谈	114
批评第一奇书金瓶梅读法	116

《红楼梦》与《金瓶梅》之关系

批 评

第一奇书《金瓶梅》回评

第一回　西门庆热结十兄弟　武二郎冷遇亲哥嫂 …………… 141
第二回　俏潘娘帘下勾情　老王婆茶坊说技 ………………… 149
第三回　定挨光王婆受贿　设圈套浪子私挑 ………………… 153
第四回　赴巫山潘氏幽欢　闹茶坊郓哥义愤 ………………… 157
第五回　捉奸情郓哥定计　饮酖药武大遭殃 ………………… 159
第六回　何九受贿瞒天　王婆帮闲遇雨 ……………………… 160
第七回　薛媒婆说娶孟三儿　杨姑娘气骂张四舅 …………… 162
第八回　盼情郎佳人占鬼卦　烧夫灵和尚听淫声 …………… 169
第九回　西门庆偷娶潘金莲　武都头误打李皂隶 …………… 172
第十回　义士充配孟州道　妻妾玩赏芙蓉亭 ………………… 173
第十一回　潘金莲激打孙雪娥　西门庆梳笼李桂姐 ………… 174
第十二回　潘金莲私仆受辱　刘理星魇胜求财 ……………… 176
第十三回　李瓶儿墙头密约　迎春儿隙底私窥 ……………… 178
第十四回　花子虚因气丧身　李瓶儿迎奸赴会 ……………… 180
第十五回　佳人笑赏玩灯楼　狎客帮嫖丽春院 ……………… 182
第十六回　西门庆择吉佳期　应伯爵追欢喜庆 ……………… 183
第十七回　宇给事劾倒杨提督　李瓶儿许嫁蒋竹山 ………… 184
第十八回　赂相府西门脱祸　见娇娘敬济销魂 ……………… 186
第十九回　草里蛇逻打蒋竹山　李瓶儿情感西门庆 ………… 187
第二十回　傻帮闲趋奉闹华筵　痴子弟争锋毁花院 ………… 188
第二十一回　吴月娘扫雪烹茶　应伯爵替花邀酒 …………… 191
第二十二回　蕙莲儿偷期蒙爱　春梅姐正色闲邪 …………… 194
第二十三回　赌棋枰瓶儿输钞　觑藏春潘氏潜踪 …………… 196
第二十四回　敬济元夜戏娇姿　惠祥怒詈来旺妇 …………… 197

目 录

第二十五回　吴月娘春昼秋千　来旺儿醉中谤讪 …………… 199
第二十六回　来旺儿递解徐州　宋蕙莲含羞自缢 …………… 201
第二十七回　李瓶儿私语翡翠轩　潘金莲醉闹葡萄架 …………… 203
第二十八回　陈敬济侥幸得金莲　西门庆糊涂打铁棍 …………… 205
第二十九回　吴神仙冰鉴定终身　潘金莲兰汤邀午战 …………… 207
第三十回　蔡太师罩恩锡爵　西门庆生子加官 …………… 208
第三十一回　琴童儿藏壶构衅　西门庆开宴为欢 …………… 210
第三十二回　李桂姐趋炎认女　潘金莲怀嫉惊儿 …………… 211
第三十三回　陈敬济失钥罚唱　韩道国纵妇争风 …………… 213
第三十四回　献芳樽内室乞恩　受私贿后庭说事 …………… 215
第三十五回　西门庆为男宠报仇　书童儿作女妆媚客 …………… 216
第三十六回　翟管家寄书寻女子　蔡状元留饮借盘缠 …………… 217
第三十七回　冯妈妈说嫁韩爱姐　西门庆包占王六儿 …………… 218
第三十八回　王六儿棒槌打捣鬼　潘金莲雪夜弄琵琶 …………… 219
第三十九回　寄法名官哥穿道服　散生日敬济拜冤家 …………… 220
第四十回　抱孩童瓶儿希宠　妆丫环金莲市爱 …………… 221
第四十一回　两孩儿联姻共笑嬉　二佳人愤深同气苦 …………… 222
第四十二回　逞豪华门前放烟火　赏元宵楼上醉花灯 …………… 223
第四十三回　争宠爱金莲惹气　卖富贵吴月攀亲 …………… 224
第四十四回　避马房侍女偷金　下象棋佳人消夜 …………… 226
第四十五回　应伯爵劝当铜锣　李瓶儿解衣银姐 …………… 227
第四十六回　元夜游行遇雪雨　妻妾戏笑卜龟儿 …………… 229
第四十七回　苗青贪财害主　西门枉法受赃 …………… 231
第四十八回　弄私情戏赠一枝桃　走捷径探归七件事 …………… 232
第四十九回　请巡按屈体求荣　遇梵僧现身施药 …………… 233
第五十回　琴童潜听燕莺欢　玳安嬉游蝴蝶巷 …………… 234
第五十一回　打猫儿金莲品玉　斗叶子敬济输金 …………… 236

· 9 ·

第五十二回	应伯爵山洞戏春娇　潘金莲花园调爱婿	238
第五十三回	潘金莲惊散幽欢　吴月娘拜求子息	240
第五十四回	应伯爵隔花戏金钏　任医官垂帐诊瓶儿	241
第五十五回	西门庆两番庆寿旦　苗员外一语送歌童	243
第五十六回	西门庆捐金助朋友　常峙节得钞傲妻儿	244
第五十七回	闻缘簿千金喜舍　戏雕栏一笑回嗔	245
第五十八回	潘金莲打狗伤人　孟玉楼周贫磨镜	246
第五十九回	西门庆露阳惊爱月　李瓶儿睹物哭官哥	248
第六十回	李瓶儿病缠死孽　西门庆官作生涯	250
第六十一回	西门庆乘醉烧阴户　李瓶儿带病宴重阳	251
第六十二回	潘道士法遣黄巾士　西门庆大哭李瓶儿	252
第六十三回	韩画士传真作遗爱　西门庆观戏动深悲	254
第六十四回	玉箫跪受三章约　书童私挂一帆风	256
第六十五回	愿同穴一时丧礼盛　守孤灵半夜口脂香	258
第六十六回	翟管家寄书致赙　黄真人发牒荐亡	260
第六十七回	西门庆书房赏雪　李瓶儿梦诉幽情	261
第六十八回	应伯爵戏衔玉臂　玳安儿密访蜂媒	263
第六十九回	招宣府初调林太太　丽春院惊走王三官	265
第七十回	老太监引酌朝房　二提刑庭参太尉	266
第七十一回	李瓶儿何家托梦　提刑官引奏朝仪	267
第七十二回	潘金莲殴打如意儿　王三官义拜西门庆	269
第七十三回	潘金莲不愤忆吹箫　西门庆新试白绫带	271
第七十四回	潘金莲香腮偎玉　薛姑子佛口谈经	274
第七十五回	因抱恙玉姐含酸　为护短金莲泼醋	275
第七十六回	春梅姐娇撒西门庆　画童儿哭躲温葵轩	280
第七十七回	西门庆踏雪访爱月　贲四嫂带水战情郎	283
第七十八回	林太太鸳帏再战　如意儿茎露独尝	285

目 录

第七十九回　西门庆贪欲丧命　吴月娘丧偶生儿 …………… 288

第八十回　潘金莲售色赴东床　李娇儿盗财归丽院 ………… 290

第八十一回　韩道国拐财远遁　汤来保欺主背恩 …………… 292

第八十二回　陈敬济弄一得双　潘金莲热心冷面 …………… 293

第八十三回　秋菊含恨泄幽情　春梅寄柬谐佳会 …………… 295

第八十四回　吴月娘大闹碧霞宫　普静师化缘雪涧洞 ……… 296

第八十五回　吴月娘识破奸情　春梅姐不垂别泪 …………… 298

第八十六回　雪娥唆打陈敬济　金莲解渴王潮儿 …………… 299

第八十七回　王婆子贪财忘祸　武都头杀嫂祭兄 …………… 300

第八十八回　陈敬济感旧祭金莲　庞大姐埋尸托张胜 ……… 303

第八十九回　清明节寡妇上新坟　永福寺夫人逢故主 ……… 305

第九十回　来旺盗拐孙雪娥　雪娥受辱守备府 ……………… 307

第九十一回　孟玉楼爱嫁李衙内　李衙内怒打玉簪儿 ……… 308

第九十二回　陈敬济被陷严州府　吴月娘大闹授官厅 ……… 309

第九十三回　王杏庵义恤贫儿　金道士娈淫少弟 …………… 310

第九十四回　大酒楼刘二撒泼　酒家店雪娥为娼 …………… 311

第九十五回　玳安儿窃玉成婚　吴典恩负心被辱 …………… 312

第九十六回　春梅姐游旧家池馆　杨光彦作当面豺狼 ……… 314

第九十七回　假弟妹暗续鸾胶　真夫妇明谐花烛 …………… 315

第九十八回　陈敬济临清逢旧识　韩爱妇翠馆遇情郎 ……… 317

第九十九回　刘二醉骂王六儿　张胜窃听陈敬济 …………… 318

第一百回　韩爱姐路遇二捣鬼　普静师幻度孝哥儿 ………… 319

三遂平妖传序 …………………………………………… 张无咎　322

陶庵梦十乙 ………………………………………………… 张　岱　324

续金瓶梅集序 …………………………………………… 西湖钓叟　325

续金瓶梅凡例 …………………………………………… 紫阳道人　326

幽梦影 ……………………………………………………… 张　潮　327

《红楼梦》与《金瓶梅》之关系

脂砚斋重评石头记评语 …………………………………… 328
歧路灯自序 ………………………………… 李禄园 329
消夏闲记 …………………………………… 顾公燮 331
戏戒四录 …………………………………… 梁恭辰 332
新译红楼梦回批 …………………………… 哈斯宝 333
红楼梦评 …………………………………… 诸　联 334
春雨草堂别集 ……………………………… 宫伟镠 335
绘图真本金瓶梅序 ………………………… 蒋敦艮 336
金瓶梅考证 ………………………………… 王仲瞿 337
茶香室丛钞 ………………………………… 俞　樾 339
桃花圣解庵日记 …………………………… 李慈铭 340
骨量琐记 …………………………………… 邓之诚 341
寒花盦随笔 ………………………………………………… 342
缺名笔记 …………………………………………………… 344
明人章回小说 ……………………………… 黄　人 345
小说丛话 …………………………………………………… 347
杂　说 ……………………………………… 吴趼人 348
中国历代小说史论 ………………………… 王钟麟 349
中国三大小说家论赞 ……………………… 王钟麟 350

对《红楼梦》为淫书说的批评

评阚铎的《红楼梦抉微》 …………………… 郭豫适 353

· 12 ·

红楼梦抉微

导 读

阚铎的《红楼梦抉微》，最早连载于北京《社会日报》副刊《翰海》，后于 1925 年 4 月由天津《大公报》汇编署名"无冰阁校印"出版。阚铎认为，《红楼梦》一书全从《金瓶梅》"化出"，二者都是"淫书"，只不过《金瓶梅》是一部粗俗的淫书，是真小人，人知所避，不易受其毒害；而《红楼梦》则是一部文雅的淫书，是"伪君子"，读者不知趋避，"反得肆其蛊惑之毒。"基于这样一种观点，阚铎便以拆字、谐音、化身、影射等等索隐派所常用的惯伎，将《金瓶梅》与《红楼梦》两书，从情节到人物，处处进行牵强附会的对照比附，结果在阚铎笔下，《红楼梦》中的人物和事件，尽皆变成了《金瓶梅》中的人物和事件，《红楼梦》也自然而然地变成了《金瓶梅》。阚铎如此瞎扯，还自以为找到了"铁证"。例如，阚铎说："《红楼梦》何以专说贾府之事？《金瓶梅》十八回《赂相府西门庆脱祸》，因兵科给事中宇文虚中等，奏劾蔡京、王黼、杨戬一案。杨戬亲党有西门庆姓名在内，西门庆遣家人来保赴东京打点，由蔡攸具函嘱托右相李邦彦，并送银五百两，只买一个名字。李邦彦取笔将文卷上西门庆名字改作贾廉云云。《红》书之以贾代西门，即发源于此。"

专在细枝末节上下功夫，并抓住一点而不顾其他，乃是红学索隐派的一惯作风。《金瓶梅》中确有西门庆托人贿赂李邦彦改名字的细节，但由此妄断《红楼梦》中的"贾"字本源于此，却实系毫无根据的臆测之言。

众所周知，曹雪芹以"真""假"这一对既彼此对立又相辅相成的哲学概念为基础，在《红楼梦》中创造了贾府与甄府、贾宝玉与甄宝玉、贾雨村与甄士隐、假语村言与真事隐去等相对应的词语。若按阚铎的思维方式推论，那么"甄"字又是从何处化来？又将如何解释呢？

《红楼梦抉微》一书的主要内容之一，便是论证《红楼梦》中的人物，乃是《金瓶梅》中的人物的"化身"，如说贾宝玉就是西门庆，薛宝钗就是李瓶儿，林黛玉就是潘金莲，王熙凤就是王六儿等等。试以如下一段文字为例：

> 林黛玉即潘金莲。颦儿者，言其嘴贫也。一部《红楼》，林于文字为最长；一部《金瓶》，金莲于诗词歌赋无所不能。盖林曾从贾雨村读书，此外并无一人曾上过学。潘亦于七岁往任秀才家上过女学，为《金瓶》各人所无。又谓林能自己裁衣，于他人并未明点，盖潘乃潘裁之女，九岁入王招宣府，又能为王婆裁寿衣，潘之精于女红，为《金》书注意之笔，亦可作一确证。

这就是阚铎认为"林黛玉即潘金莲"的所谓"确证"！那么我们试问，在《红楼梦》之前的许多小说中，尤其是那些"千部一腔，千人一面"的才子佳人小说里，又有多少既识字解文又"精于女红"的佳人？难道她们也都是林黛玉的前身？

将《红楼梦》中的故事情节与《金瓶梅》中的故事情节漫加比附，是《红楼梦抉微》的又一重要内容。如说"湘莲打薛蟠即武松打西门""湘莲杀三姐即武松杀金莲"等等。试看如下一段文字：

> 黛玉葬花，即指金莲死武大、瓶儿死花二而言。瓶儿原从金莲化出，故花二之死，与武大异曲同工，其所

葬之花，并非虚指，即花子虚也。……先说撂了好些在水里者，即指西门与金莲曾将武大尸身焚化，撒入澈骨池水中。黛云水里不好，拿土埋上，日久随土化了。宝云帮你收拾者，是谓子虚死后，瓶儿请了西门过去，与他商议买棺入殓、念经、发送到坟上安葬，此非葬花而何？却是移作葬武不得。盖武大化灰下水，并无坟之可言。

阚铎的想象力实在奇特而又丰富！在《金瓶梅》中，潘金莲与李瓶儿本是两个彼此对立的人物形象，但阚铎却说"瓶儿原从金莲化出"，由此又将武大郎之死与花子虚之死联系了起来。更令人惊诧的是，《红楼梦》第二十三回贾宝玉"恐怕脚步践踏了"落花，便将落在书上的花瓣"抖在池内"这一情节，在阚铎笔下竟变成了"西门与金莲曾将武大尸身焚化，撒入澈骨池水中"，飘落的桃花花瓣竟变成了武大郎的骨灰！贾宝玉说帮着林黛玉收拾落花，却又变成了西门庆帮助李瓶儿料理花子虚的丧事，花瓣也随之变成了花子虚的尸体！倘若一个人的思维还算正常的话，是绝对不会如此胡言乱语的。

红楼梦抉微自识

阚 铎

咸同以来，红学大盛，近则评语索隐，充塞坊肆，较之有井水处无不知有柳屯田，殆已过之。然青年男女，沉酣陷溺，乃如鼹鼠食人，恬然至死而不自觉。嘻，何其甚也！红楼大体高华贵尚，不至令人望而生厌，而丑秽俗恶，遂随之深入于人心。天下之最可畏者，莫若伪君子。彼真小人者，人人避之若浼，诚不如伪君子日日周旋于缙绅之间，反得肆其蛊惑之毒。《金瓶梅》者，真小人也。著《红楼梦》者，在当日不过病《金瓶》之秽亵，力矫其弊而撰此书。初不料代兴以来，乃青出于蓝，冰寒于水，一至于此！不佞自悟澈。《红楼》全从《金瓶》化出一义以来，每读《红楼》触处皆有左验，记以赫蹄，岁月既淹，裒然成帙。匪敢发前人之覆，实欲觉后来之迷。但仍举似一例，以待反隅。读吾此书者再读《红楼》，其有异于未读吾书时之感想，固可断言。即再读诸家之评论考据，或亦怃然为间，更未可知。惟《金瓶》虽是杰作，仍不欲家有其书，故于可供参证之处，一一摘录，不徒省对证之劳，亦藉免诲淫之谤也，读者鉴诸？中华民国十有三年岁在甲子端午后六日自识。

以贾代西门之铁证

《红楼梦》何以专说贾府之事？《金瓶梅》十八回"赂相府西门庆脱祸"，因兵科给事中宇文虚中等奏劾蔡京、王黼、杨戬一案。杨戬亲党有西门庆姓名在内，西门庆遣家人来保赴东京打点，由蔡攸具函嘱托右相李邦彦，并送银五百两，只买一个名字。李邦彦取笔将文卷上"西门庆"名字改作"贾廉"云云。《红》书之以贾代西门，即发源于此。

"贾雨村言"应注重"村"字

《红》书入手即述"贾雨村言"，向来解此四字，皆谓为假语村言，殊于"村"之一字不求甚解，不知村者，撒村之村也。如《金》书之淫秽鄙琐，诚非村字不足以尽之。今欲除其村气，故另撰《红楼梦》一书，改为一种富贵秀雅之气，所谓比村言更假，即假于村言也。盖《金瓶梅》一百回，纯由《水浒传》数十页内化出"《红楼》百二十回又由《金瓶梅》百回化出，而改俗为雅，改明为暗，于是贾雨村言四字，乃得正当之解释。

贾雨村者，假于村也。言《金瓶》已极村俗。《红楼》较《金瓶》之村更假也。假作人名，即为《红》书之导线，又即借作一名西宾，一名清客，一名帮闲，一名官亲，一个势利人，所谓牵一发而全身俱动。

黛玉与金莲同上过女学

贾雨村教过黛玉的书,金莲七岁曾上过女学。二书之中,上过女学,各只一人。既上过女学,必有教书先生,故《红》书请出贾雨村,以充此任。贾雨村之为无是翁,一望而知,故用作女生师。《金》书以任秀才为金莲女师,虽未露面,其点醒女学则一。

西门及吴、潘均实有其人

王阮亭《香祖笔记》,有兖州阳谷县西北有西门家,大姓潘、吴二氏,自言是西门妻吴氏、妾潘氏族云云。后人多谓《水浒》所述宋江等三十六人既非虚构《金瓶》,亦必有其人,然则《红楼》所谓真事隐去,亦认《金》书所述为真事,故以自己所撰,谓之贾语村言。虽是谦词,亦为确诂。

《水浒》《金瓶梅》《红楼梦》 三书以先后为正副册

先有《水浒》而后有《金瓶》,先有《金瓶》,而后有《红楼》。《水浒》中人为正,《金瓶》中人即为副。正、副者,正、续之谓也,故《红楼》以正册、副册、又副册分点之。

《水浒》化为《金瓶》，《金瓶》化为《红楼》之痕迹

《红楼》《金瓶》之用笔，皆故意犯复，故意重描，两书一律。如黛玉系绛珠草转世，是为先天，金莲系《水浒》中人是也。宝钗是添入之人，是为后天，瓶儿等之不见《水浒》是也。《水浒》有武松在武大灵床伴宿，武大显魂一段，故《金》书有守孤灵半夜口脂香一回；《红》书亦有候芳魂五儿承错爱一回。其他见鬼走魔，托梦索命种种，皆由此而出。总之，《水浒》数回，放大而为《金瓶》，改造而为《红楼》，全是虚构，格律谨严，墨无旁沈，其《水浒》无萌芽根荄者，两书决不及之。于此，而历来所谓影射何人，暗指何事，种种臆说，不攻自破。

西门家收了李瓶儿家许多东西，却打瓶儿；贾府收了林黛玉家许多东西，却要省一副嫁妆，是正写。贾府收了江南甄家许多东西，西门却收了陈姐夫家许多东西，是衬笔。《红》书孙家赖贾家欠债，打骂迎春，却是陈敬济凌虐西门大姐一段影子，亦是衬笔。

西门之李代桃僵

"甄"字自系由"贾"字演出，然《金》书之西门即明是《水浒》之西门，不过死法不同而已。《金》九回"武都头误打李皂隶"，狮子街酒楼之上，《水浒》已将西门打死，《金》书却将西门放走，另将李外传打死，所谓李代桃僵也。至化金莲为瓶

儿也，教他姓李，亦是此意，《红》之贾雨村、冷子兴等等，无是乌有，皆是如此。

荣府及花园之地位，狮子之由来

荣国府在西，故以之为西门老家。《红》书之主人，亦系西府。宁国府在东，故以之为花家，后改为花园，又即大观园之用地。柳湘莲所指不干净之狮子，单在东府，其实西府亦照样有狮子一对，即《金》书所谓狮子街及狮子桥两个狮子是也。《金》书"读法"第三十三云：狮子街及武松报仇之地，西门几死其处，曾不数日，而子虚又受其害。西门倘佯来往，俟后王六儿偏又为之移居此地赏灯。偏令金莲两遍身历其处。写小人托大忘患，嗜恶不悔，一笔都尽云云。《红》云："漫云不肖皆荣出，家事消亡首罪宁"。《金》于西门本宅，始终未动，但于东邻花家，出了许多故事，卒至开园筑楼，归为一宅而止，至后人谓为东楼云云，亦自有故。盖西门正院尽是平房，唯有金、瓶二人之别院，皆是楼房，又在东院也。

狮子街与紫石街之不同

《红楼》再三就狮子街说两府，即狮子街、狮子桥之谓。然则何不说紫石街？须知《水浒》之犯事地点是紫石街，《金瓶梅》之犯事地点是狮子街。主眼如此，不可不为认定。

"好了歌"之真谛

《红》一回"好了歌"内,分财禄妻子四门,按之《金》书,无不悉合,而按之《红》书,却有不尽合者。如"终朝只恨聚无多,及到多时眼闭了";又"君生日日说恩情,君死又随人去了";又"痴心父母古来多,孝顺儿孙谁见了"云云,殊于西门一生放官利债刮老婆宠儿子及身后消败——吻合,求之《红》书,转嫌无根。

陋室空堂之解释

又甄士隐所说"陋室空堂,当年笏满床;衰草枯杨,曾为歌舞场"云云,即西门之生子加官也;"昨日黄土陇头送白骨,今宵红灯帐卧鸳鸯",即西门初死,陈敬济弄一得双也;"择膏粱,流落在烟花巷",即孙雪娥之堕入青楼也。此等语句,单就《红》书观之,不过谓为倒影法,然措语终嫌不当,仔细按之,未免有过重过刻之嫌。且《红》书系由热而冷,未入手以前,已是轰轰烈烈了多年,此歌由冷而热,又不相符。若以《金》书事实按了,真尺幅具千里矣。

《红楼》以孝作骨，《金瓶》以不孝作骨

宝玉走后，宝钗遗腹，即《金瓶梅》之西门死后，月娘遗腹而生孝哥。《红楼》以孝字作骨，故有祖有父有子有孙；《金》书以不孝作骨，故上无真双亲，下无真子孙。盖百善万恶，正是反对也。

两书气象之针对

《红楼》之写繁华富贵及书卷气，正所以针对《金瓶》之村俗小家泥腿市俗，又于攒金庆寿凑分子等处，作正面之点醒。

两书之僧尼

《红楼》既有茫茫大士、渺渺真人，一僧一道，却又有妙玉及水月庵、水仙庵之尼，及张道士、马道婆等等；《金瓶》于吴道官、普净师贯串全书之外，又写薛姑子、王姑子、刘姑子等等，薰莸同器，如出一手。送《风月宝鉴》之老道，却似《金瓶》之妙风、妙趣。

两书之皇亲

《红》之甄家、《金》之乔家,同是皇亲,同是亲戚。《金》书乔五太太之亲侄女儿,是东宫贵妃,世袭指挥使。

《红》十六回,江南甄家接驾四次。又周贵人家预备接驾,由凤姐与赵嬷嬷问答中表出。《金》书所谓王皇亲房子、乔皇亲花园等等,不一而足。乔者,假也;假、贾同音。因皇亲而接驾,有假于是有真,有乔于是有甄。盖《金》书形容泥腿市俗眼中,以皇亲为最阔;《红》书乃因此二字,发生省亲等等大世面也。

两书之王姓

一部《红楼》,于王姓最得优势,盖《红》书有一癖性,即找老娘家是也。贾二太太娘家姓王,便弄了许多姓王的,小而王熙凤,老而薛姨妈,皆是也。即宝玉、宝钗,亦是外孙辈,皆与王有关。便是刘姥姥,亦是王家瓜葛,周瑞家亦是王夫人陪房。若以《金》书王招宣府之说证之,则此王殊有根据。王系金莲蒙养之地,加以王婆之助成,故《红》书于王三致意焉。反之史家、邢家、李家、尤家等等,何又如彼之凋零耶?

两书之官

《红楼》亦说官字,但多为过去之官,盖官哥已死也。又以"禄蠹"等字反写官字,即是表明宝玉前身是孝哥,不是官哥之意。

两书之造屋与卖药、做生日、出殡之所由来

前述守灵,不过偶举一例,此外如两书之盖花园、造房子,皆由武大买房而来;两书之药店,皆由西门药店、武大砒霜而来。至两书均以做生日为铺排之大方案,则由王婆寿衣一段内化出死期生辰,固为联想而得,花开豆爆,信然,信然。

《红》《金》两书,于出殡事极力铺排,其实只从《水浒》武大出殡一二语而来。

宝玉说化灰之所本

《红》书宝玉说"化灰扬去"云云,即从《水浒》武大烧灰一语化出。

两书之官吏卖法

《红》四回"葫芦僧判断葫芦案",已伏不肖官吏受贿枉法之根,至六十八回"受私贿老官翻案牍",于薛蟠打死张三一案,花钱买通知县,将尸格改轻作为误伤,将薛蟠定为监禁候详,再花些银子,一准赎罪,便没事了云云,《金》十回"义士充配孟州道",历述西门庆为毒死武大一案,贿嘱知县,屈打武松,取面长枷带了收在监内云云,此外,受贿枉法,不一而足。参看《红》书"弄权铁槛寺"等回,从各方面写来,两书无不吻合。

瓶儿命名之由,瓶儿何以姓李

《金瓶》既由《水浒》化出,则每人每事,必须从《水浒》此数回中咀嚼出来,方为杰作。试取《水浒》细阅,则蛛丝马迹,在在可寻。譬如因"大户人家使女"六字,便化出张大户一家、王招宣府一家,因诸子百家皆通,六字便化出诗词歌赋,无所不能,及各种情书小曲,如此等类,比比皆是。然则何以金莲之外,又照样添出一位瓶儿?试看《水浒》,西门庆挨光得手后,将入港时,王婆道:"再买一瓶儿酒来吃如何"?又说:"送老身去取瓶儿酒来。"又云:"老身直去县前那家,有好酒买一瓶来,有好歇儿担阁"云云,凡再见"瓶儿"二字,一见"瓶"字,是以瓶儿能饮,是为正写;瓶儿好倒插花,是为侧写。酒瓶是实,故嫁西门而终;花瓶是虚,故嫁花子虚、蒋竹山皆不终局。与西门情热,是为热酒;初嫁梁中书,不久即散,是为凉酒。然则何以姓李?《水浒》不云:"官人,你和李娇娇却长久乎?"因有此"李娇娇"三字,故西门第二房妾为李娇儿,第六房又为李瓶儿,外嬖又有李桂姐,皆此李也。《红》书黛玉之外,又来一宝钗等等,笔墨则是依样胡芦,略异空中楼阁。然亦有直接取材于《水浒》之时,如黛玉读"庄子"等类是也。

两书之扶正

因《水浒》有王婆说"若是他似娘子时,自册正了多时"。故《金瓶》于瓶儿隐然以正室相待。《红》书鲍二家的说"把平儿扶了正"云云,皆从此语化出,但均是空中楼阁,仍不越《水浒》范围。

两书之雪天戏叔

《水浒》一句"雪天戏叔",《金瓶》乃于花家、韩家一写再写,而不一写;《红楼》又于贾瑞、薛蟠反写倒写,而不一写。又,于《金》则用胡二之口,于《红》则用焦大之口,为叫之破。

两书在服中作种种之不肖

金莲带热孝嫁人,是重大罪状;《红楼》于偷娶尤二姐坐以国孝、家孝之罪。又于秦鲸卿得趣馒头庵,叙秦钟有胞姊之丧,于送葬时如此胡行,直与陈敬济弄一得双相似。又于贾敬丧事中叙珍、蓉聚麀,琏、尤调一得双相似。又于贾敬丧事中叙珍、蓉聚麀琏、尤调情,甚至宝玉与宝钗成亲,亦在丧中。凡此种种,皆从《水浒》此节内化出。

不发长房

《红楼》不重长房而重二房,荣胜于宁,一也;政贤于赦,二也;宝玉胜似珠儿,三也。此外尚不一而足。《金》书开首十兄弟结拜,西门被推为大哥。若以齿叙,当在第三、四之列。所谓不孝之外,又加以不弟。后生而为民其诬已久。

《红》之大房

《红》之行大者,赦老、珍儿、珠儿、蓉儿、薛蟠等是也。除珠早死外,皆无贤妻贞妇,殆皆武大一流。

《红》之二房

《红》之行二者,政老、宝玉、琏儿、薛蝌、湘莲等是,皆有异才,兼有丽偶。

两书叙事之章法

《红》之叙事,皆以吃饭为章法,《金》之叙事,西门出门,必有一人或一官来拜留坐,此是生子加官后数十回一定章法:《红》之老太太、王夫人等,无不佞佛,《金》之月娘亦然。盖老太太、王夫人、吴月娘,皆不管家事之女主人也。

芙蓉屏与瓶儿

《红》六回,贾蓉向凤姐借炕屏,按《金瓶梅》寓意说云,瓶与屏通。窥春必于隙底,屏号芙蓉,玩赏芙蓉亭,盖为瓶儿插笋而私窥一回,卷首词内必云"绣面芙蓉一笑开。"后玩灯一回,灯赋内"荷花灯下"即接以"芙容灯"。盖《金瓶》合传,是因瓶假屏,又因屏假芙蓉,侵淫以入于幻。屏风二字相连,则冯妈妈必随瓶儿,而当大理屏风,又点睛妙笔矣。芙蓉栽以正月,冶艳于中秋,摇落于九月,故瓶儿必生于正月十五日,嫁以八月二十五,后病于重阳,死以十月,总是芙蓉谱内时候云云。故借屏必以蓉儿,盖有深意云云。至《红》之"芙蓉女儿诔",全似《金》之祭瓶儿文,益以黛玉改为"茜纱窗下,黄土陇中"等语,意更明显矣。

《红》之清朝礼俗,《金》书之明朝礼俗

《红》九回,贾政便问:"跟宝玉的是谁?"只听外面答应了两声,早进来了三四个大汉,打千儿请安;又云唬得李贵忙双膝跪下,摘了帽子,碰头有声,连连答应"是"云云;又十六回太祖仿舜巡故事;又二十一回湘云替宝玉梳辫子;又回宝玉剃了头,头皮是青的;又百一回宝玉等做时文破题,皆是清朝礼俗制度,作者有意点明,亦犹《金》书成于明朝,特取明朝风俗上一二事随意点明,如西门庆东京候吃庆成宴,按高士奇《天禄识余》记明典礼,有庆成宴,每宴必传旨曰"满斟酒",又曰"官人每饮干"。

手帕本之刻书

顾炎武《日知录》:"明时京官奉差回京,必刻一书,以一帕一书相馈遗,世即谓其书为手帕本。"王士禛《居易录》谓"后无复此制,今亦罕见"。《金瓶梅》屡言"蔡御史等馈人书帕",殆即此也。

海盐优人

《金瓶梅》屡言西门宴客,有海盐子弟演剧云云。按周亮工《书影》谓:"海盐优人金凤儿,宠于严东楼。严败,又他往"云云。然则海盐当明中叶,颇有名优矣。

死人头上珍珠及紫河车之解释

死人头上戴过珍珠,即指妇人再醮而言;头胎紫河车,即指私生子而言。

两书之曲词

明江宁顾起元有"客座赘语",里巷童孺妇媪之所喜闻者,旧惟有"傍妆台","驻云飞""耍孩儿""皂罗袍""醉太平""西江月"诸小令,其后益以"河西六娘子""闹五更""罗江怨""山坡羊"。"山坡羊"有"沉水调",有数落已为淫靡矣云云。按如上所述各小令,明人小说用之最多,如《今古奇观》等等皆是,而《金瓶梅》一部所填小令,至五六十种,内中如"西江月""驻云飞""山坡羊",均已屡见,而"山坡羊"于八回一见，三十三回两见，五十回又一见，皆带数落者。此外，如"踏莎行""桂枝香""点绛唇""梁州序""山花子""浪淘沙""折桂令""浣溪沙""清江引""卜算子""苏幕遮""忆秦娥""蝶恋花""望江南""青玉案""黄莺儿""集贤宾""临江仙""普天乐"等牌名，皆所习见。至"菊花心""簇御林""孝顺歌""梧桐树""绵搭絮"等类曲牌，则又非他书所常见矣。《红》书警幻仙姑所演之曲，其牌名与此迥不相同。此外如"寄生草""西江月"虽偶然一见。然求如《金》书之专门名家，则戛戛乎其难敌，以顾起元之说证之，固可知明人风俗，亦可知《红》书之长于诗文，《金》书之长于词曲矣。

原本《红楼》与通行百廿回本不同之点，原本《红楼》与《金瓶》之关系

坊间通行之《红楼》，以百二十回者为足本，以八十回者为原本。其实，八十回本是否原本，固仍待考。有正书局有印行批校之本，所批固甚精当，惜皆在字句之微。如初印原大字本内六十八回"苦尤娘赚入大观园"，记凤姐向尤二姐所谈一席话，原文多系文话，不合身分，且称"二姐"为"姐姐"，上有改笔，将原文涂抹，旁注小字，痕迹显然，似非伪作。查其改本与百二十回本之此段，竟是一律，此殆称为原本之证据乎？继印之小字本，已一律改为大字，然八十回中只此一段，又是何故？亦殊可疑。又五十三回"宁国府除夕祭宗祠"，叙贾母花厅上陈设，在"新鲜花卉"句下，又有"各色旧窑瓶中"句上，夹叙透绣花卉及诗词璎珞至四百余字之多，似专为点染《金瓶》等人绣工而

《红楼梦》与《金瓶梅》之关系

设,百二十回本乃皆删之;又六十三回"寿怡红群芳开夜宴",叙宝玉别过邢岫烟,亲拿槛内人帖儿到栊翠庵,"投进去便回来了"之下,"因饭后平儿还席"句之上,夹叙芳官改妆,改名为耶律雄奴;又葵官改名为韦大英及金星玻璃、温都里纳、野驴子云云,至千余字之多。芳官改为玻璃,似指琉璃易碎,而野驴子送秋千,绝似陈敬济送金莲等人打秋千,然则野驴子殆指陈敬济,亦未可知。此段注重雄雌易位,扑朔迷离,内宠外嬖,合而为一,内中有"俨然戏上一个琴童"一语,彼《金瓶》之金莲,不曾以私琴童而被打乎?琴童非以奇装,为人注目乎?此段之芳官改装、改名,以此一句点醒之。以上各段,于《金》书宗旨不无关系。是否当日续成时删去,固不可知。然要是异闻,故别录于后。

一原本《红楼梦》六十八回改窜一段:

甲原文,小字皆被涂去者,与今本不同。

凤姐忙下坐一礼相还,口内忙说:"皆因奴家妇人之见,一味劝夫慎重,不可眠花宿柳,恐若父母担忧。此是你我之痴心,怎奈二爷错会奴意。眠花卧柳之事,瞒奴或可,今娶姐姐二房之大事,亦人家大礼,亦不曾对奴说,奴亦曾劝过二爷早行此礼,以备生育,不想二爷反以奴为那等嫉妒之妇,私自行此大事,并未说知,使奴有冤难诉,惟天地可表。前于十月之先,奴已风闻,恐二爷不乐,遂不敢先说,今可巧远行在外,故奴家亲自拜见过还,求姐姐下体奴心,起动大驾,挪至家中,你我姊妹同房间处,彼此合心,谏劝二爷慎重世务,保养身体,方是大礼。若姐姐在外,奴在内,虽愚贱不堪相伴,奴心何安?再者,使外人闻之,亦甚不雅观。二爷之名也要紧,倒是谈论奴家,奴亦不怨,所以今世奴之名节,全在姐姐身上"云云。

乙改本,小字皆旁注者,与今本合。

凤姐忙下坐，一礼相还，口内忙说："皆因奴家妇人之见，一味的只劝二爷保重，不可眠花宿柳，恐教太爷、太太担心。此皆是你我之痴心，怎奈二爷错会了我的意，若是在外包占人家姐妹，瞒着家里也罢了。今娶了妹妹作二房，这样正经大事，也是人家大礼，却不曾对我说。我也曾劝过二爷早办这件事，果然生个一男半女，连我后来都有靠，不想二爷反以我为那等嫉妒不堪的人，私自办了，真真教我有冤没处诉。我的这个心，惟天地可表。前十天头里，我就风闻着知道了，所以我亲自过来拜见，还求妹妹体谅我的苦心，起动大驾，挪至家中你我姊妹同房同处，彼此合心谏劝二爷，慎重世务，保养身体，方是大礼。若姐姐在外头，我在里头，妹妹想想我心里怎么过的去呢？再者，使外人听着，不但我的声名不好听，就是妹妹的名儿也不雅，况且二爷的名声更是要紧，倒是谈论咱们姊妹们还是小事。至于那起下人小人之言"云云。

二原本《红楼梦》五十三回增多一段：

"又有小洋漆茶盘，放着旧窑茶杯并十锦小茶杯，里面泡着上等香茗，一色皆是紫檀透雕，嵌着大红透绣花卉，并草字诗词的璎珞。原来绣这璎珞的，也是个姑苏的女子，名唤慧娘，因他亦是书香宦门之家，他原精于书画，不过偶然绣一两件针线作耍，并非世卖之物。凡这屏上所绣之花卉皆仿的是唐宋元各名家的折枝花卉，故其格式配色皆从雅，本来非一味浓艳匠工可比。每一枝花侧，皆用古人题此花之旧句，或诗或歌不一。皆用黑绒绣出草字来，且字迹勾踢转折轻重连断，皆与笔写无异，亦不比市绣字迹倔强。可恨他不仗此技获利，所以天下虽知，得者甚少，凡世宦富贵之家，无此物者甚多，今便称为慧绣。竟有世俗射利者，近日仿其针迹，愚人获利。偏这慧娘命夭，十八岁便死了，如今再不能得一件的了，所有之家亦不过一两件而已，皆惜若宝玩一般。更有那一干翰林文魔先生们，因深惜慧娘之佳，便

《红楼梦》与《金瓶梅》之关系

说这绣字不能尽其妙,这样针迹,只说一绣字,反似乎唐突了。便大家商议了,将绣字隐去,换了一个纹字,所以如今都称为慧纹。若有一件真慧纹之物,价则无限。贾府之荣,也只有两三件。上年将两件已进了上,目下只剩这一副璎珞,一共十六扇,贾母爱之如珍如宝,不入请客陈设之内,只留在自己这边,高兴摆酒时赏玩"云云。

三原本《红楼梦》六十三回增多一段:

因又见芳官梳了头,挽起鬟来,带了些花翠,忙命他改妆,又命将周围的短发剃了去,露出碧青,头后面当分大顶,又说冬天必须貂鼠卧兔儿带,脚上虎头磕云五彩小绒鞋。又说芳官之名不好,若改了男名才别致,因又改作雄奴。芳官十分称心,便说:"即如此,你出门也带我出门。有人问,只说合茗烟一样的小厮就是了。"宝玉笑道:"到底有人看的出来。"芳官笑道:"我说你是无才的。咱们家现有几家土番,你就说我是个小土番儿。况且人人说我打联垂好看,你想这说的可不妙么?"宝玉听了喜出意外,忙笑道:"这狠好。我也常见官员人等,多有跟从外国献俘之种,图其不畏风霜,鞍便马捷。既这等,再起个番名,叫耶律雄奴,二音又与匈奴相通,都是犬戎名姓。况且这两种人,自尧舜时便为中华之患,晋唐渚朝深受其害,幸得咱们有福,生在当今之世,大舜之正裔,圣虞之功德仁孝,赫赫格天,同天地日月,亿兆不朽。所以凡历朝中跳梁猖獗之小丑,到了如今不用一干一戈,皆天使其拱挽缘远走降。我们正该作践他们,为君父生色。"芳官笑道:"即这样着,你该去操习弓马,学些武艺,挺身出去,拿几个反叛来,岂不尽忠效力了?何必借我们鼓唇摇舌,自己开心作戏,却自己称功颂德?"宝玉笑道:"所以你不明白,如今四海宾服,八方宁静,千秋万载,不用武备。咱们虽一戏一笑,也该称颂,方不负坐享升平了。"芳官听见说的有理,二人自为妥贴合宜。宝玉便叫他耶律雄奴。究竟贾府二宅皆有先人当年所获之囚，赐为奴隶，只不过今其饲养马匹，皆不堪大用。湘云素习憨戏异常，他也最善武扮，每每自己束銮带，穿摺袖，近见宝玉将芳官扮成男子，他便将葵官也扮了个小子。那葵官本是常刮剃短发，便于面粉抹油，手脚又伶便，打扮了，又省了一层手。李纨、探春见了也爱，便将宝琴的荳官也就命他打扮了一个小童，头上两个小髻，短袄红鞋，只差了涂脸，便俨然是戏上的一个琴童。湘云将葵官改了唤作大英，因他姓韦，便叫他作韦大英，方合自己的意思，暗藏"惟大英雄能本色"之语，何必涂朱抹粉。荳官身量年纪皆极小，又鬼灵，故曰荳官。园中人也有唤他作阿荳的，也有唤作妙豆子的，宝琴反说琴童、书童等名太俗了，竟是荳字别改，唤作荳童。

此下一段与百二十回本同，但内中又有出于今本之外者，摘录如下：

一时到了怡红院，忽听宝玉叫耶律雄奴，把佩凤、偕鸳、香菱三个人笑在一处，问是什么话，大家也学着叫这名字，又叫错了音韵，或忘了字眼，甚至于叫出野驴子来，引的合园中人凡听见者，无不笑倒。宝玉又见人人取笑，恐作践了他，忙又说："海西福郎思牙，闻有金星玻璃宝石。他本国番语以金星玻璃名为温都里纳，如今将你比作他，就改名唤作温都里纳可好？"芳官听了更喜，说："就是这样吧。"因此又换了这名。众人嫌拗口，仍番汉名叫玻璃。闲言少述云云。

佩凤、偕鸳二人去打秋千顽耍，宝玉便说："你两个上去，让我送。"慌的佩凤说："罢罢，别替我们闹乱子，倒是叫野驴子来送送使得。"宝玉笑道："好姐姐们别顽了，没的叫人跟着你们学着骂人。"偕鸳又说："笑软了，怎么打呢？吊下来裁出你的黄子来。"佩凤便赶着他打，正顽笑不绝云云。

通灵玉究竟是何物

西门全身以玉茎为祸根,故宝玉之玉即为命根。观其式如扇坠,可大可小,所镌铭语,又有"莫失莫忘,仙寿恒昌"之句。其为何物,可想而知。又云"石头在赤霞宫居住,灵河岸上行走,见绛珠仙草可爱,日以甘露灌溉,饥餐秘情果,渴饮灌愁水"云云。试问赤霞是何色?河岸是何地?何以又有甘露灌溉仙草?如此形容,此玉竟是何物?

摔玉之故

宝玉初见林妹妹,即问妹妹有玉没有,旋又摔玉。试一闭目思之,当可失笑。

络玉之故

宝钗命婢金莺儿打一络子,将玉络起。试再闭目思之,必更失笑。

炼石之故

石头经女娲炼过，在青埂峰下，后由癞和尚送回。女娲者，女祸也。《金》书言西门养龟，即炼石之谓，而送壮阳药之番僧，系由密松林齐腰峰而来。宝玉之胎玉失而复得，以和尚故。西门之玉茎弱而复强，以和尚故。试再闭目思之，尤当失笑。

石头是玉之前身，西门是孝哥之前身

石头是玉之前身，西门是孝哥之前身，宝玉又是孝哥之化身，胎中衔玉，一灵不昧。《红》二十八回，张道士说宝玉像他爷爷一个稿子，是明言孝哥即西门矣，故宝玉与西门是二是一。

宝玉是孝哥化身，《红楼》所纪皆宝玉十五岁以内之事

《金瓶》一官哥，一孝哥，为全书关键。孝哥十五岁而出家，《红楼》之宝玉即是孝哥化身，故一部《红楼》，皆宝玉十五岁以内之事。宝玉出家，政老曾说哄了老太太十五年，是其明证。

宝玉所以为小孩之故

孝哥原是西门庆转世,故宝玉一切根性总似西门。但以年纪太小,不能不移步换形,故写宝玉之顽劣荒淫,不得不用另一副笔墨。

宝玉衔玉而生,即指西门咽气,孝哥同时降生,故玉之为物,即是西门化身。

衔玉而生者之根性

《红》三回,宝玉衔玉而生,可作生性好色解。"孽根祸胎"四字,可作此玉之小名,然则,此玉究是何物,不烦言而自解。至写"宝玉性情顽劣异常,不喜读书,最喜在内帏厮混。若姊妹不理他,他倒还安静些。若一日姊妹们和他多说了一句话,他心上一喜,便生出许多事来"云云。试闭目一思,玉为何物,宝玉性情,与西门有何一点之不同?

珠儿已死之故

宝玉是孝哥化身,既如前说。孝哥之前原有已死之官哥,故宝玉之前又有已死之珠儿。

宝玉挨打之故

宝玉挨打,似琴童挨打,打宝玉而黛玉心疼;打琴童而金莲暗泣。

宝玉踢人之故

西门庆是打老婆的班头,降妇女的领袖。如打金莲、打瓶儿,种种皆其实据。《红楼》全用倒影法,既以宝玉作西门,故将宝玉写成一个受打受降的温柔手段,是为反写;于另一面又受政老之毒打,是为倒写;又于另一面写踢袭人窝心脚,既为侧面文章,又映带西门之踢武大心口。盖谓宝玉并非不会踢人者耳。

宝玉自白

宝玉骂贾环:"这个不好,再顽别的"云云,即是自白其厌故喜新之故智。盖西门见一个爱一个,吃了碗里望了锅里,皆可以此二语概之也。

酸笋汤

《红》回宝玉与晴雯、麝月同吃酸笋汤,《金》书西门曾与金莲、春梅同吃此汤。

两书这大打醮

《红》二十九回"享福人福深还祷福",贵妃送出来一百二十两银子,叫在清虚观五月初一到初三打三天平安醮。巧姐换寄名符,派人接尤氏,张道士是荣国公的替身,说宝玉像他爷爷国公爷一个稿子,冯紫英等都来送礼,道众各备法器贵重物品送与宝玉云云。

《金》三十九回,寄法名官哥,穿道服。西门庆道:"我许下一百二十分醮,先封十五两银子。"一准定在吴道官庙里,正月初九天诞日打醮。给官哥寄名符,派人接应;二,官哥像小道士,道官备道装,全分项圈条脱等等,送与官哥云云。

按:《金》书回目提明官哥穿道服,故《红》书于宝玉像张道士及巧姐寄名符各事极力描写。

宝玉乞滋补药

《红》宝玉向王道士问疗妒方,曾有"如今有了房事,求些滋补"之语。《金》四九回,西门在庙中向番僧问滋补药。

装玉之函

玉函者,装玉之函。玉是何物?既如前所说,则玉函者又是何物?

女儿者,对再醮妇而言

《红》十七回,怡红院之海棠说明女儿棠出女儿国云云,《红》书重在女儿者,以宝玉既系小孩子,则对面侧面自宜以女儿配之。《金》书多半系再醮妇,《红》书一律以女儿易之,因而为种种之烘托。

宝玉怕二老爷

宝玉最怕的是二老爷,西门最怕的是武二郎。赦老是武职,政老是文职,但政老亦多以刑威加人。

紫河本人参之寓言

《红》二十八回，宝玉说天王补心丹方子内有云："只讲那头胎紫河车，人形带叶参，三百六十两还不够，龟大的何首乌，千年松根茯苓胆"云云。

《金》四十九回"觅梵僧现身施药"云："一个和尚，形骨古怪，相貌掐搜：生的豹头环眼，色若紫肝，戴了鸡蜡箍儿，穿一领红直裰。颏下髭须乱作，头上一溜光檐。就是个形容古怪真罗汉，未除火性独眼龙。在禅床上旋定过去了，乘着头，把脖子缩到腔子里，鼻孔中流下玉筋来。"又，请番僧吃饭之肴馔内，如羊角葱火川炒的核桃肉，肥肥的羊贯肠，一碗内两个肉圆子，夹着一条花肠滚子肉，名唤一龙戏二珠汤，一大盘裂破头高装肉包子云云。

按：《金》书此段，寓意形容映带实事，至《红》书之紫河车、带叶人形参，似指瓶儿带子嫁来，其龟大何首乌及茯苓胆，试细按《金》书，此两段之例，闭目想象，必当失笑。

莲叶羹之所本

《红》三十五回"白玉钏亲尝莲叶羹"，宝玉要吃"那一回做的那小荷叶儿小银莲蓬儿汤还好些"，（中略）后还是管金银器的将四付模子送上来了云云。

《金》十一回"潘金莲激打孙雪娥"，西门庆要往庙上去，等着要吃荷花饼银丝鲜汤云云。

按：此段《金》书一饼一汤，《红》书细加诠释，更于银丝之"银"字发挥一段，可谓心细如发。

闹书房与闹花院

《红》三十九回"嗔顽童茗烟闹书房"，即《金》二十回之"痴子弟争锋闹花院。"《红》云薛蟠如今不大来学中应卯了，秦钟趁此和香怜挤眼使暗号，二人假作出小恭，走到后院说私己话。秦钟先问他家里的大人可管你交朋友不管，一语未了，只听背后咳嗽了一声，二人唬的回头看时，原来窗友名金荣者。（中略）金荣笑道："我可也拿住了，还赖什么？"（中略）偏那薛蟠本是浮萍心性，今日爱东明日爱西，近来又有了新朋友，把香、玉二人又丢开一边。（中略）只听得"豁啷"一声响，砸在桌上，书本纸片笔墨等物撒了一桌，又把宝玉一碗茶也砸得碗碎茶流。（中略）金荣此时随手抓了一根毛竹大板在手，地窄人多，那里经得舞动长板？茗烟早吃一下，乱嚷道："你们还不来动手！"宝玉还有三个小厮，一名锄药，一名扫红，一名墨雨，这三个岂有不淘气的？

《金》二十回，西门每月风雨不阻，出二十银子包钱包着桂姐，近日见西门庆不来，又接了杭州贩丝绸的丁相公儿子丁二官人，号丁双桥。（中略）西门庆走至窗下偷眼观觑，正见李桂姐在房内陪着一个戴方巾的蛮子饮酒，由不得心头火起，走到前边，一手把吃酒桌子掀翻，碟儿盏儿打的粉碎，喝令跟马的平安、玳安、画童、琴童四个小厮，上来把李家的门窗户壁床帐都打碎了云云。

按上列两段，皆因泼醋而起，皆因亲见秘密以致用武动手者，同是四人，皆列举名字，只花院改作书房，女色改为男风，则移步换形，不得不尔也。

警幻曲之所指

《红》五回，第二、第三两支，于林、薛二人，均是合写，作两两比较之词。盖金、瓶二人是全书之主，而二人之交涉又极多，林、薛二人亦然。第十四支"为官的家业凋零，富贵的金银散尽，有恩的死里逃生，无情的分明报应，欠命的命已还，欠泪的泪已尽。冤冤相报岂非轻，分离聚合前生定。欲知命短问前生，老来富贵也真侥幸。看破的遁入空门，痴迷的枉送了性命。好一似食尽鸟投林，落了片白茫茫大地真干净。"此一篇，若将《金》书七十九回丧命生儿以后事实按之，无一不合。而以《红》书后半部按之，反有不能尽合之处。

黛玉、宝钗与袭人之易地易主

金、瓶二人，均是屡易其地，屡易其主。《红》之于袭人，已明点其易地、易主次数，亦与金、瓶相等。至于黛于钗，亦是点明易地、易主。于黛则谓入京时已有母丧，此即金、瓶二人均有夫丧；又于钗则谓其因讼累入京，彼瓶儿之在花家时，花家非有大讼乎？而瓶儿之嫁与花家，不已有梁中书之丧乎？读者疑吾言乎？请看迎春、探春、惜春等人，何以根生土长，并无易地之事？盖《金》书于未叙娶金、瓶以前，本已有了李娇儿、卓丢儿等人在家，并非自外而入也。

钗、黛之排行

贾氏四春之外，黛、钗自在五六之列，却未明排。《金》书入手即言，西门已有一巴掌人，金莲是五娘，瓶儿是六娘，却又有时将五、六混叫，故黛、钗二人是二是一。

吹倒吹化之故

《红》六十五回，兴儿摇手道："不是那么不敢出气儿，是怕这气儿大了吹到了林姑娘，气儿暖了又吹化了薛姑娘。"

《金》六十一回，李瓶儿在房中，因其身上不方便，请了半日才来，恰似风儿刮得倒的一般。

按：《红》书此二语，固是从《金》书此类语意中化出，却又就林、薛两字面上下一诠释，谓木怕吹倒、雪怕吹化也。

乳名兼美之故

《红》五回，一女子似钗又似黛，乳名兼美，即指金、瓶二人共私一西门，故随手即紧接袭人，而点明初试云雨一段故事。

黛、钗之与金莲，上学裁衣之相同

林黛玉即潘金莲。颦儿者，言其嘴贫也。一部《红楼》，林于文字为最长；一部《金瓶》，金莲于诗词歌赋无所不能。盖林曾从贾雨村读书，此外并无一人曾上过学；潘亦于七岁往任秀才家上过女学，为《金瓶》各人所无。又谓林能自己裁衣，于他人并未明点；盖潘乃潘裁之女，九岁入王招宣府，又能为王婆裁缝寿衣，潘之精于女红，为《金》书注意之笔，亦可作一确证。

葬花之真诠：化灰下水与葬坟之别

黛玉葬花，即指金莲死武大、瓶儿死花二而言。瓶儿原从金莲化出，故花二之死，与武大异曲同工。其所葬之花并非虚指，即花子虚也。试看葬花之先，宝玉自读《西厢记》，又有饯花一局，明点死花二一事。试观《红》二十三回，宝玉笑道："好，好，来把这个花扫起来，撂在那水里。我才撂了好些在那里呢。"林黛玉道："撂在水里不好，你看这里的水干净，只一流出去，有人家的地方脏的臭的混倒，仍旧把花糟蹋了。那畸角上我有一个花冢。如今把他扫了，装在绢袋里拿土埋上，日久不过随土化了，岂不干净？"宝玉听了，喜不自禁，笑道："待我放下书，帮你来收拾"云云。按：此段先说撂了好些在水里者，即指西门与金莲曾将武大尸身焚化撒入澈骨池水中。黛云水里不好，拿土埋上，日久随土化了，宝云帮你收拾者，是谓子虚死后，瓶儿请了西门过去，与他商议买棺入殓念经发送到坟上安葬，此非葬花而何？却是移作葬武不得。盖武大化灰下水，并无坟之可言，故宝玉又说："明儿叫我吊在池子里，变个大王八，等你做了一品夫人，往坟上替你驮碑去"云云。明点武大是个大王八，死后吊在水里，又可想见瓶儿死后丧仪之盛。

葬花诗之解释

《红》书葬花之后，宝、黛又同读《西厢》，试一闭目思之，又是何等事？至诗之起句，为"花谢花飞花满天"，明言死武大、死花二已不一其人。结句言"侬今葬花人笑痴，他年葬侬知是谁"，谓我之死武大、死花二，是为痴情，而他日正不知死所，如瓶儿之风光、金莲之凄凉也。黛玉初入贾府，宝玉即有摔玉之事，此即金莲入门受西门辱也。不然，岂有号称大家公子，贾母夸其知礼之人，初见远来生客，即当面大发脾气一至于此者？观黛玉晚间淌眼泪，袭人等劝语自明。

黛玉不劝宝玉立身扬名之所本

《红》三十六回，林黛玉自幼不曾劝他去立身扬名等语，所以深敬黛玉。《金瓶》西门种种恶谋，大都金莲为之参预，甚至反激助长，同恶相济。《红楼》此数语，为骂黛之尤然，则黛为金莲化身，毫无疑义。

《红》三回，黛初入荣府，宝玉先赴庙里还愿去了。《金瓶》开篇，非西门赴庙结义乎？

宝、黛之似曾相识

玉初见黛，说"我曾见过的"云云，殆指挑帘之会相见也，故黛亦有在那里见过一般，何等眼熟之想。王婆撮合时，一语道破，此则不道破，而以似曾相识写之。

莲为花草，故以各植物烘托，犹金莲之为小脚

《红》书谓黛玉为绛珠仙草，故全书于花竹药草，凡植物之属点缀烘托，不遗余力，亦犹《金》书，但就金莲为小脚别名，遂于全书中每遇小脚，无不尽力描写。更于二十七回"潘金莲醉闹葡萄架"、二十八回"陈敬济侥幸得金莲"两回，写绣鞋至七十九次之多，盖此二回正写金莲，故亦正写小脚也。此是敷衍题面之文字，然非此不足令题面生色。

"有凤来仪"之说

《红》十七回，潇湘馆为入园第一胜地，"有凤来仪"谓金莲入西门宅，在本书为第一度。又，凤者，缝也。凤者拣旺门而飞，以西门与武大比，自以西门为旺，而西门自娶金莲，果日见旺盛，故曰"有凤来仪"。

"偷香玉"三字之意义

《红》十九回"偷香玉"三字,不但点明,而且指明黛玉为香玉,说明偷他。试闭目细思,是何等语?

草木姻缘,金莲之莲,非草而何?李瓶儿之李,非木而何?

黛玉烧香

黛玉烧香,月娘亦烧香,其被人撞破,故意漏泄情形,正如一辙。几时孟光接了梁鸿案,即《金瓶》二十一回,吴月娘扫雪烹茶,夫妇重谐。

《红楼》二十七回之葬花诗,二十八回之宝、黛反目,皆指花子虚已死,西门置之不娶,故宝玉酒令有"雨打梨花深闭门"之句。盖《金瓶》固明言西门庆闭门不理,一任瓶儿之望穿秋水也。

至冯紫英之女儿悲、愁、喜、乐酒令,"儿夫染病在垂危""大风吹倒梳妆楼""头胎养个双生子""私向花园掏蟋蟀",明明说的是瓶儿夫死巢倾,生一血统不明之儿,入西门家受凄凉等事。至琪官四句,不过点明娶了一个寡妇而已,证明唱曲即系误嫁蒋竹山之影子,故有"花气袭人知昼暖"之句。

"我不开了你怎么钻",即西门闭门不纳瓶儿也。

捉蒋玉函即逻打蒋竹山

忠顺亲王府捉蒋玉函,即逻打蒋竹山一段也。

《红》二十八回芒种饯花,即好指花二之死,故紧接蒋玉函情赠茜香罗。蒋、贾换带,即蒋竹山与西门庆交替而娶瓶儿。此段夹叙宝玉与黛玉反目,即是西门与瓶儿断消息一事。

葬花诗之所本

"鹦鹉不知人意绪,喃喃犹诵葬花诗。"《金》六十一回"心中无限伤心事,付与黄鹂叫几声"。

焚稿与丧子

颦卿之焚稿而死,即瓶儿丧子而死。

黛玉何以姓林

黛玉何以姓林?金莲初次卖入王招宣府学歌舞,王招宣府有林太太,故黛玉姓林,而其母舅即为王夫人。王夫人系九省都检点王子腾之妹,王子腾不入《红楼》,王招宣亦不入《金瓶》。金莲在王府不久,黛玉在林家亦不久,且同为追述小时之事,金莲在王府学歌舞，黛玉在林家上女学，皆相吻合。

因黛玉姓林，故又化出林之孝家的等等一干人。宝玉病中，不许人姓林，凡有姓林的都打出去，足见作者对于姓林煞费苦心。

黛玉初见宝玉，宝玉摔玉；金莲初见西门，是义竿打了头，此种相见仪节，试一闭目思之，必当失笑。

黛以文学见长之所由

黛之文学优长，皆由《金》书所谓诗歌词赋无所不能二语化出。《金》第三回，王婆道："娘子休推老身不知，你诗词百家曲儿内字样，你不知识了多少？如何交人看历日？"既如上所说，然《金》书之如此云云，皆由《水浒》之诸子百家皆通，故《红》书二十一回，黛玉在宝玉案上翻弄，可巧翻出《庄子》来，提笔续书云："无端弄笔是何人？作践南华庄子因。"此诸子也。又，黛玉与钗言，小时偷看许多小说淫书等语，此百家也。

黛之别字颦颦，莲耶瓶耶？故意眩人心目，所谓二而一也。

还眼泪债之所由来

黛玉与带雨同音，林者淋也，故以泪为黛之代表。斑竹也，手帕也，皆其点缀品也。"梨花一枝春带雨"，非泪而何？《金》书根据《水浒》，于哭、泣、号三字分晰极清，而以声泪之有无为标准。《金》书谓金莲有声无泪，故《红》书偏说黛玉从胎里便带了泪来。黛玉前身是金莲，不肯流泪，故欠下眼泪债，今生来还也。

手帕以眼泪而来，小脚从金莲而来

《红》书屡言手帕，如宝玉以旧手帕送黛玉，芸儿拾得小红手帕等等，不一而足，皆从眼泪联想而来，亦如《金》书屡言绣鞋，皆从小脚联想而来一样。

《红》书唱戏演鲁智深醉打山门，其"寄生草""漫揾英雄泪"云云，是黛玉教给宝玉者。《金》书西门生子加官时唱戏，所唱韩湘子寻叔云"叹浮生犹如一梦"云云，是金莲教给西门者。

《红》三十回，紫鹃说："我只当二爷再不上我们的门了。"此语殆即指西门与瓶儿中断消息而言。

《红》五十八回"杏子阴假凤泣虚凰"，即系指明寡妇嫁人种种假哭，而故以颠倒凤凰写之，又与瓶儿病中梦子虚索命、西门烧化纸钱相似。

宝钗与李瓶儿

宝钗与李瓶儿，同一白净，同一富厚，同一好以财物结交人，同一生子，同一与玉苟合于前、嫁之于后，同一住在贴邻，其所以名钗者，瓶之初赠月娘等是金寿字簪儿，簪者，钗也。又于金、玉二字重言，以申明之，以见与草木不同也。

宝钗之出闺成大礼以后，夫妇并不甚睦，迥与从前不同。最后却有遗腹一子，即瓶儿入西门以后，种种之不顺，却生了一个官哥也。

钗之与簪

簪即钗也，十二金钗、宝钗等等，皆簪之意。瓶儿屡以金头簪赠人，玉楼之金簪，春梅之金头簪，皆钗之意，俗者为钗，雅者为黛。

宝钗扑蝴蝶，撞见丫头谈秘密事；金莲亦以扑蝶遇见敬济，不过一系局外，一系局中，盖《红》书之钗，固非金莲正身也。

绣鸳鸯描摹横陈之所本

《红》三十六回"绣鸳鸯梦兆绛芸轩"，宝玉在床上睡着了，袭人坐在身旁，手里做针线，旁边放着一柄白犀拂尘，宝钗走近前来。（中略）袭人又笑道："姑娘你略坐一坐，我出去走走就来。"说着便走了。宝钗只顾看着活计，更不留心，一蹲身刚刚也坐在袭人方才的所在，因又见那活计实在可爱，由不得拿起针来替他代刺，不想林黛玉却来至窗外，隔着纱窗往里一看，只见宝玉穿着银红纱衫子，随便睡着在床上，宝钗坐在身旁作针线，椅边放着蝇帚子。林黛玉见了这个景儿，连忙把身子一藏，手握着嘴不敢笑出来，招手儿叫湘云。湘云一见，忙掩住口，便拉过他来道："走罢"。林黛玉心下明白，冷笑了两声云云。按：《金》书之描摹横陈，大抵皆用投影法，即所谓藏春芙蓉镜，如郓哥之口，和尚之耳，春梅之秋波，猫儿之眼中，铁棍之舌头，秋菊之梦内，皆是也。此回钗之代袭而绣鸳鸯，又坐了袭人坐位，却又偏偏令黛、湘二人看见,所谓无巧不成话也。昔人谓《金瓶》善用险笔,《红》书亦善学用险笔矣。

送宫花之所本

《红》七回"送宫花贾琏戏熙凤",薛姨妈叫香菱把那匣子里的花儿拿来,香菱答应了。向那边捧了小锦匣子来。薛姨妈道:"这是宫里头做的新鲜样法堆纱花十二支,交周瑞家的送三位姑娘,每人两枝,下剩六枝送林姑娘两枝,那四枝给了凤哥儿罢。"王夫人道:"留着给宝丫头戴罢了,又想着他们。"薛姨妈道:"不知道宝丫头古怪呢,他从来不爱惜这些花儿粉儿的"云云。

《金》十四回,李瓶儿到西门家拜金莲寿,月娘因看见金莲鬓上撇着一根金寿字簪儿,便问:"二娘你与六姐这对寿字簪儿是那里打造的?倒好样儿。到明日俺每人照样也配怎一对儿戴。"李瓶儿道:"大娘既要,奴还有几对,到明日每位娘都补奉上一对儿。此是过世老公公御前带出来的,外边那里有这样范?"又云,教冯妈妈附耳低言:"教大丫头迎春,拿钥匙开我房床里头一个箱子,小描金头面匣儿里拿四对金寿字簪儿,你明日早送来。"又云,只见冯妈妈进来,向袖中取出一方旧汗巾,包着四对金寿字簪儿,递与李瓶儿。李瓶儿先奉了一对与月娘,然后李娇儿、孟玉楼、孙雪娥每人都是一对云云。

《红》所谓花在锦匣子内,即瓶儿之金头簪在头面匣儿里也。"御前带出来的,外边那有这样范",即所谓宫里头做的新鲜样法也。十二枝花送三位姑娘,每人两枝,下剩送林姑娘两枝,那四枝给了凤哥儿。《金》书所谓先送金莲一对,后送月娘及李、孟、孙各两枝。不独主客先后皆是参差写来,抑且轻重分别大概皆合。至宝丫头不爱惜这些花儿粉儿的云云，正是描写瓶儿手松，惯以物品结识人也。又，予每谓十二钗即十二簪，而《金瓶》主要只有六人，即月娘、玉楼、金莲、瓶儿及娇儿、雪娥是也。盖题目三人，书中六人。六者三之倍；十二又为六之倍。今十二枝花每人两枝，即十二对折之意。宝钗、瓶儿本六人之一，今作送花送簪之主人，故送凤姐四枝，即以之暂代月娘，以充此数。

冷香丸方之解释

冷香丸方用四种花蕊各十二两，四种水各十二钱，盛在旧磁罐内，埋在花根底下，引子十二分，即是花在瓶中之意。旧磁罐者，瓶也。雨露霜雪，一年十二月，瓶中养花之水也。蜂蜜白糖，甜也；黄柏，苦也。言合成丸时是甜，而服用时是苦，皆到十二分也。一二年间配成一料，埋在梨花树下，即言瓶儿一二年间造成此事，便把花子虚活埋了也。改嫁之瓶，非旧磁罐而何？

四种花名之用意

冷香丸方，四种花名，亦非偶然。荷即莲也；芙蓉即是瓶儿；梅即春梅；春天之牡丹，乃假托花王之意。《金》之月娘，《红》之元春，即所谓上头穿黄袍的才是姐姐也。宝钗"竹夫人"一谜，于瓶儿一生描写不遗，亦即钗之自道，可以证钗、瓶原是一人之说。

宝钗生日之原因

《红》二十二回,凤姐与贾琏互商为宝钗作生日,说大又不是,小又不是,盖指瓶儿未入门以前,曾作生日一次,所谓妾身未分明也。

羞笼红麝串,见宝钗白膀子;大闹葡萄架,见瓶儿白屁股。

梨香院之方位

瓶儿狮子街房子,后墙紧靠王皇亲花园。又,花家大宅卖与王皇亲为业,小宅在西门紧邻。按:梨香院与省亲别墅贴邻。狮子街者,荣、宁街也。荣府非皇亲乎?省亲别墅非皇亲花园乎?梨香院非薛大姑娘所住乎?狮子街房屋非瓶儿之故居乎?

蘅芜之解释

花家原在隔壁,故钗先住梨香院;花二娘改嫁西门,故钗后入贾府。梨、李同音。香者,瓶之特长。蘅芷者,香草也,药名也。瓶之一生,于香料药品具有因缘,故居之于蘅芷清芬,字之以蘅芜君。

蘅芜者,蘼芜也。"上山采蘼芜,下山逢故夫",言瓶儿之有故夫也。

《红》七回,蘅芜院种许多香草,并言可以入药,薛大姑娘又常服冷香丸，即谓瓶儿热心、多情、多病、服药，又嫁与医生蒋竹山也，此皆是由《水浒》西门药店而来。钗、玉结合以后天，不以先天；以金钱，不以情义。《金瓶》西门之于瓶儿，正是如此，故于瓶之嫁、瓶之死，隐然以正式许之。而《红楼》之舍黛而钗，与彼一辙。

宝钗何以有热毒

宝钗从胎里带来一般热毒，故必服冷香丸，此即从《金瓶》之热结冷遇而来。如此之好女儿，却从胎里带来热毒，试一闭目思之，尤当失笑。

宝钗与宝玉初见

宝钗与宝玉初见，交换金玉二品；与黛玉初见摔玉，又是不同。证以后来钗、玉二人种种事实，则此次交换之内幕，试再闭目思之，尤当失笑。

宝玉历次之炫玉

宝玉到袭人家，亦曾以玉交袭人传观，此处与玉、钗相见，同一写法。然则其视钗为何如人？弄玉又为何如事？试再闭目思之，尤当失笑。

以"偷香"封"窃玉"切实发挥

　　一部《红楼》，无非偷香窃玉。所谓偷香玉者，乃合写耳。其偷香一事，则以宝钗为正写，又复旁敲侧击以写之。《红》三回，贾芸将香料、水麝等物送与凤姐一段，即是《金》十六回瓶儿将床后藏着的沉香、白蜡、水银、胡椒等物搬出来，交西门秤了斤两，卖了银子云云。两书均是实写"偷香"二字，不过《金》顺写，而《红》倒写耳。"芸儿"之"芸"字，亦是香料，不然，端午节可送之礼甚多，何必单送香料？又何必编排一大篇说是送的转卖的云云乎哉？

　　芸儿拾小红手帕一段，极似《金》书敬济拾着金莲绣鞋。此事《红》书有坠儿经手，《金》书有铁棍经手。

贾珍与可卿之关系

　　《红》十三回，秦可卿之死，贾珍哭的泪人一般，正和贾代儒等说道："合家大小，远近亲友，谁不知我这媳妇比儿子还强十倍。如今伸腿去了，可见这长房内绝灭无人了！"说着又哭起来。众人忙劝道："人已辞世，哭也无益。且商议如何料理要紧。"贾珍拍手道："如何料理？尽我所有罢了。"又云，贾珍此时，恨不能代秦氏之死云云。按：焦大口中听谓爬灰的爬灰，即指贾珍而言。而《红》书中惟此一段是正写，此事其在《金》书中，于金、梅等人皆无此事，而于瓶儿则有若隐若现之语，亦以纱笼法写之。如《金》十回，叙瓶儿出身一段云，花太监死了，一分钱多在子虚手里；十四回瓶儿道："这都是老公公在时梯己，交与奴收着之物，他一字不知，大官人只管收去。"又云："俺过世公公有四个侄儿，俺这个名花子虚。都是老公公嫡亲的。虽然老公公挣下这一分钱财，见我这个儿不成器，从广南回来，把东西只交付与我手里收着，着紧还打躺棍儿。那三个越发打的不敢上前。去年老公公死了，这花大、花三、花四也分了些床帐家伙去了。只现银子一分儿没曾分得"云云，可以证明瓶儿对于老公公感情之厚，远胜子虚，即可知老公公之爱瓶儿十倍子虚。然则《红》书所谓媳妇比儿子还强十倍者，其有所本，不问可知。至猥亵之事，虽出焦大之口，却无明文。而《金》十三回，西门袖中取出李瓶儿交来春册，说是他老公公内府画出来的云云，《红》书即由此语指为有猥亵情事矣。又，贾珍云"伸腿去了"，"绝灭无人"等语，即西门所谓"他又伸长腿去了，我还活在世上做什么也"。

叔公与侄妇之关系

《金》书明言花子虚是老公公之第二侄儿，《红》书叙宝玉睡可卿床上初试云雨情，十三回宝玉梦中听见秦氏死了，连忙翻身爬起来，只觉心中似戳了一刀的，不忍哇的一声，直奔出一口血来云云，是写可卿与二叔公有暧昧事情。排行虽倒，事实则一。

《红》十三回，秦可卿将死，凤姐做梦与他说了许多的话；《金》六十一回，瓶儿将死，迭次梦见花子虚索命，并抱着死了的官哥来招瓶儿去住云云，此是同一将死朕兆。

《红楼梦》与《金瓶梅》之关系

可卿寿木与瓶儿寿木

又，看板时，几副杉木板皆不中用，可巧薛蟠来吊问，因见贾珍寻好板，便说道："我们店内有一副板，叫作什么樯木，出在横海铁网山上，作了棺材，万年不坏。这还是当年先父带来，原系义忠亲王老千岁要的，因他坏了事，就不曾拿去。现在还封在店内，也没有人出价敢买。你若要，就抬来便罢。"

贾珍听说，喜之不尽，即命人抬来。大家看时，只见帮底皆厚八寸，纹若槟榔，味若檀麝，以手扣之，玎珰如金玉。大家都奇异称赞。

贾珍笑问："价值几何？"

薛蟠笑道："拿一千两银子来，只怕也没处买去"云云。

《金》六十二回，瓶儿死了，西门庆叫陈敬济同贲四去看板，回话说看了几副板都中等，尚举人家有一副好板，原是尚举人父亲在四川成都府做推官时带来，预备他夫人的两副桃花洞，他使了一副，只剩下这一副，墙磕底盖堵头俱全，共大小五块，定要三百七十两银子。乔亲家与做举人的讲了半日，只退了五十两银子。比及黄昏时分，只见抬板进门，果然好板，随即叫匠人锯开，里面喷香。每块五寸厚，二尺五寸宽，七尺五寸长。看了满心欢喜云云。

所谓贾珍笑问，即满心欢喜也。至同是父亲带来，同是有主之物，同一说明尺寸，同一说明香味，更可一目了然。

会芳园赏花之所由

《红》五回,东边宁府花园内梅花盛开,贾珍之妻尤氏,乃治酒请贾母、邢夫人、王夫人等赏花。又云,贾母等于早饭后过来,就在会芳园游玩。一时宝玉倦怠,欲睡中觉。贾蓉之妻秦氏便忙笑回道:"我们这里有给宝叔收拾下的屋子"云云。

《金》十三回"李瓶姐墙头密约",九月重阳,花子虚假着节下,叫了两个妓者,具柬请西门庆过来赏菊。到掌灯之后,西门庆忽下席来,外边解手,不防李瓶儿正在遮槅子边站立偷觑,两个撞了个满怀。西门庆回避不及,妇人走到西角门首,暗暗使绣春黑影里走到西门庆跟前,低声说道:"俺娘使我对西门爹说,少吃酒,早早回家,晚夕娘如此这般,和西门爹说话哩。"西门庆听了,欢喜不尽,回来到席,只推做打盹,故意东倒西歪,教两个扶归家去了。又云,西门庆推醉到家,暗暗扒过墙来,这边已安下梯子,迎接进房中云云。

按:《红》之所谓赏花,即赏花家之尤物,为梅为菊,不过藉作名头耳。会芳园之名,亦寓幽会之意。至宝玉一时倦怠,欲睡中觉,正是西门在席上装睡,东倒西歪。秦氏忙说:"我们这里有给宝钗收拾下的屋子"云云,明明是说装睡离席之后,便扶到秦氏房中也。此段叙东边有花园,东邻设宴,临席倦怠,扶入闺房,两书如出一手,固不待《红》书下文作种种点缀,即知其必有故事矣。

《红》五回第二支:"空对着,山中高士晶莹雪;终不忘,世外仙姝寂寞林。叹人间,美中不足今方信。纵然是齐眉举案,到底意难平"云云。《金》书谓:"既有金莲,复娶瓶儿,而待以正室之礼，所谓齐眉举案，到底意难平。"《红》所谓："见了姐姐，忘记了妹妹"云云，此词之对雪不忘林，适得其反，但在事实上，宝玉娶了宝钗，却又有候芳魂之事。盖《红》之黛死钗合，又适与"金"之瓶死莲留为相反耳。

可卿丧事与瓶儿丧事逐事之比较

　　《红》十三回之叙可卿丧事，极力铺排，不但突过凤姐等人，且较贾母为阔绰详尽，若按辈分支派言之，无论如何，不应将此事如此叙法。然则作者深意，可想而知，此数回之所本，全在《金》书六十三、四等回之叙瓶儿丧事，今姑举其例如下：

　　《红》书历叙侯伯世交之吊奠，《金》书历叙乔皇亲、宋御史、黄主事、杜主事两司八府官员及吴道官本县知县等十余起之祭礼，其证一。

　　《红》书秦氏丫鬟名唤瑞珠者，见秦氏死了，触柱而亡，贾珍以孙女之礼殓殡。小丫鬟名唤宝珠者，愿为义女，誓任摔丧驾灵之任，从此皆呼宝珠为小姐。那宝珠按未嫁女之丧，在灵前哀哀欲绝。于是合族人丁并家下诸人，各遵旧制行事，自然不得紊乱云云。《金》六十三回，瓶儿死了，强陈敬济做孝子。又云：合家大小，都披麻带孝，陈敬济穿重孝经巾。又云：西门庆与陈敬济穿孝衣，在灵前还礼，其证二。盖宝珠自充义女，便取得小姐资格。敬济自做孝子，便在西门家当家也。

　　这四十九日，单请一百单八众禅僧，在大厅上拜大悲忏，起度前亡后化，以免亡者之罪。另设一坛于天香楼上，是九十九位全真道士，打四十九日解冤洗孽醮云云。可卿既是大家重孙媳，又有何等冤孽？贾门世禄之家，前亡后化，又有何罪？《金》书于瓶儿临终,梦见花子虚索命。六十二回,潘道士遗将拘神之后说:"为宿世冤恩,诉于阴曹,非邪祟也。"又,二十七盏本命灯,尽皆到灭云云,皆指冤孽而言。瓶儿丧事之中,请报恩寺十一众僧人,先念倒头经。又,玉皇庙吴道官受斋,请了十六个道众在家中,扬幡修建斋坛。又,门外永福寺道坚长老,领十六众上堂僧念经云云,皆是。其证三。

《红》书铺排丧仪,题衔捐官,与《金》书如出一手。《红》书之诰授贾门秦氏宜人之灵位。即《金》书之诰封锦衣西门室人李氏柩也。其证四。

《红》十三回"王熙凤协理宁国府",固以见凤姐理事之才,亦以见东府办事之郑重。《金》书之叙瓶儿丧事,与应伯爵定管丧礼簿籍,先兑了五百两银子、一百吊钱来,委付韩伙计管帐,并派各项执事人等,与《红》书所叙大同小异。其证五。

《红》十三回"秦可卿死封龙禁尉",贾蓉捐官,专作丧事风光,此中具有深意。贾家固是世禄,然秦氏不过一重孙妇,必须儿夫官衔,方是切身荣显,殊不知此全从《金》书之题作锦衣云云内化出。盖西门暴发,而妻妾中之得用头衔,只此一次。贾家世胄,而妇女之得用头衔。亦只此一次。锦衣与龙禁尉同一性质,更不待言。《红》之回目,竟谓秦可卿受封,可称史笔。其证六。

《红》十四回,北静王路祭一段。按:《金》六十五回,瓶儿之殡,走出东街口,西门庆具礼,请玉皇庙吴道官来,悬真身穿大红五彩鹤氅,头戴九阳雷巾,脚登丹舄。手执牙笏,坐在四人肩舆上,迎殡而来。将李瓶儿大影捧于手内。陈敬济跪在面前,那殡停住了,又云:吴道官念毕,端坐轿上。那轿卷坐退下去了。这鼓乐喧天,哀声动地,殡才起身云云。试以吴道官作为北静王,闭眼揣想,当日情形,如出一辙。其证七。

《红楼梦》与《金瓶梅》之关系

五儿承错爱之由来

《红》百零九回"候芳魂五儿承错爱"有云:"一心移在晴雯身上去了,忽又想起五儿,给晴雯脱了个影儿,因又将想晴雯的心腹,移在五儿身上,自己假装睡着,偷偷的看那五儿,越瞅越像晴雯"云云。又云:"五儿听见宝玉唤人,便问道:'二爷要什么?'宝玉道:'我要嗽嗽口。'五儿见麝月已睡,只得起来,重新剪了蜡花,倒了一钟茶来,一手托着嗽盂,却因赶忙起来的,身上只穿着一件桃红绫子小袄儿,松松的挽着一个髻儿。宝玉看时,居然晴雯复生"云云。《金》六十五回,西门庆晚夕还来李瓶儿房中,要伴灵宿歇。奶子如意儿在无人处,常在跟前递茶递水。这日夜间要茶吃,叫迎春不应,如意儿便来递茶,因见被拖下炕来,接过茶盏,用手扶被,西门庆一时兴动"云云。又,六十七回,西门庆说:"我儿,你原来身体肉皮也和你娘一般白净,我搂着你,就如和他睡一般。"又,七十五回,如意儿说"我娘家姓章,排行第四,今三十二岁。"又云:"一面口中叫他章四儿"云云。柳五儿即章四儿,所谓章台柳也。至《红》目之"候芳魂五儿承错爱",《金》目之"守孤灵半夜口脂香",殆所谓二而一矣。

熙凤月鉴之与磨镜

《红》书点醒关目,在"贾天祥正照风月鉴"。《金》书点醒关目,在五十八回"孟玉楼周贫磨镜"。而《红》书五回,宝玉人太虚幻境见了册子,檃括全书,即《金》二十九回"吴神仙冰鉴定终身",将书中要人全予提明。同用镜子,同一点法。

铁槛寺弄权一案之真相

《红》十五回"王凤姐弄权铁槛寺",老尼道:"阿弥陀佛!只因当日我先在长安县内善才庵内出家的时节,那时有个施主姓张,是大财主。他有个女儿,小名金哥。那年都来我庙里进香,不想遇见了长安府府太爷的小舅子李衙内。那李衙内一心看上要娶金哥,打发人来求亲。不想金哥已受了原任长安守备的公子的聘定,张家若退亲,又怕守备不依,因此说已有了人家。谁知李公子执意不依,定要娶他女儿。张家正无计策,两处为难。不想守备家听了此信,也不管青红皂白,便来作践辱骂,一个女儿许了几家,偏不许退定礼,就打起官司告状起来。那张家急了,只得着人上京来寻门路,睹气偏要退定礼。我想如今长安节度云老爷与老爷最契,求云老爷和那守备说声,不怕那守备不依"云云。按:此一段,影影幢幢,不啻将《金瓶梅》撮要重叙了一遍。财主姓张,非张大户乎?女儿金哥,非丫头金莲乎?李衙内看上金哥,执意定要娶他,彼看上孟玉楼,非娶不可者,非李衙内乎?《红楼》全书,只此处见衙内头衔。盖系宋人称呼,故意透露,以示与《金》书有关之痕迹。金哥已受张守备家的聘定,《金》书红梅非改嫁与周守备乎?《金》书诸妇女那一个不是一个女儿许了几家乎?打官司告状,上京寻门路之事,《金》书中如花子虚、西门庆诸家,非因打官司告状,着人上京寻门路之事,不一而足乎?长安节度云老爷与老爷最契,《金》书之云里守,非由十兄弟而出山做官,官至参将,与月娘做了亲家。为全部

《金瓶》最后之结束乎？以上种种，特借一老尼口中隐约传出，所以必借老尼者，《金瓶》全书，非以好善看经作结乎？

《红》十五回"王熙凤弄权铁槛寺"，《金》四十七回，王六儿受贿，向西门关说苗青人命一案，亦在上坟之前。

烧糊卷子

《红》四十三回"闲取乐攒金庆寿"，是在贾琏与凤姐反目以前，《金》二十一回，孟玉楼等凑分子，以赏雪为名，为西门庆与月娘重谐作贺，是在反目以后。《红》四十六回，凤姐说："我与平儿，一对烧糊卷子。"此语《金》四十一回，春梅亦曾说过。又凤姐自谓张道士说："叫我修修寿。"《金》书金莲亦说："前日道士说，我短命呢。"

可卿、凤姐之病，均是血山崩，与李瓶儿一样。

协理宁国府之所由

《红》十四回，来升传齐同事人等说道："那是个有名的烈货，脸酸心硬，一时恼了，不认人的。"又云："凤姐儿见自己威重令行，心中十分得意。"又云："登时放下脸来。喝命带出打二十板子，一面又掷下宁国府对牌，出来说与来升，革他一月饭米。"

《金》六十四回，玳安说："只是五娘和二娘悭吝的紧，他当家，俺们就遭瘟，来会着买东西，也不与你个足数，绑着鬼，一钱银子，只称九分半，着紧只九分。俺每莫不赔出来。"又云：

"只是五娘行动就说,你看我对爹说不说。把这"打"只提在口里。"又云:"如今六娘死了,这前边又是他的世界。明日那个管打扫花园,干净不干净,还吃他骂的狗血浇了头哩"云云。

然则熙风之协理宁国府,殆即金莲于瓶儿死后,大肆凶毒之化身。

《红》六十五回,小厮兴儿在尤二姐家中,一长一短问答,家中上下人等性情脾胃,无不形容酷肖,而对于凤姐之狠毒,尤属不留余地。按:《金》六十四回,傅伙计与玳安抵足所谈西门家中一切内容,与《红》书如出一手,其赞扬瓶儿处,即《红》书之奉承尤二姐;毒骂金莲处,即《红》书之毒骂凤姐。不过《金》全是背后,而《红》作面诿耳。

吃猴子尿

《红》五十四回,贾母说笑话,有吃猴子尿云云。《金》书历记金莲、六儿、如意儿等人,皆有喝西门之尿之事。

鲍二家的与宋蕙莲

《红》四十四回,凤姐泼醋一段,鲍二家的之为宋蕙莲,固无疑义。《金》二十二回,西门初令玉箫送缎子,约其来会。又,三十五回,六娘下棋,忽然早散,见玉箫拦着门,被金莲寻着,蕙莲一溜烟去了。金莲发很,要把奴才脸打的胀猪头红云云。《红楼》凤姐之于鲍二家的,却真打了。落后蕙莲吊死,鲍二家的亦是吊死。

凤姐与王六儿

《红》三回贾母说凤姐:"是我们这里有名的一个泼皮破落户儿,南省俗谓作辣,你只叫他凤辣子就是了。"又云"就是二舅母王氏之内侄女,自幼假充男儿教养。"又云:"身量苗条,体俗风骚"云云。《金》三十七回之叙王六儿,生的长挑身材,紫膛色瓜子脸,描的水鬓长长的。又云:他是后街宰牲口王屠的妹子。又,三十八回,棒槌打捣鬼云云,皆所谓有名的破落户。至王六儿,但凡交媾,只要教汉子干他后庭花,殆所谓假充男子者欤?

《红》之评凤姐曰:"脸酸心硬,有杀伐。"又曰:泼辣货辣子云云。试问非金莲,何人足以当此?

凤姐与《金》之王六儿,姓同,嗜利同,偷小叔同(凤之于宝二、于瑞大;六之于韩二捣鬼),生一女同(凤生巧姐,嫁一乡人;六生爱姐,嫁翟管家)。巧姐七月七日生,爱姐五月五日生,均以生辰为名,又同。

凤姐失势之后,以历劫返金陵结之;王六儿后来,非南行作种种丑事乎?

李纨与孟玉楼,李纨、孟玉楼之于李师师

李纨即《金瓶》之孟玉楼,而李、孟二人,皆即李师师。按:《李师传》,师师染师女,故玉楼之前夫为一贩布人,而家中

有靛缸打布橙等染具。宋道君幸师师家，赐以"金勒马嘶芳草地，玉楼人醉杏花天"之画，玉楼簪上镌此二语，《金》书于此一簪，屡屡提及。师师之自杀以簪，故玉楼亦以簪著。玉楼之簪高插在头上，李纨之帘高挑在屋上，所谓二而一者也。师师不屈于金人，完节而死，故玉楼之入《金瓶梅》，系一寡妇，李纨之入《红楼梦》亦然。至李纨之杏帘在望，明系玉楼之簪上诗意，而师师家有道君赐"醉杏楼额"。幸者，杏也，故"杏帘在望"在此意焉。纨者，完也。李即李衙内之李。《金瓶》以李衙内结孟玉楼，故即以李纨为玉楼。

孟楼之亲姑娘姓杨，改嫁而终于李，皆是杏之类。

《金瓶梅》寓意说，玉楼簪上镌"玉楼人醉杏花天"，来自杨家，后嫁李家，遇薛嫂而受屈，遇陶妈妈而吐气，分明为杏无疑。杏者，幸也。身毁名污，幸此残躯留于人世，嫁于李衙内，而李贵随之，李安往依云云。此李纨所以为玉楼化身，而必姓李也。

《红》十七回，游大观园至稻香村，有几百株杏花编就两溜青篱之外，山坡之下，有一土井。又云：莫若直书"杏花村"。又云："红杏梢头挂酒旆"云云。

《金》七回，西门到南门外杨家门首，下马进去，里面仪门、照墙竹、抢篱影壁，院内摆设石榴树禽果，台基上靛缸一溜，打布橙两条。薛嫂推开朱红槅扇，三间倒坐客位，上下椅桌光鲜，帘栊潇洒云云。

《红》书于"杏"字再三点醒，《金》书于玉楼来处另用村景写之，故杏花村为玉楼所居，毫无疑义。

孟玉偻有一姑母，殆即李婶娘之流。

元春之与吴月娘

《红》十八回"庆元宵贾元春归省",其时则为元宵,其地则为别墅,其人则为大姐姐,其客则为全家女客,而男人亦在其中。《金》十五回"佳人笑赏玩灯楼",是吴月娘率领诸姬妾到狮子街李瓶儿家,即西门外家将来之闲房看灯。后来,西门又往他那里去了。按:外家非别墅而何?此段在《红楼》为极盛时代,在《金瓶》亦是如是,大有出峡楼船帆樯乍整之势。

《红》八十六回,算命的说,元妃是个贵人,不能在府中。按:《金》书十一回,吴月娘居大,常有疾病,不管家事云云。按之此语,无不吻合。

元春是正月初一生日,吴月娘是八月十五生日,皆以生日为名。又,王夫人是三月一日生,盖言王字是三横一直也。

《红》书十六同"贾元春才选凤藻宫",原来《金》书之吴月娘是属小龙的,元妃归省,与宝玉最昵,携手入怀,抚其头颈,其西门与月娘重修旧好之谓欤?元妃出面,只有一度,而月娘好合得胎,亦即一次。

迎春与李娇儿,司棋与夏花

"惑奸谗抄检大观园",即《金》四四回侍女偷金。《红》书迎春二姑娘之婢司棋是犯人,《金》书二娘李娇儿之婢夏花是犯人。李者,木也,故迎春号二木头。夏之序为第二,棋亦为第二。《金》四三回,西门吩咐月娘把各房里丫头叫出来审问审问,我使小厮买狼筋去了。李娇儿没句话说。《红》书迎春看《感应篇》，即是此段。《金》又云这里教唆夏花云云，极似探春打王善保家的一段。

狼筋

　　《金》四四回，小玉说："夏花儿听见娘说爹使小厮买狼筋去了，吓的他要不的，在厨房问我，狼筋是甚么？教俺和众人笑道："狼筋敢是狼身上的筋，若是那个偷了东西不拿出来，把狼筋抽将出来，就缠在那人身上，抽攒的手脚儿都在一处，他见咱说，想必慌了。"

　　按：《酉阳杂俎》：狼筋在脞中，大如鸭卵。有犯盗者，薰之令其挛缩。或云：狼筋状如织络，小囊虫所作也。

　　王阮亭《分甘余话》亦载此事。《两般秋雨盒随笔》卷五"山舟学士旧藏虫窠一枚"云：太翁蔻林编修公以围棋决赌，得之严氏者。严氏自何处来，未晓也。其色枣赤。状之大小长短，亦绝似不镂自雕，如细目之，缘督为经。又若小口之囊，一面附着树枝处，痕深陷，而直贯彻上下，以是则知为虫所结也。学士殁后，是物为张岐山少尉问莱乞去，携入川中矣。许周生驾部宗彦云：是物名狼巾，不知所据。

　　按：狼巾即狼筋，《金瓶》谓为治盗物之婢所用，想见彼时刑官，知有此物。西门身为刑官，故其家人亦知有此物，但未见原物耳。为考抄检大观园，故连类及之。

《红楼梦》与《金瓶梅》之关系

探春与孟玉楼

探春亦指孟玉楼。孟者,梦也。郑人梦鹿,故别号蕉下客。又说一只鹿牵了去,炖了脯子来吃。玉楼有簪,挑出故曰探春。簪能刺,故曰玫瑰花有刺。四春惟探有母,好小利而不贤,指孟有杨家亲姑娘,好小利而不贤。后来探春出嫁,又专以当家见长,亦与玉楼相合。探春曾与李纨同当过家,二人同是孟玉楼化身,故同办一事。秋爽斋之秋,即第三之符号,玉楼固是西门第三妾也。

探春何以为庶出

玉楼出身正室,后嫁李衙内,又系正室,只在西门家,却做了第三房,故《红》于探春列为第三,谓其嫁了三次也,与嫡出同等看待,却又时时揭挑出他是庶出,即是现为第三房之证。所谓老鸹窠里出凤凰者,谓虽系第三房,以前以后,均是正室也。至李衙内,原籍枣强,过了黄河,还有七百里。探春远嫁,殆即指此。

惜春与孙雪娥

《红》之四姑娘惜春,牛性好佛。百十四回贾母出殡,包勇见一个女尼,带厂一个道婆到园内扣门,说道:"今日听得老太太事完了，不见四姑娘送殡，想必是在家看家，想他寂寞，我们师父来瞧他一瞧"云云。《金》六十五回，徐阴阳择定辰时起棺，西门庆留下孙雪娥并二女僧看家云云。此是明点惜春即是雪娥。至雪、惜同音，同是行四等证据，更不待论。

妙玉遭劫与孙雪娥被拐，铁门槛之寓意

《红》百十二回"活冤孽妙尼遭大劫"，将妙玉轻轻的抱起，轻簿了一会子，便拖起背在身上，来到园后墙边，搭了软梯，爬上墙跳出去了云云。《金》九十回"来旺盗拐孙雪娥"，来旺儿踏着梯橙，黑影中扒过粉墙，雪娥那边甩橙子接着，两个就在西耳房干毕云云。又约定来旺儿在来昭屋里等候，两个要走，来昭便说："不争你走了，我看守大门，管放水鸭儿，若大娘知道，问我要人怎了？不如你每打房上去，就蹦破些瓦，还有踪迹云云，即其证也。至惜春与妙玉为交至密，几如一人，其为一人化为二人，殆无疑义。妙玉最喜之诗，是"纵有千年铁门槛"，故自称为"槛外人"。雪娥结果，非跃墙而逃乎？谓纵有铁门槛，亦拦不住也。

妙玉烹茶之有本

《红》四一回，宝玉品茶栊翠庵，妙玉用雪水烹茶饷客，何等清雅高洁！然《金》书之孙雪娥，单管率领家人媳妇在厨中上灶，打发各房饮食，譬如西门庆在那房里宿歇，或吃酒，或吃饭，或造甚汤水，俱经雪娥手中整理，那房中丫头，自往厨下去

拿,见《金》十一回。妙玉、惜春,同是雪娥化身,故必以造茶写之,雪水映之,方不负题。

《红》四十二回,惜春画图,宝钗开画具,单内有罗筛、乳钵、碗碟、沙锅、风炉、水桶、磁缸、柈炭、生姜、酱等物,黛玉说炒颜色吃云云,此正是点明惜春是雪娥化身。雪娥管厨房,造茶汤,固必须上项什物也。

柳五嫂之与孙雪娥

《红》六十一回,柳五嫂管厨房一段情形,即是《金》书孙雪娥一分职务。此回开首,柳家的笑道:"好猴儿崽子,亲婶子找野老儿去了,你岂不得了一个叔叔"云云,即是《金》书孙雪娥偷来旺儿,所谓人家养汉养主子,你养汉养奴才者也。

湘云之与李桂姐

湘云姓史,是史太君娘家人,来往于诸姊妹间,却又不能久住,其才藻似黛玉,故于诗社颇能出一头地;其大方似宝钗,故绛绞石戒指四个,一送大博姐姐妹妹及众丫头欢心,殆即《金》书中之李桂姐乎?桂姐之姑母李娇儿,非西门之第二房乎?非与桂姐同是里边人物乎?《红》二十一回,湘云替宝玉梳上头,殆即《金》书十一回"西门庆梳笼李桂姐"。《红》书六十二回"史湘云醉眠芍药裀",即《金》书五十二回之"山洞戏春娇"也。

《红》六十二回"史湘云醉眠芍药裀",系从拜寿起头。探春笑道:"一年十二个月,月月有几个,人多了便这等巧。也有三个一日的,大年初一也不白过,大姐姐占了去,怨不得他福大,生日比别人占先"云云。

《金》五十二回,月娘对李桂姐道:"前月初十日是你姐姐生日,过了这二十四日,又是你妈的生日了。原来你院中人等,一日害两样病,做三个生日。日里害思钱病,黑夜害思汉子的病。早辰是妈的生日,响午是姐姐生日,晚夕是自家生日。怎的都挤在一块儿"云云。

按:此即《红》书所谓三个一日也。此日是宝玉、平儿、宝琴、岫烟四人同生日。后来饮酒行令插科,忽然不见了湘云,只当他外头自便就来,谁知越等越没了影儿,使人各处去找,那里找得着?(中略)只见一个小丫头笑嘻嘻的走来说:"姑娘快瞧,云姑娘吃醉了图凉快,在山子后头一块青石板橙上睡着了。"众人走来看时,果见湘云卧于山石僻处一个石橙子上,业经香梦沉酣,四面芍药花飞满了一身,满头脸衣襟皆是红香散乱。(中略)心中反自觉惭愧。早有小丫头端了一盆洗脸水云云。《金》五十二回,官哥剃头,西门庆在花园请客,桂姐递酒唱曲,伯爵打诨,又与桂姐打双陆。西门庆递了个眼色与桂姐,就往外走,桂姐也走出来。在太湖石畔推摘花儿,也不见了。伯爵与希大一连打了三盘双陆,等西门庆不见,出来问画童儿道:"你爹在后边做甚么哩?"画童儿道:"爹在后边,就出来了。"原来,西门庆在木香棚下,看见李桂姐,就拉到藏春坞雪洞儿里,把门儿掩着,坐在矮床儿上。(中略)不想应伯爵到各亭儿上寻了一遭寻不着,打滴翠岩小洞儿里穿过去,到了木香棚,抹过葡萄架,到松竹深处藏春坞,隐隐听见有人笑声,又不知在何处,被伯爵猛然大叫一声,推开门进来,看见西门庆把桂姐正干得好,说道:"快取水来泼泼"云云。

按：《金》书写花遮柳隐，于此间香梦沉酣自无异说。其一路插科打诨，亦复相同。甚至取水泼泼，亦无遗漏，可谓如出一手。

湘云之与云儿与李桂姐之关系，女儿诗之细评

《红》二十八回，冯紫英家吃酒，娼优齐集，玉菡与云儿并称，人但知玉菡换汗巾应注意，不知此回之云儿亦甚出色。试看开场，即是云儿唱后，又照大家一样唱了说了。这头一支，唱的是两个冤家，岂非明点《金》书"争锋闹花院"一回乎？《金》书谓西门包占桂姐，因不常去，又接了丁二官。西门窥破，大起风波，即所谓拿住三曹对案，我也无回话也。宝玉之四女儿诗，是浑括的，第一句"青春已大守空闺"，是言空房难独守，泛沦《金》书之寡妇嫁人；第二句"晦教夫婿觅封候"，谓西门得官；第三句"对镜晨妆颜色美"，谓后房充牣争妍取怜；第四句"秋千架上春衫薄"，谓墙茨不扫，已有帷薄不修之兆。《金》五十二回，金莲、瓶儿、春梅等人打秋千，陈敬济送之是也。"滴不尽相思血泪抛红豆"一曲，则总括全书诸美之闺情绮怨而分写之。其门杯之"雨打梨花深闭门"，则指明失信瓶儿，闭门不纳，以渡入下段。冯紫英与冯妈妈同姓，故所说女儿诗，全为瓶儿而设。第一句"儿夫染病在垂危"，花子虚因气丧身也；第二句"大风吹倒梳妆楼"，瓶儿离了狮子街妆楼，嫁与西门作妾也；第三句"头胎养个双生子"，瓶儿入门不久，便生官哥。双生者，血统不正，盖官哥之为何人种子，尚不可知也；第四句"私向花园掏蟋蟀"。谓瓶儿入门，不见礼重。"你是个可人"一曲，指

瓶儿情感西门而言，又以门杯"鸡声茅店月"点醒戴月披星以结瓶儿一段，以下又入云儿四句，全系勾栏人语，即指李桂姐等人而言。湘云一名云儿，此其所以为李桂姐化身也。"豆蔻花开三月三"一曲，即指梳笼李桂姐而言。终之以"桃之夭夭"者，指西门死后，李桂姐串同李娇儿席卷而逃一段故事也。薛蟠是武大化身，故其四句明说金莲嫁了武大，又叫西门踢死，贪淫改嫁一段事实。蚊子苍蝇者，言其毒嘴伤人、谗邪污白也。玉菡四句，似为宋蕙莲而作。第一句"丈夫一去不回归"，言来旺被发配而蕙不知也；第二句，无钱去打桂花油"，言岂无膏沐，谁适为容也；第三句"灯花并头结双蕊"，言外遇孔多也：第四句"夫唱妇随真和合"，言虽不贞，却为本夫而死也；"可喜你天生百媚娇"一句，又似为梅而设，借以渡到袭人，所谓配鸾凤真也。著者指春梅后来作夫人，袭人亦作蒋家正头娘子也。终之以"花气袭人知昼暖"，点醒本题，将人名揭破而止。

此回开首，由怡红院不开门写入，足见正在西门闭门不纳瓶儿、瓶儿误嫁蒋竹山之时。以时考之，玉菡、竹山不无关合。

薛姨妈之与王婆

《红》八回"贾宝玉奇缘识金锁"，且说宝玉来至梨香院中，先入薛姨妈室中，见薛姨妈打点针黹与丫鬟们呢，宝玉忙请了安，薛姨妈忙一把拉了他拖入怀内，笑说："这么冷天，我的儿，难为你想着来。快上炕来坐着罢。"命人倒滚滚的茶来。宝玉因问："哥哥不在家？"薛姨妈叹道："他是没笼头的马，天天逛不了，那里肯在家一日！"宝玉道："姐姐可大安了？"薛姨妈道："可是呢，你前儿又想着打发人瞧他，他在里间呢，你去瞧他。

里间比这里暖和,那里坐着,我收拾收拾就进来和你说话儿"云云。按:薛姨妈即王婆,他娘家本是姓王,证一;宝玉入室,即西门入王婆茶店,证二;打点针黹与丫鬟,即王婆请金莲裁缝寿衣,证三;呼宝玉为我的儿,王婆有干娘之目,证四;倒茶来吃,即王婆点茶与西门,证五;哥哥不在家,即武大出门卖炊饼,证六;宝姐姐在里间屋,金莲即在隔壁,证七;我收拾收拾就来,王婆为武家收拾,已非一次,证八;薛姨妈口吻,已承认宝玉专为宝钗而来,王婆之于西门,亦是如此,证九。此次金、玉相逢,即是苟合之初步,而宝、黛、钗三人饮酒,亦即茶店饮酒。外间下雪,又点逗雪中戏叔一段情事。

《红》五十七回"慈姨妈爱语慰痴颦",黛玉说:"宝姐姐见了姨妈就撒娇儿,分明是气我没娘之人。"又云:"明日就认姨娘做娘。"薛姨妈道:"你不厌我,就认了。"(中略)宝钗笑道:"真个妈妈明日和老太太求了聘作媳妇"云云。《金》书之王婆,非金莲之干妈乎?金莲非曾嫁武大乎?薛姨妈之为王婆,薛蟠之为武大,黛玉之为金莲,更有何疑?

刘姥姥之与应花子

《红》之述刘姥姥云:不知从何处说起,借一个人为《金》书线索,即刘姥姥是也,然而全书以清客作线索矣。故终《红楼梦》,刘姥姥皆有关系。《金》之开头,便述十兄弟,而应伯爵即已登场,自后时时露面,直到终篇。故《红》特点明外头老爷们有清客相公陪话,我们也用一个女清客,此刘姥姥清客帮闲之证据,加上黛玉之携蝗大嚼图,点醒白嚼字样,又于"吃个老母猪,不抬头",及于放屁拉屎等等,形容贪食,又于茶杯衣服及钱帛等，形容好小利，无不与应伯爵相合。又，插了满头花，以应应花子之别号。作者可谓一丝不漏矣。

刘姥姥之与王婆

刘姥姥初见王熙凤，与《金》七十六回王婆之见金莲相似。盖刘在当初曾于王家有瓜葛，却与贾家无往来。王婆从前与金莲贴邻，却与西门无涉，故二事绝相类。

李妈妈之与潘姥姥

李嬷嬷是潘姥姥，其排揎袭人，即潘之咒骂金莲，所谓手里调理出来的毛丫头。即指金莲少孤，姥姥教养到八九岁，始卖入王招宣府也。

《红》回，李嬷嬷吃酥酪一事，《金》六十七回，应伯爵吃两盏酥油白糖熬的牛奶子，一口吸尽，舐嘴咂舌，又吃了衣梅，还包两丸到家与二娘吃云云，极与刘姥姥相似。盖李也，刘也，皆花子之类。

尤三姐之与金莲

《红》六十二回"贾二舍偷娶尤二姐"，回目与《金》九回"西门庆偷娶潘金莲"同一书法。《红》书此回内，述贾珍到了小花枝巷新屋子里，与二姐、三姐厮混。贾琏回家，二姐去了。贾珍与三姐吃酒，贾琏过来撞破了，一同坐下。

贾琏说："三妹妹为什么不合大哥吃个双钟儿？我也进一杯，给大哥合三妹妹道喜。"

三姐儿听了这话，就跳起来站在炕上，指着贾琏冷笑。（中略）自己拿起壶来斟了一杯，自己喝了半杯，揪过贾琏来就灌，说："倒不曾和你哥哥吃过，今日倒要和你吃一吃，咱们也亲近亲近。"（中略）这尤三姐索性卸了妆饰，脱了大衣服，松松的挽个髻儿，身上只穿着大红袄儿，半掩半开，故意露出葱绿抹胸，一痕雪脯。底下绿裤红鞋，鲜艳夺目，忽起忽坐，忽喜忽嗔云云。

《金》二回，武松一直走到家来，妇人道："请叔叔向火。"武松道："正好。"便脱了油靴，换了一双袜子，穿了暖鞋，掇条橙子，自近火盆边坐地。那妇人早令迎儿把前门上了闩，后门也关了，搬些煮热菜蔬入房里，摆在桌子上。

武松问道："哥哥那里去了？"

妇人道："你哥出去买卖未回，我和叔叔自吃三杯。"

武松道："一发等哥来家吃也不迟。"

妇人道："那里等的他。"

说犹未了，只见迎儿小女早暖了一注酒来。

武松道："又叫嫂嫂费心。"

妇人也掇了一条橙子，近火边坐了。桌上摆着杯盘，妇人拿盏酒擎在手里，看着武松道："叔叔满饮此杯。"

武松接过酒，一饮而尽。那妇人又筛一杯来，说道："天气寒冷，叔叔饮过成双的盏儿"。

武松道："嫂嫂自请。"接来又一饮而尽。

武松却筛了一杯酒，递与妇人。妇人接过酒来喝了，却拿注子再斟酒放在武松面前。那妇人已经将酥胸微露，云鬟半亸，脸上堆下笑来。(中略)妇人道："叔叔你不会簇火,我与你拨火,只要一似火盆来热便好。"武松有八九分焦燥,只不做声。这妇人也不看武松焦燥,便丢下火筋,却筛一杯酒来,自呷了一口,剩下半盏,看着武松道："你若有心,吃我这半盏儿残酒。"

武松匹手夺过来,泼在地下,说道："嫂嫂不要恁的不识羞耻！"把手只一推,争些儿把妇人推了一交云云。

《金》书此一段,与《水浒》二十三回原文大致相同。《红》之此回,全由此段化出。其叙珍赴琏家而琏不在,珍与三姐喝酒喝双杯,及三姐冶容、三姐发怒各节,皆相吻合,不过以武松之怒改作三姐,金莲自斟自饮改作琏二爷而已。

又,贾琏回家,只命："快拿酒来！快拿酒来！咱们吃两杯好睡觉"云云。《金》书西门往瓶儿房里,多是如此,盖瓶儿好酒量,故二姐亦非以酒衬托不可。

湘莲之与武松

《红》六十六回,尤三姐说："若有了姓柳的来,我便嫁他。若一百年不来,我自己修行去了。"说着将头上一根玉簪拔下来,磕了两段云云。《金》书金莲初见武松,便想道："何不叫他搬来我家住,想这段姻缘却在这里了"云云,故武二为金莲之意中人,而柳二亦为三姐之意中人,至其名为湘莲,殆谓金莲所想之人也。

金莲比武松小五岁,故《红》六六回目有"情小妹"字样,二郎之所以为冷者,即指并未婚娶而言。

尤二姐之与瓶儿

尤二姐是瓶儿。瓶居金莲之次,又嫁与贾二舍。瓶儿原是花二之妻,偷娶即是误嫁有胎,即映官哥。凤姐说他胎不干净,官哥原不是正式所生,赚入大观园,即瓶儿之嫁入西门家。无人理会,受种种冷淡。

贾琏之偷娶尤二姐,凤姐谓有国孝、家孝。家孝即指瓶之丧夫未久,而西门又几遭不测也。

晴雯之与瓶儿

《红》五十一回,晴雯病了,传一个大夫从后门进来,开的药方后面,又有枳实、麻黄。宝玉道:"该死,该死,快打发他去罢!"婆子道:"这马钱是要给他的,须得一两银子"云云。又,六十九回,尤二姐病了,请了那年给晴雯看病的胡君荣来。尤二姐露出脸来,胡君荣一见,早已魂飞天外,那里还能辨气色云云。

《金》六十一回,瓶儿病了,请大街口胡先生来瞧,又请赵先生来开方,内有巴豆、半夏、芫花等毒药。西门庆见他满口胡说,称二钱银子,也不送,就打发他去了。又封白金一两,使玳安拿盒儿到何老人家,讨将药来云云。

按晴雯与尤二姐,是二是一,故胡君荣再被邀请。胡之为胡,实兼大街口胡及胡说而有之也。至给与马钱,两书一律。

"补裘"与"检泡螺"

晴雯之补裘,即瓶儿之检泡螺,同一绝技,同一去后思,但《金》书侧写,《红》则正写耳。又,《金》书中以女红之巧艺著者,以金莲之缝寿衣及绣鞋等等为多,然欲求一绝技,非他所能,则舍检泡螺,更莫属矣。

千金一笑之所本

《红》之"撕扇子作千金一笑",此千金一笑,见于《金》五十四回回目。又,《金》八回,西门再到金莲家,金莲不由分说,就两把折了。西门庆救时,已是扯的烂了。按:《红》之撕扇,亦是先跌折,后撕碎。

《红》七十八回"痴公子杜撰芙蓉诔",特特提出公子、女儿、小姐、丫鬟字样,以为迷目之具。《金》书于瓶儿之丧,有乔洪及吴道官两篇祭文,为全书所无。

袭人之与金莲

《红》十九回,袭人说:"你们没饭吃,幸而卖到这个地方,把我赎出来,再多淘澄几个钱,也还罢了"云云。袭人在贾府跟了老太太,又跟湘云,又跟宝玉。又嫁出去,共转了四回。"金"一回,金莲父亲死了,做娘们度日不过,卖在招宣府里。王招宣死了,潘妈妈争将出来,三十两银子转卖与张大户,不要一文钱,白白的嫁与武大为妻,又改嫁与西门,亦是转了四回。潘妈妈争将出来,即与《红》十九回袭人母亲云:"不过求一求,只怕身价银一并赏了"云云,同出一辙。

袭人之与春梅

《红》六回"贾宝玉初试云雨情",被试者为花袭人。袭人在《金》书为春梅。《金》十回,西门叫春梅进房收用了,乃正式写之。盖以春梅为女儿,初经云雨,特笔书之,以示与各再醮货回头人之不同。《红》书反之,以初试属之宝玉,故谓袭人大几岁懂人事也。

袭人之与瓶儿

袭人转了四次,前既以金莲转了四次证之,其实瓶儿亦转了四次:第一次为梁中书妾,第二次为花子虚妻,第三次嫁蒋竹山,第四次嫁与西门。

春梅原是伏侍月娘的,改侍金莲,极效忠于金莲。袭人原是老太太的,改为宝玉的,有伺候何人即一心一意对于其人,不复念及从前之好处,同一不贞,同一性格。

花自芳之与花子虚

《红》十九回,宝玉至袭人家,花自芳送回,即是点明西门到花子虚家偷情,花子虚即花自芳之谓。

袭人说:"先伏侍了史大姑娘几年"云云,即自表已更数主,如瓶儿之已经在过梁中书、花子虚、蒋竹山等处也。

袭人说:"八人轿也抬不去。"固是映带瓶儿死在西门家,又反映改嫁蒋竹山。而瓶儿之入西门家,却是用轿,但未用八人抬耳。

《红》三十六回,袭人对宝玉说:"我要去,连你也不必告诉,只回了太太就走"云云。春梅之嫁,由月娘作主,西门已死,更何告诉之有?况以花大姐姐而言,既是老太太身边丫头,此时老太太尚在,何以只说回了老太太就走乎?

又,袭人云:"作了强盗贼,我也跟着罢。"此盗贼头衔,宝二哥安不上,试问果何所指?

《红》九回,宝玉上学去时,袭人说:"那工课宁可少些"云云,即证明袭人不劝宝玉学好,与金莲同。

香菱之与金莲

香菱之能诗,即金莲之具体而微。盖武大之不配作金莲丈夫,以其太俗,而以香菱之雅,乃作薛蟠之妾,故宝玉有俗物之叹。《红楼》于香菱之学诗,再三致意,殆谓金莲诗词歌赋无所不能，即一小小之香菱，亦好学而遇人不淑，至小时之被人拐略，展转流离，亦与金莲相似，原名英莲，英者，银也。谓金莲转世而为银莲也。

"情解石榴裙"与"醉闹葡萄架"

《红》六十二回"呆香菱情解石榴裙"，与"憨湘云醉眠芍药茵"，此回全是从《金》书"李瓶儿私语翡翠轩，潘金莲醉闹葡萄架"一回内化出。《金》书横陈狼籍，故《红》以门草之夫妻蕙、并头花等等写之。《金》书本回，亦有将瓶花分赏众人簪鬓之事。至《红》书此回，红香圃中筵开玳瑁，裀设芙蓉，即是《金》书翡翠轩设筵吃酒、葡萄架铺枕席之事。情态宛然，于此而香菱之为金莲，益无疑义。

平儿之与春梅

平儿为通房大丫头，春梅亦为通房大丫头。凤姐当家，平儿带钥匙；金莲当家，春梅数钱。平儿对于小厮，常常以打板子吓之；春梅之对小厮亦然，但以平儿不做恶人，反写春梅助纣为虐。

平儿之名，故意与瓶儿相犯，后来扶正，又影射春梅。《红》之二姑娘名迎春，《金》之瓶儿丫头亦名迎春。《红》有史大姑娘名云儿，又有妓女名云儿，名字犯复，皆非无故。

鸳鸯之与玉箫

《红》四十回"金鸳鸯三宣牙牌令",王夫人笑道:"既在令里,没有站着的理。"(中略)鸳鸯道:"酒令大如军令,违了我的话,是要受罚的。"(中略)刘老老只叫:"饶了我罢!"(中略)鸳鸯道:"将这三张牌拆开,先说头一张,次说第二张,说完了,合成这一副儿的名字。"

《金》六十四回,"玉箫跪受三章约",那玉箫跟到房中,打旋磨儿跪在地下。(中略)玉箫道:"娘饶了我,随问几件事,我也依娘。"金莲道:"第一件,你娘房里,但凡大小事儿,就来告我说。你不说,我打听出来,定不饶你;第二件,我但向你要甚么,你就要捎出来与我;第三件,你娘向来没有身孕,如今怎生便有了"云云。

按:《红》书以不站着写跪在地下,又以讨饶由刘老之口中说出,以三张映三章,又于牙牌之第三张不明说,却说合成一副,非所谓身孕而何?盖鸳鸯为老太太身边最得力之丫头,玉箫为月娘手下最得力之丫头。平时与凤姐等人联络传递消息,即《金》书之第一件;偷金器与凤姐当,即《金》书之第二件;至鸳鸯女誓绝鸳鸯偶一段,内有拉出去配过小厮云云,即指《金》六十四回,书童和玉箫在床上正干得好等语也。

《红》七十一回,鸳鸯之父在南边看房子,《金》书有派人在狮子街看房子之事。

《红》四十一、二等回。鸳鸯、平儿打发刘姥姥一段,似《金》七十六回春梅请潘姥姥吃酒一段。

剪头发

《红》二十一回,"俏平儿软语庇贾琏",多姑娘送琏二爷头发,平儿在枕套中抖出一绺青丝来。

《金》七十九回,原来王经稍带了他姐姐王六儿一包儿物事,递与西门庆瞧,就请西门庆往他家去。西门庆打开纸包儿,却是老婆剪下的一柳黑臻臻光油油的青丝,用五色绒绺就了一个同心结云云。又,十二回,西门威逼金莲剪下头发与桂姐衬鞋云云。《红》书列作回目,如此点明,但与《金》书相较,一是由外,一是由内。而《红》则别生一法,出于二者之外。

琴、棋、书、画四丫头

《红》十八回元春丫头名叫抱琴,此外迎春丫头司棋,探春丫头侍书,惜春丫头入画,是用琴、棋、书、画四字作排行。《金》书小厮,有琴童、棋童、书童、画童,亦是如此。于丫头则以四季为名,如春梅、夏花、秋菊是也。

雪雁之与迎春

《金》书瓶儿临终遗嘱迎春伏侍大娘,《红》书黛玉临终时,雪雁却已去伏侍宝钗出闺成大礼。

翠缕"阴阳之说"之所本

《红》三十一回,翠缕道:"这么说起来,从古至今,开天辟地,都是些阴阳了?"湘云笑道:"糊涂东西,越说越放屁,什么都是些阴阳!"又,湘云道:"走兽飞禽,雄为阳,雌为阴,牡为阳,牝为阴,怎么没有呢?"翠缕道:"这也罢了,怎么东西都有阴阳?咱们人到没有阴阳呢"云云。

《金》八十八回,小玉道:"奶奶他是佛爷儿子,谁是佛爷女儿?"月娘道:"相这比邱尼姑是佛爷的女儿。"小玉道:"譬若相薛姑子、王姑子、大师父都是佛爷女儿,谁是佛爷女婿?"月娘忍不住笑骂道:"贼小淫妇,你也学油嘴滑舌!见见就说了道儿去了"云云。按此一节,《金》书通行足本之批语,有"愈转愈妙,《红楼》翠缕语本此"云云。

又,同回内,月娘便骂道:"怪堕业的小臭肉儿,一个僧家,是佛家弟子,你有要没紧任谤他,怎的不当家化化的。"原批语亦有:《红楼梦》亦有此语,可见《红楼》脱胎此书。以上二处之外,他处未见,表而出之,以志同感。西门贴身四个丫头,青梅、玉箫、迎春、兰香。宝玉丫头第一是袭人,殆即春梅;次为晴雯、麝月,殆即玉箫、迎春;又次为四儿,原名蕙香。即所谓蕙香兰气者。《金》书奶子如意儿,小名四儿,亦是放在西门房里者也。

宝玉与碧痕洗澡,西门与金莲水战

《红》三十一回,宝玉笑道:"你既没有洗,拿了水来,咱们两个洗。"晴雯摇手笑道:"罢!罢!我不敢惹爷。还记得碧痕打发你洗澡,足有两三个时辰,也不知道做什么,我们也不好进去的。后来洗完了,进去瞧瞧,地下的水淹着床腿,连席子上都汪着水,也不知是怎么洗的,笑了几天"云云。《金》二十九回"潘金莲兰汤邀午战",即是此事,特用侧笔写之,使人闭目而神往。

傻大姐之本来

傻大姐拾春意袋,即《金瓶》中铁棍、小玉、胡二等人之眼中春色,今以一傻大姐了之,更以满园抄检扩大之;盖谓此言虽小,可以喻大,且王夫人明言,姑娘们都大了也。

柳五儿为瓶儿化身

《红》五九及六十四回,柳五儿欲到怡红院当差,托了芳官,久而未得,正与李瓶儿之欲嫁西门而不能入宅时之光景相似。盖五儿似晴雯,晴雯固瓶儿之化身也。

《红》六十一回,因事要打五儿四十板子,交庄子上配人,与《金》书瓶儿入门受打相似。

林四娘与林太太

《红》七十八回"老学士闲征姽婳词",贾政道:"当日曾有一位王爵，封曰恒王，出镇青州。这恒王最喜女色，且公余好武，因选了许多美女，日习武事，令众美女学习战斗之事。内中有个姓林行四的，姿色既佳，且武艺更精，皆呼为林四娘。恒王最得意，遂超拔林四娘统辖诸姬，又呼为姽婳将军"云云。

《金》六十八回"招宣府初调林太太"，正面供着他祖爷太原节度颁阳郡王王景崇的影身图，穿着大红团袖蟒衣玉带，虎皮交椅，坐着观看兵书，有若关王之像。又七十八回"林太太鸳帏再战"。

按：林四娘即林太太，恒山为北岳，山西是古恒州。太原者，山西也。太原又为王氏郡望，青州是山东出镇，即是招宣。西门生长山东，故曰恒王出镇青州。公余女武，又最喜女色，选了许多美女，日习武事，令众美好学习战功云云，即指《金》书王景崇观看兵书。又，王招宣府为潘金莲最初卖入学习歌舞之地，而言许多美女，自有金莲在内。又内中林四娘以色艺之佳，拔为诸姬之冠，非《金》书之林太太为王三官之母而何？

姽婳者，鬼话也。四娘云者，《金》书以王三官娘子为西门意中人，故以四为排行，所以抑之也。至其秽迹，悉以武事写之，即所谓好武兼好色也。宝玉诗中既云："浓歌艳舞不成欢，霜矛雪剑娇难举。"又云："战罢夜阑心力怯，脂痕粉渍污鲛绡。"忽又转入："明年流寇走山东。"又云："正是恒王战死时。"又云："绣鞍有泪春愁重，铁甲无声夜气凉。"此皆就林太太身为寡妇，鸳帏再战，双关刻画，一面于"教歌舞"三字，尽力映带。

贾琏管家之所由

贾赦是长房，却不管事，只以二房掌理家事，即《金》十一回，家中虽是吴月娘居大，常有疾病，不管家事，只是人情来往，出入银钱，都在李娇儿手里云云。然则《红》书凤姐以二房管家事，其所管者，亦以人情银钱为范围。盖娇儿固排行第二也。至贾琏在政老处当家，尤属可怪。一，何以赦老是长房，却不要人当家？二，何以政老却要侄儿当家？盖即西门无子，引女婿陈敬济当家之法也。政老虽已有珠儿，却已死去，宝玉又小，故用琏儿。琏儿又系王夫人内侄女婿，亦犹西门之用女婿。盖自王夫人视之，固是侄女婿也。《金》书西门向陈敬济说："我若久后无出，这分儿家私都是你两口子的"云云，政老之于琏儿，岂非一辙？

两书参案之相同

《红》一百一回，次日五鼓，贾琏就起来，要往总理内廷都检点太监裘世安（求事安）家来，打听事务，因太早了，见桌上有昨日送来抄报，便拿取来开看。第一件，是云南节度使王忠一本，新获了一起私带卯枪火药出边事，共有十八名人犯。头一名鲍音（报应），口称系太师镇国公贾化（假话）家人；第二件，苏州刺史李孝一本，参劾纵放家奴倚势凌辱军民，以致因奸不遂，杀死节妇一家人命三口事。凶犯姓时名福，自称世袭三等职衔贾范（家翻）家人。贾琏看见这两件，心中早又不自在起来了。

《金》十七回"宇给事劾倒杨提督"，女婿陈敬济同西门大姐连夜搬来西门家，交出亲家陈洪书信。西门庆连夜往县中承行房里，抄录一张东京行下来的文书邸报来看，上写的是兵科给事中宇文虚中一本。（中略）西门庆不看万事全体，看了耳边厢只听飕的一声，魂魄不知往那里去了云云。按：贾琏是敬济化身，故《红》书于看见参本改属琏儿。次日五鼓，即是连夜。至犯名报应及奸死节妇等事，皆有映带。

两书魇魔法之相似

《红》二十五回"魇魔法叔嫂逢五鬼"，百十二回"死雠仇赵妾赴冥曹"，此两回中，历述劾咒之事。

《金》十二回"刘理星魇胜求财"有云：用柳木一块，刻两个男女人形，书着娘子与夫主生辰八字，用七七四十九根红线札在一处，上用红纱一片蒙在男子眼中，用艾塞其心，用针钉其手，下用胶粘其足，暗暗埋在睡的枕头内。又，朱砂书符一道，烧灰暗暗搅茶内，若得夫主吃了茶，到晚夕睡了枕头，不过三日，自然有验。妇人道："请问先生，这四桩儿是怎的说？"贼瞎道："好教娘子得知，用纱蒙眼，使夫主见你一似西施娇艳；用艾塞心，使他心爱到你；用针钉手，随你怎的不是，他总再不敢动手打你；用胶粘足者，使他再不往那里胡行"云云。

按：此与《红》书马道婆作法，大同小异。

贾环为猫之由来

环哥儿有"钻热灶猫"之混名，此回之害巧姐，即与《金》书害官哥之猫同一任务，其为猫也固宜。

《红》二十五回，王夫人命贾环抄金刚咒，贾环在炕上坐着，（中略）宝玉在王夫人身后倒下。（中略）贾环素日原恨宝玉，如今又见他和彩霞厮闹，心里越发按不下这口毒气，虽不敢明言，却每每暗中算计，只是不得下手，今儿相离甚近，便要用热油烫瞎他眼睛，因而故意装作失手，把那一盏油汪汪的蜡灯向宝玉脸上只一推，只听宝玉"嗳哟"一声，（中略）在脸上烫了一溜燎泡出来云云。

《金》五十九回，李瓶儿与官哥穿上红缎衫儿，安顿在外间炕上顽耍，迎春守着，奶子便在旁边吃饭。不料这雪狮子正蹲在护枕上，看见官哥儿在炕上一动一动的顽耍，猛然望下一跳，将官哥儿身上皆抓破了。

赵姨娘之与金莲

按：《红》书此回，因要说赵姨娘与马道婆勾串，用邪术谋害宝玉、凤姐，先叙环儿蓄意害宝玉。《金》书要叙金莲谋害瓶儿及官哥，先蓄一猫名雪狮子，用生肉喂他，用红衣引逗他，以便实行加害于官哥。至此案出在炕上，及受害人情形，两书一律。又于马道婆口中说："大凡那王公卿相人家的子弟，只一生长下来，便有许多促狭鬼跟着他，得空便拧他一下，或掐他一下，或吃饭时打下他的饭碗来，或走着推他一跤"云云，更可证明金莲、赵姨娘及刘瞎、马道婆阴谋如出一辙。

《红》八十四回"探惊风贾环重结怨"，奶子抱着巧姐，用桃红缎子小棉被儿裹着，脸皮越青，眉梢鼻翅，微有动意。（中略）只见贾环抓帘进来说："二姐姐，你们巧姐儿怎么了？妈妈教我瞧瞧。"（中略）凤姐道："那牛黄都煎了。"贾环听了，便去伸手取那锦子时，岂知措手不及，沸的一声，锦子倒了火，已泼灭了一半。贾环见不是事，自觉没趣，连忙跑了。凤姐气的火星直爆，骂道："真真那一世的对头冤家！你何苦来！还来使促狭。从前你妈要想害我，如今又来害姐儿。我和你几辈子的仇呢？"（中略）贾环说："我明日还要那小丫头子的命呢？"

《红》二十五、八十四两回，皆言赵姨娘母子害人之事，尤于八十二回所写之巧姐惊风，与官哥一样。又因此次巧姐未死，与官哥不同，特补足要命一语，虽是虚点，却顾题面，至牛黄云云，又萦拂"猫"字，可谓见景生情。

贾瑞之与陈敬济

《红》十一回"见熙凤贾瑞起淫心"，十二回"贾天祥正照风月鉴"，《金》十八回"见娇娘陈敬济销魂"，二十八回"陈敬济侥幸得金莲"，八十二回"陈敬济弄一得双"，《红》书以一净桶尿粪，准折一只旧鞋，可谓凋侃。而风月鉴一正一反，以一作两，便是弄一得双，真是玲珑剔透。金圣叹《水浒评》第二十五回，有"作者真以狮子喻武松，观其于街桥名字悉安'狮子'二字可知也"云云，故干净狮子之语，必出自湘莲之口。湘莲者，武松之化身也。

《金》书前数回，几于全抄《水浒》之二十二、三、四、五回，然于二十三回开首，武大与武松说话，怨你想你一段，却又节去。此一段，只以"当日弟兄相见，心中大喜"二语了之。原文与湘莲之事，大有关系。兹录于下：

那人原来不是别人，正是武松的嫡亲哥哥武大郎。武松拜罢说道："一年有余不见哥哥，如何却在这里？"武大说："二哥你去了许多时，如何不寄封书与我？我又怨你，又想你。"武松道："哥哥如何是怨我想我？"武大道："我怨你时，当初系在清河县里，要便吃酒醉了，和人相打，时常吃官司，教我要便随衙听候，不曾有一个月净办，常教我受苦，这便是怨你处。想你时，我近来娶得一个老小，清河县人太怯气，都来相欺负，没人做主，你在家时，谁敢来放个屁？如今在那里安不得身，只复搬来这里赁房居住，因此便是想你处。"

按以上云云。按之《红》书，所谓兄弟一年有余不见，在路上相遇。非《红》六十六回贾琏赴平安州路上遇着薛蟠和柳湘莲，说是结拜了生死弟兄，一路进京乎？所谓酒醉打人吃官司，非冷郎君惧祸走他乡乎？然则柳二之为武二，更有何疑？

湘莲打薛蟠即武松打西门

柳湘莲即武松，行二，同有武艺，同其打薛蟠，即是打西门庆，后与薛蟠结为兄弟，即是武松与武大相遇。

湘莲杀三姐即武松杀金莲

湘莲之杀尤三姐，即是武松之杀金莲。武松对王婆说要娶金莲回家，旋即杀却；与湘莲先允与三姐订婚，旋又改悔，因以雌雄剑致三姐自杀，至心冷入空门，即武松之上梁山也。

柳湘莲之骂东府不干净，宝玉红了脸。柳二者，武二之化身。《金》书中恨西门家者，无武二，若故骂之，不稍顾惜？不然，焦大之骂，尚是指人而骂，不似柳二之一笔抹煞。盖非深恶痛疾，不忍出此也。

薛蟠即武大

薛蟠行大，字文起，即武大也。武对文是起头。大亦是起头，其先买丫头英莲，打官司搬家，后娶夏金桂；皆谓武大娶张大户丫头金莲，住不住，搬到清河县，至住贾府梨香院，即武大之住张大户闲房。其出外经商，即武大之卖炊饼；其被柳二踢打，即武大被西门踢伤；其在路上与湘莲结为兄弟，即武大路遇武松，始说是亲兄弟。所谓呆霸王者，大王八也。

《红》四回，叙薛蟠入京之前，为了一个丫头打死冯渊，此节乃倒写法。《红》书既以薛蟠为武大，而武大曾因金莲被张大户家主婆逐出，又因紫石街住不住，才买了县前街房子。故欲写薛蟠，先要写他一个住不住，而搬家方是合拍。不说薛蟠因丫头而被冯渊打死，却说打死冯渊便进了京，如此倒映，岂不令人目眩？薛蟠为了英莲，打死冯渊。英莲者，银莲也。金莲再世，化为银莲。冯渊者，逢冤也，谓冤家狭路相逢也。风（冯）雪（薛）相遇，安得不冷？

《红》有托词，乩仙批了，"死者冯渊，与薛蟠原有夙孽相逢，今狭路既遇，原因了结，今已得无名之病，被冯渊魂已追索去了"云云，则可证明。

英莲起初由拐子卖与冯渊，又卖与薛蟠，因而打死冯渊，却随薛蟠进京。按《金》之叙金莲出身，系初卖与王招宣府，后卖与张大户，大户又嫁与武大，武大带着，搬了几次家。

"葫芦僧判断葫芦案"，贾雨村徇情了案，即系《金》书何九作作团头得贿私和人命之事。

冯渊之死，即是武大之影。同一为莲而死，一金一银而已。

此时之薛蟠，却又似西门。

《红》四回，薛蟠既到贾府，政老说："咱们东北角上梨香院一所，十来间白空着。"又云："原来这梨香院，乃当日荣公暮年养静之所。小小巧巧，约有十余间房舍，前厅后舍俱全。另有一门通街。薛蟠家人，就走此门出入。西南又有一角门，通一夹道。出了夹道，便是王夫人正房的东院了。每日或饭后，或晚间，薛姨妈便过来。"又云："只得暂且居下，一面使人打扫自家的房屋，再作移居之计"云云。

《金》一回，武大忠厚，现无妻小，又住着宅内房儿，堪可与他。这大户早晚还要看觑此女，因此不要武大一文钱，白白的嫁与他为妻。这武大自从娶了金莲，大户甚是看顾他。若武大没本钱做炊饼，大户私与他银两。武大若挑担儿出去，大户候无人，便踅入房中与金莲私会。武大虽一时撞见，原是他的行货，不敢声言，朝来暮往，也有多时。大户死了，将金莲、武大即时逐出，武大遂寻了紫石街西王皇亲房子，赁内外两间居住。又，武大听老婆这般说，当下凑了十数两银子，典了县门前楼上下两层四间房屋居住云云。

然则武大自己有屋，却是先借住人家闲房，此房又与房主可以自由出入，却与《红楼》之梨香院同一情形。至梨香院，却是在荣府东邻，即是子虚故宅后院之方向。作者之设此一地，实影射两事而言。至后来宝钗虽指定住在蘅芜院，此院却仍然存在。又与《金》书瓶儿已入西门之宅，而狮子街之房子仍然留与冯妈妈看守，不若金莲入宅以后，便与武大旧宅毫无关系也。《红》书之记黛玉，亦是毫无根蒂。两两相勘，显然可证。

夏金桂合金莲、桂姐为一人

夏金桂合金莲、桂姐为一人，故其毒亦不可当，此所以为河东吼。雪遇夏而消，信乎其然！

《红》五十八回，薛氏开恒舒当，在鼓楼西大街，岫烟把绵衣服叫人当了几吊钱盘缠云云。《金》书西门庆亦于家门口开了当铺，收当人家衣服首饰，并常常将当货取出给金莲等穿用。

薛蟠因命案逃到京中，托庇贾门，似陈敬济之因钦案躲在西门家。

秦钟与王经书童

《红》十五回"秦鲸卿得趣馒头庵"一段，内叙秦钟将智能抱到炕上，正在得趣，只见一人进来，将他按住，也不作声。又云：羞的智能趁黑夜跑了。宝玉拉了秦钟出来道："你还和我强！"秦钟笑道："好人，你只别嚷的众人知道，你要怎样我都依"。宝玉笑道："这会子也不用说，等一回睡，再细细的算帐。"十六回。智能私逃进城，找至秦钟家下看视秦钟，不意被秦业知觉，将智能逐出云云，以上皆紧接可卿丧事。按《金》六十四回，瓶儿丧事正热闹之时，潘金莲走到花园书房内，忽然听见里面有人笑声，推开门，只有书童和玉箫在床上，正干得好哩，便骂道："好囚根子，你两个干得好事！"吓得两个做手脚不迭，齐跪在地下哀告。（中略）金莲对玉箫道："要我饶你，须要依我三件事。"（中略）书童见潘金莲冷笑，领进玉箫去了，知此事有几分不谐,迳出城外,顾了长行头口到马头上,搭船往苏州原籍家里去了云云。按:书童是西门外嬖,秦钟是宝玉契友,证一;智能逃去,书童亦逃去,证二;玉箫被逼有三件之约,秦钟被逼与宝玉算帐,证三;同在办丧期内,证四。

秦钟可卿之弟,王经六儿之弟;秦钟为宝玉契弟,王经为西门契弟。

宝玉与秦钟、香怜等贴烧饼,似《金》书西门与画童在书房内所为。

两书之清客

《红》之清客为詹(沽)光、单(善)聘(骗)仁(人)等;《金》之清客为应伯(白)爵(嚼)、字光侯(喉)、常峙(时)节(借)、(卜)不(志)知道等,皆是一流人物。

冷子兴与温秀才、韩伙计之寓意

《红》二回"冷子兴演说荣国府",开场便云:此回亦非正文本旨,只在冷子兴一人,冷中出热,无中生有也云云。《金瓶梅》卷首,有"冷热金针"一首云,《金瓶》以"冷热"二字开讲,抑孰不知此二字为一部之金钥乎?然于其点睛处,则未之知也。夫点睛处安在?曰:在温秀才、韩伙计。何则?韩者,冷之别名;温者,热之余气。故寒伙计于"加官"后即来,是热中之冷信。而温秀才自"磨镜"后方出,是冷字之先声。是知祸福倚伏,寒暑往来,天道有然也。虽然,热与冷为匹,冷与温为匹。

盖热者温之极，韩者冷之极也。故韩道国不出于冷局之后，而出于热局之先，是热未极而冷已极。温秀才不来于热场之中，而来于冷局之首，见冷欲盛，而热将尽也。噫嘻，一部言冷言热，何啻如花如火，而其点睛处，乃以此二人。而数百年读者，亦不知其所以作韩、温二人之故，是作书者固难，而看书者为尤难，岂不信哉云云。《红》书之以冷子兴开场，盖谓孝哥生于西门死后，则冷极矣。然衰而不兴，则无结撰之余地，故非冷中出热，无中生有不可。

茗烟与玳安

茗烟是宝玉贴身小厮，玳安是西门贴身小厮，于《金瓶》之媾合，皆与有力。故茗烟在姑子庙磕头时口中祷告说："二爷凡事，我无不知"云云。

《红》十九回，宝玉往书房里来，刚到窗前，闻得房内有呻吟之韵，宝玉倒唬了一跳，大着胆子，舔破窗纸向内一看，却是茗烟按着一个女孩子，也干那警幻所训之事。宝玉禁不住大叫："了不得！"一脚进门去，将那两个唬开了，抖衣而颤，茗烟见是宝玉忙跪下不迭。宝玉道："青天白日，这是怎么说，珍大爷知道，你是死是活？"一面看那丫头，虽不标致，到还白净，些微亦有动人处，羞的脸红耳赤，低头无言。宝玉跺脚道："还不快跑！"一语提醒了丫头，飞也似去了。宝玉又赶出去叫道："你别怕，我是不告诉人的！"急的茗烟在后叫："祖宗，这是分明告诉了"宝玉因问："那丫头十几岁了？"茗烟道："大不过十六七岁了。"宝玉道："连他的岁数也不问，问别的自然越发不知了。"又问："名字叫什么？"茗烟说："叫卍儿"云云。

《金》九十五回，月娘亲自走到上房里，只见玳安儿正按着小玉在炕上干得好，看见月娘推开门进来，慌的凑手脚不迭。月娘便一声儿也没言语，只说得一声："贼臭肉，不在后边看茶去，且在这里做甚么哩！"玳安便走出仪门云云。又六十四回，金莲走到花园书房内，忽然听见里面有人笑声，推开门，只见书僮和玉箫在床上正干得好哩。便骂道："好囚根子！你两个干得好事！"吓得两个做手脚不迭，齐跪在地下。

茗烟即是玳安，既如上所说，此处特写与卍儿一段秽事，即证明《金》九十五回窃玉成婚之事实。《金》书列在回目，足见郑重。然玳安与贲四嫂有首尾，后与小玉成婚，此是正写。其六十四回书僮与玉箫之事，则系侧写。盖月娘见了一声不言语，宝玉见了说不告诉人，彼金莲则借此挟制玉箫订三章之约，亦足以反证此案。

《红》十四回，办可卿丧事时，秦钟笑道："你们两府里都是这牌，倘或别人私弄一个，支了银子跑了怎样？"《金》六十四回，办瓶儿丧事时，书童到前边柜上，谎了傅伙计二十两，只说买孝绢，迳出城外，往原籍走了云云。《金》是实写，《红》以虚描，其事则一。又，《红》十三回，凤姐初受东府之任，所想各件，其第一事，即是人口混杂遗失东西；而《金》书于瓶儿丧中特点书童一事，且于谎银之外，将书房厨柜内许多手帕、汗巾、挑牙簪、纽并书礼银子一齐偷去，非所谓遗失东西而何？

焦大与胡秀

《红》回，焦大骂人口出秽语一段，极似《金》五十回胡秀酒醉骂韩道国种种秽语。韩赶之出店，胡不允，恰与焦大事同一律。胡秀者，煤臭也，即焦是也。

赖世荣与玳安

赖世荣做官，即玳安做员外。
赖世荣不借钱与贾政，即吴典恩之诈赃负心。

赖大、赖升与来保、来旺

贾府管家，以赖大，来升为巨。西门家人，以来保、来旺为巨。来保之名，《红》书亦用之，来兴在《红》书为兴儿，是贾琏心腹小厮。

集 评

张竹坡评点《金瓶梅》摘录

刑 集

集　评　张竹坡评点《金瓶梅》摘录

第一奇书凡例

　　一、此书非有意刊行，偶因一时文兴，借此一试目力，且成于十数天内，又非十年精思，故内中其大段结束精意，悉照作者。至于琐碎处，未暇请教当世，幸暂量之。

　　一、《水浒传》圣叹批，大抵皆腹中小批居多。予书刊数十回后，或以此为言，予笑曰：《水浒》是现成大段毕具的文字，如一百八人，各有一传，虽有穿插，实次第分明，故圣叹只批其字句也。若《金瓶》，乃隐大段精彩于琐碎之中，只分别字句，细心者皆可为，而反失其大段精彩也。然我后数十回内·亦随手补入小批，是故欲知文字纲领者看上半部，欲随目成趣知文字细密者看下半部，亦何不可！

　　一、此书卷数浩繁，偶尔批成，适有工便，随刊呈世。其内或圈点不齐，或一二讹字，目力不到者，尚容细致，祈读时量之。

　　一、《金瓶》行世已久，予喜其文之整密，偶为当世同笔墨者闲中解颐。作《金瓶梅》者，或有所指，予则并无寓讽。设有此心，天地君亲其共愦之。

杂录小引

　　凡看一书，必看其立架处，如《金瓶梅》内，房屋花园以及使用人等，皆其立架处也。何则？既要写他六房妻小，不得不派他六房居住。然全分开，既难使诸人连合，全合拢，又难使各人的事实入来,且何以见西门豪富？看他妙在将月、楼写在一处；娇儿在隐现之间——后文说挪厢房与大姐往,前又说大妗子见西门庆揭帘子进来,慌的往娇儿那边跑不迭,然则娇儿虽居厢房,却又紧连上房东间,或有门可通者也；雪娥在后院,近厨房；特特将金、瓶、梅三人,放在前边花园内,见得三人虽为侍妾,却似外室,名分不正,赘居其家,反不若李娇儿以娼家聚来,犹为名正言顺。则杀夫夺妻之事,断断非干金买妾之目。而金、梅合,又分出瓶儿为一院。分者,理势必然；必紧邻一墙者,为妒宠相争地步。而大姐住前厢,花园在仪门外,又为敬济偷情地步。见得西门庆一味自满托大,意谓惟我可以调弄人家妇女,谁敢狎我家春色？全不想这样妖淫之物,乃令其居于二门之外,墙头红杏,关且关不住,而况于不关也哉！金莲固是冶容诲淫,而西门庆实是慢藏诲盗,然则固不必罪陈敬济也。故云写其房屋,是其间架处,犹欲耍狮子先立一场,而唱戏先设一台。恐看官混混看过,故为之明白开出,使看官如身入其中,然后好看书内有名人数进进出出,穿穿走走,做这些故事也。他如西门庆的家人妇女,皆书内听用者,亦录出之,令看者先已了了,俟后遇某人做某事,分外眼醒。而西门庆淫过妇人名数开之,足令看者伤心惨目,为之不忍也。若夫金莲不异夏姬,故于其淫过者亦录出之,令人知惧。

西门庆家人名数

来保　（子僧保儿、小舅子刘仓）
来旺
玳安

来兴

平安

来安

书童

画童

琴童

又琴童　（天福儿改者）

棋童

来友

王显

春鸿

春燕

王经　（系家丁）

来昭　（暨铁棍儿）

后生：

荣海

司茶：

郑纪

烧火：

刘包

小郎：

胡秀

外甥小郎：

崔本

看坟：

张安

《红楼梦》与《金瓶梅》之关系

西门庆家人媳妇

来旺媳妇　（二，其一则宋蕙莲）
来昭媳妇　（一丈青）
来保媳妇　（惠祥）
来爵媳妇　（惠元）
来兴媳妇　（惠秀）
丫鬟：
玉箫
小玉
兰香
小鸾
夏花
元霄儿
迎春
绣春
春梅
秋菊
中秋儿
翠儿
奶子如意儿

西门庆淫过妇女

李娇儿

集　评　张竹坡评点《金瓶梅》摘录

卓丢儿

孟玉楼

潘金莲

李瓶儿

孙雪娥

春梅

迎春

绣春

兰香

宋蕙莲

来爵媳妇惠元

王六儿

贲四嫂

如意儿

林太太

李桂姐

吴银儿

郑月儿

意中人：

何千户娘子蓝氏

王三官娘子黄氏楚云

外宠：

书童

王经

潘金莲

王六儿

《红楼梦》与《金瓶梅》之关系

潘金莲淫过人目

张大户

西门庆

琴童

陈敬济

王潮儿

意中人：

武二郎

外宠：

西门庆

恶姻缘：

武植

藏春芙蓉镜：

郓哥口　和尚耳

春梅秋波　猫儿眼中

铁棍舌畔　秋菊梦内

附：

潘金莲品的箫

对：

西门庆投的壶

西门庆房屋

门面五间，到底七进

集　评　张竹坡评点《金瓶梅》摘录

（后要隔壁子虚房，共作花园）

上房　　（月娘住）

西厢房　（玉楼住）

东厢房　（李娇儿住）

堂屋后三间　（孙雪娥住）

后院厨房

前院穿堂

大客屋

东厢房　（大姐住）

西厢房

仪门

仪门外，则花园也。三间楼一院，潘金莲住。又三间楼一院，李瓶儿住。二人住楼，在花园前。过花园方是后边。

花园门在仪门外，后又有角门。通看月娘后边也。

金莲、瓶儿两院，两角门，前又有一门，即花园门也。

花园内，后有卷棚。翡翠轩前有山子。山顶上卧云亭，半中间藏春坞雪洞也。

花园外，即印子铺门面也。

门面旁开大门也。

对门，乃要的乔亲家房子也。

狮子街，乃子虚迁去住者，瓶儿带来，后开绒线铺。又狮子街即打李外传处也。

内仪门外甬道旁乃群房，宋蕙莲等住者也。

竹坡闲话

《金瓶梅》，何为而有此书也哉？曰：此仁人志士，孝子悌弟不得于时，上不能问诸天，下不能告诸人，悲愤呜唈，而作秽言以泄其愤也。虽然一上既不可问诸天，下亦不能告诸人，虽作秽言以丑其仇，而吾所谓悲愤呜唈者，未尝便慊然于心，解颐而自快也。夫终不能一畅吾志，是其言愈毒，而心愈悲，所谓"含酸抱阮"以此固知玉楼一人，作者之自喻也。然其言既不能以泄吾愤，而终于"含酸抱阮"，作者何以又必有言哉？曰：作者固仁人也，志士也，孝子悌弟也，欲无言，而吾亲之仇也吾何如以处之？欲无言，而又吾兄之仇也吾何如以处之？且也为仇于吾天下万世也，吾又何如以公论之？是吾既不能上告天子以申其隐，又不能下告士师以求其平，且不能得急切应手之荆、聂以济乃事，则吾将止于无可如何而已哉！止于无可如何而已，亦大伤仁人志士、孝子悌弟之心矣。展转以思，惟此不律可以少泄吾愤，是用借西门氏以发之。虽然，我何以知作者必仁人志士、孝子悌弟哉？我见作者之以孝哥结也。"磨镜"一回，皆《蓼莪》遗意，啾啾之声刺人心窝，此其所以为孝子也。至其以十兄弟对峙一亲哥哥，末复以二捣鬼为缓急相需之人，甚矣，《杀狗记》无此亲切也。

　　闲尝论之：天下最真者，莫若伦常；最假者，莫若财色。然而伦常之中，如君臣、朋友、夫妇，可合而成；若夫父子兄弟，如水同源，如木同本，流分枝引，莫不天成。乃竟有假父、假子、假兄、假弟之辈。噫！此而可假，孰不可假？将富贵，而假者可真；贫贱，而真者亦假。富贵，热也，热则无不真；贫贱，冷也，冷则无不假。不谓"冷热"二字，颠倒真假一至于此！然而冷热亦无定矣。今日冷而明日热，则今日真者假，而明日假者真矣。今日热而明日冷，则今日之真者悉为明日之假者矣。悲夫！本以嗜欲故，遂迷财色，因财色故，遂成冷热，因冷热故，遂乱真假。因彼之假者，欲肆其趋承，使我之真者，皆遭其荼

集　评　张竹坡评点《金瓶梅》摘录

毒，所以此书独罪财色也。嗟嗟！假者一人死而百人来，真者一或伤而百难赎。世即有假聚为乐者，亦何必生死人之真骨肉以为乐也哉。

作者不幸，身遭其难，吐之不能，吞之不可，搔抓不得，悲号无益，借此以自泄。其志可悲，其心可悯矣。故其开卷，即以"冷热"为言，煞末又以"真假"为言。其中假父子矣，无何而有假母女；假兄弟矣，无何而有假弟妹；假夫妻矣，无何而有假外室；假亲戚矣，无何而有假孝子。满前役役营营，无非于假景中提傀儡。噫！识其假，则可任其冷热；守其真，则可乐吾孝弟。然而吾之亲父子已荼毒矣，则奈何？吾之亲手足已飘零矣，则奈何？上误吾之君，下辱吾之友，且殃及吾之同类，则奈何？是使吾欲孝而已为不孝之人；欲弟，而已为不悌之人；欲忠欲信，而已放逐谗间于吾君、吾友之侧。日夜咄咄，仰天太息，吾何辜而遭此也哉？曰：以彼之以假相聚故也。噫嘻！彼亦知彼之所以为假者，亦冷热中事乎？假子之于假父也，以热故也。假弟、假女、假友，皆以热故也。彼热者，盖亦不知浮云之有聚散也。未几而冰山颓矣，未几而阀阅朽矣。当世驱己之假以残人之真者，不瞬息而己之真者亦飘泊无依，所为假者安在哉？彼于此时，应悔向日为假所误。然而人之真者，已黄土百年。彼留假傀儡，人则有真怨恨，怨恨深而不能吐，日酿一日，苍苍高天，茫茫碧海，吾何日而能忘也哉！眼泪洗面，椎心泣血，即百割此仇，何益于事。是此等酸法，一时一刻，酿成千百万年，死而有知，皆不能坏，此所以玉楼弹阮来，爱姐抱阮去，千秋万岁，此恨绵绵无绝期矣。故用普净以解冤偈结之。夫冤至于不可解之时，转而求其解，则此一刻之酸，当何如含耶？是愤已百二十分，酸又百二十分，不作《金瓶梅》，又何以消遣哉？甚矣！仁人志士、孝子悌弟，上不能告诸天，下不能告诸人，悲愤呜唈，而作秽言，以泄其愤，自云含酸，不是撒泼，怀匕囊锤，以报其人，是亦一举。乃作者固自有志，耻作荆、聂，寓复仇之义于百回微言之中，谁为刀笔之利不杀人于千古哉？此所以有《金瓶梅》也。

然而《金瓶》，我又何以批之也哉？我喜其文之洋洋一百回，而千针万线，同出一丝，又千曲万折，不露一线。闲窗独坐，读史，读诸家文，少暇，偶一观之，曰：如此妙文，不为之递出金针，不几辜负作者千秋苦心哉！久之心恒怯焉，不敢遽操管以从事。盖其书之细如牛毛，乃千万根共具一体，血脉贯通，藏针伏线，千里相牵，少有所见，不禁望洋而退。迩来为穷愁所迫，炎凉所激，于难消遣时，恨不自撰一部世情书，以排遣闷怀。几欲下笔，而前后拮拘，甚费经营，乃搁笔曰：我且将他人炎凉之书，其所以前后经营者，细细算出，一者可以消我闷怀，二者算出古人之书，亦可算我今又经营一书。我虽未有所作，而我所以持往作书之法，不尽备于是乎！然则，我自做我之《金瓶梅》，我何暇与人批《金瓶》也哉！

冷热金针

《金瓶》以"冷热"二字开讲，抑孰不知此二字为一部之金钥乎？然于其点睛处，则未之知也。夫点睛处安在？曰：在温秀才韩伙计。何则？韩者冷之别名，温者热之余气，故韩伙计，于加官后即来，是热中之冷信；而温秀才，自磨镜后方出，是冷字之先声。是知祸福倚伏，寒暑盗气，天道有然也。虽然，热与寒为匹，冷与温为匹，盖热者温之极，韩者冷之极也。故韩道国不出于冷局之后，而出热局之先，见热未极而冷已极。温秀才不来于热场之中，而来于冷局之首，见冷欲盛而热将尽也。噫嘻，一部言冷言热，何啻如花如火！而其点睛处乃以此二人，而数百年读者，亦不知其所以作韩、温二人之故。是作书者固难，而看书者为尤难，岂不信哉！

寓意说

稗官者，寓言也，其假捏一人，幻造一事，虽为风影之谈，亦必依山点石，借海扬波。故《金瓶》一部，有名人物不下百数，为之寻端竟委，大半皆属寓言。庶因物有名，托名摭事，以成此一百回曲曲折折之书。如西门庆、潘金莲、王婆、武大、武二，《水浒传》中原有之人，《金瓶》因之者无论。然则何以有瓶、梅哉？瓶因庆生也。盖云贪欲嗜恶，百骸枯尽，瓶之罄矣，特特撰出瓶儿，直令千古风流人，同声一哭。因瓶生情，则花瓶而子虚姓花，银瓶而银姐名银。瓶与屏通，窥春必于隙底。屏号芙蓉，"玩赏芙蓉亭"，盖为瓶儿插笋。而"私窥"一回卷首词内，必云"绣面芙蓉一笑开"。后"玩灯"一回"灯赋"内，荷花灯、芙蓉灯。盖金、瓶合传，是因瓶假屏，又因屏假芙蓉，浸淫以入于幻也。屏、风二字相连，则冯妈妈必随瓶儿，而当大理屏风、又点睛妙笔矣。芙蓉栽以正月，艳冶于中秋，摇落于九月，故瓶儿必生于九月十五，嫁以八月廿五，后病必于重阳，死以十月，总是《芙蓉谱》内时候。墙头物去，亲事杳然，瓶儿悔矣。故蒋文蕙将闻悔而来也者。然瓶儿终非所据，必致逐散，故又号竹山。总是瓶儿心事中生出此一人。如意为瓶儿后身，故为熊氏姓张。熊之所贵者胆也，是如意乃瓶胆一张耳。故瓶儿好倒插花，如意"茎露独尝"，皆瓶与瓶胆之本色情景。官哥幻其名意，亦皆官窑哥窑，故以雪贼死之。瓶遇猫击，焉能不碎？银瓶坠井，千古伤心。故解衣而瓶儿死，托梦必于何家。银瓶失水矣，竹篮打水，成何益哉？故用何家蓝氏作意中人，以送西门之死，亦瓶之余意也。

至于梅，又因瓶而生。何则？瓶里梅花，春光无几。则瓶罄喻骨髓暗枯，瓶梅又喻衰朽在即。梅雪不相干，故春梅宠而雪娥辱，春梅正位而雪娥愈辱。月为梅花主人，故永福相逢，必云故主。而吴典恩之事，必用春梅襄事。冬梅为奇寒所迫，至春吐气，故"不垂别泪"，乃作者一腔炎凉痛恨发于笔端。至周、舟同音，春梅归之，为载花舟。秀、臭同音，春梅遗臭载花舟且作粪舟。而周义乃野渡无人，中流荡漾，故永福寺里普净座前必用周义转世，为高留住儿，言须一篙留住，方登彼岸。

然则金莲，岂无寓意哉？莲与茭，类也；陈，旧也，败也；敬、茎同音。败茎茭荷，言莲之下场头。故金莲以敬济而败。"侥幸得金莲"，茭茎之罪。西门乃"打铁棍"。铁棍，茭茎影也，舍根而罪影，所谓糊涂。败茎不耐风霜，故至严州，而铁指甲一折即下。幸徐封相救，风少劲即吹去矣。次后过街鼠寻风，是真朔风。风利如刀，刀利如风，残枝败叶，安得不摧哉！其父陈洪，已为露冷莲房坠粉红。其舅张团练搬去，又荷尽已无擎雨盖，留此败茎支持风雪，总写莲之不堪处。益知夏龙溪为金莲胜时写也。温秀才积至水秀才，再至倪秀才，再至王潮儿，总言水枯莲榭，唯余数茎败叶潦倒污泥，所为风流不堪回首，无非为金莲污辱下贱写也。莲名金莲，瓶亦名金瓶，侍女偷金，莲、瓶相妒，斗叶输金，莲花飘萎，茭茎用事矣。他如宋蕙莲、王六儿，亦皆为金莲写也。写一金莲不足以尽金莲之恶，且不足以尽西门、月娘之恶，故先写一宋金莲，再写一王六儿，总与潘金莲一而二，二而三者也。然而蕙莲，获帘也，望子落，帘儿坠，含羞

集　评　张竹坡评点《金瓶梅》摘录

自缢，又为"叉竿挑帘"一回重作渲染。至王六儿，又黄芦儿别音，其娘家王母猪。黄芦与黄竹相类，其弟王经，亦黄芦茎之义。芦茎叶皆后空，故王六儿好干后庭花，亦随手成趣。芦亦有影，故看灯夜又用铁棍一觑春风，是芦荻皆莲之副，故曰二人皆为金莲写。此一部写金、写瓶、写梅之大梗概也。

若夫月娘为月，遍照诸花。生于中秋，故有桂儿为之女。扫雪而月娘喜，踏雪而月娘悲，月有阴晴明晦也。且月下吹箫，故用玉箫。月满兔肥，盈已必亏，故小玉成婚，平安即偷镀金钩子，到南瓦子里耍。盖月照金钩于南瓦上，其亏可见。后用云里守入梦，月被云遮，小玉随之与兔俱隐，情文明甚。

李娇儿，乃"桃李春风墙外枝"也。其弟李铭，言理明外暗，可发一笑。至贲四嫂与林太太，乃叶落林空，春光已去。贲四嫂姓叶，作"带水战"。西门庆将至其家，必云吩咐后生王显，是背面落水，显黄一叶也。林太太用文嫂相通，文嫂住捕衙厅前，女名金大姐，乃蜂衙中一黄蜂，所云蜂媒是也。此时爱月初宠，两番赏雪，雪月争寒，空林叶落，所为莲花芙蓉，安能宁耐哉！故瓶死莲辱，独让春梅争香吐艳。而春鸿、春燕，又喻韶光迅速，送鸿迎燕，无有停息。来爵改名来友，见花事阑珊，燕莺遗恨。其妻惠元，三友会于园，看杜鹃啼血矣。内有玉箫勾引春风，外有玳安传消递息，箫有合欢之调，蕙莲、惠元以之。箫有离别之音，故三章约乃阳关声，西门听之，能不动深悲耶？惹草拈花，必用玳安，一日嬉游蝴蝶巷，再日密访蜂媒，已明其为蝶使矣。所谓玳瑁斑花蝴蝶非欤？书童则因箫而有名，盖篇内写月、写花、写雪，皆定名一人，惟风则止有冯妈妈。太守徐封，虽亦一人，而非花娇月媚，正经脚色，故用书童与玉箫合，而箫疏之风动矣。末必云"私挂一帆"，可知其用意写风。然又通书为梳，故书童生于苏州府常熟县，字义可思。媚客之唱，必云

《红楼梦》与《金瓶梅》之关系

"画损了掠儿稍",接手云"贲四害怕","梳子在坐,篦子害怕",妙绝《艳异》遗意,为男宠报仇。金莲必云"打了象牙",明点牙梳。去必以瓶儿丧内,瓶坠簪折,牙梳零落,箫疏风起,春意阑珊,阳关三叠,大家将散场也。《金瓶》之大概寓言如此,其他剩意,不能殚述。推此观之,笔笔皆然。

至其写玉楼一人,则又作者经济学问,色色自喻皆到。试细细言之。玉楼簪上镌"玉楼人醉杏花天",来自杨家,后嫁李家,遇薛嫂而受屈,遇陶妈妈而吐气,分明为杏无疑。杏者,幸也。身毁名污,幸此残躯留于人世,而住居臭水巷。盖言无妄之来,遭此荼毒,污辱难忍,故著书以泄愤。嫁于李衙内,而李贵随之,李安往依之,以理为贵,以理为安,归于真定、枣强。真定,言吾心淡定。枣强,言黾勉工夫,所为勿助勿忘,此是作者学问。

王杏庵送贫儿于晏公庙任道士为徒。晏,安也,任与人通,又与仁通。言"我若得志,必以仁道济天下,使天下匹夫匹妇,皆在晏安之内,以养其生,皆入于人伦之中,以复其性。"此作者之经济也。不谓有金道士淫之,又有陈三引之,言为今人声色货利,浸淫已久,我方竭力养之教之。而金道又使其旧性复散,不可救援,相率而至于永福寺内,共作孤魂而后已。是可悲哉!夫永福寺,涌于腹下,此何物也?其内僧人,一曰胡僧,再曰道坚,一肖其形,一美其号。永福寺,真生我之门死我户,故皆于死后同归于此,见色之利害。而万回长老,其迴肠也哉。他如黄龙寺,脾也;相国寺,相火也。拜相国长老,归路避风黄龙,明言相火动而脾风发,故西门死气如牛吼,已先于东京言之矣。是玉皇庙,心也,二重殿后,一重侧门,其心尚可问哉?故有吴道士主持结拜,心既无道,结拜何益?所以将玉皇庙始而永福寺结者以此。

集　评　张竹坡评点《金瓶梅》摘录

更有因一事而生数人者，则数名公同一义，如车（扯）淡、管世（事）宽、游守（手）、郝（好）贤（闲）四人共一寓意也。又如李智（枝）、黄四、梅、李尽黄，春光已暮，二人共一寓意也。又如"带水战"一回，前云聂（捏）两湖、尚（上）小塘、汪北彦（沿），三人共一寓意也。又如安沈（枕）、宋（送）乔年，喻色欲伤生，二人共一寓意也。

又有因一人而生数名者，应伯（白）爵（嚼），字光侯（喉），谢希（携）大（带），字子（紫）纯（唇），祝（住）实（十）念（年），孙天化（话），字伯（不）修（羞），常峙（时）节（借），卜、（不）志（知）道，吴（无）典恩，云里守（手），字非（飞）去，白赖光，字光荡，贲（背）第（地）传，傅（负）自新（心），甘（乾）出身，韩道（捣）国（鬼）。因西门庆不肖，生出数名也。

又有即物为名者，如吴神仙，乃镜也，名无奭，冰鉴照人无失也。黄真人，土也，瓶坠簪折，黄土伤心，末用楚云一人遥影，正是彩云易散。潘道士，拚也，死孽已成，拚着一做也。又有随手调笑，如西门庆父，名达，盖明捏土音，言西门庆之达，即金莲所呼达达之达。设问其母何氏，当必云娘氏矣。桂姐接丁二官，打丁之人也。李（里）外传，取其传话之意。侯林儿，言树倒猢狲散。此皆掉手成趣处。他如张好问、白汝晃（谎）之类，不可枚举。随时会意，皆见作者狡猾之才。若夫玉楼弹阮，爱姐继其后，抱阮以往湖州何官人家，依二捣鬼以终，是作者穷途有泪无可洒处，乃于爱河中捣此一篇鬼话。明亦无可如何之中，作书以自遣也。至其以孝哥结入一百回，用普净幻化，言惟孝可以消除万恶，惟孝可以永锡尔类，今使我不能全孝，抑曾反思尔之于尔亲，却是如何！千秋万岁，此恨绵绵，悠悠苍天，曷有其极，悲哉悲哉！

苦孝说

夫人之有身，吾亲与之也。则吾之身视亲之身，为生死矣。若夫亲之血气衰老，归于大造，孝子有痛于中，是凡为人子者所同，而非一人独具之奇冤也。至于生也不幸，其亲为仇所算，则此时此际，以至千百万年不忍一注目，不敢一存想，一息有知，一息之痛为无已。呜呼，痛哉！痛之不已，酿成奇酸，海枯石烂，其味深长。是故含此酸者，不敢独立默坐，苟独立默坐，则不知吾之身、吾之心、吾之骨肉，何以栗栗焉如刀斯割，如虫斯噬也。悲夫！天下尚有一境，焉能使斯人悦耳目、娱心志，一安其身也哉？苍苍高天，茫茫厚地，无可一安其身，必死乃庶几矣。然吾闻死而有有知之说，则奇痛尚在，是死亦无益于酸也。然则必何如而可哉？必何如而可，意者生而无我，死而亦无我。夫生而无我，死而亦无我，幻化之谓也。推幻化之谓，既不愿为人，又不愿为鬼，并不愿为水石。盖为水为石，犹必流石人之泪矣。呜呼！苍苍高天，茫茫厚地，何故而有我一人，致令幻化之难也？故作《金瓶梅》者，一曰"含酸"，再曰"抱阮"，结曰"幻化"，且必曰幻化孝哥儿，作者之心其有余痛乎？则《金瓶梅》当名之曰"奇酸志"、"苦孝说"。呜呼！孝子孝子，有苦如是！

第一奇书非淫书论

诗云"以尔车来，以我贿迁"，此非瓶儿等辈乎？又云"子

集 评 张竹坡评点《金瓶梅》摘录

不我思,岂无他人",此非金、梅等辈乎?"狂且狡童",此非西门、敬济等辈乎?乃先师手订,文公细注,岂不曰此淫风也哉?所以云"诗三百,一言以蔽之:思无邪。"注云:《诗》有善有恶。善者起发人之善心,恶者惩创人之逆志。"圣贤著书立言之意,固昭然于千古也。今夫《金瓶梅》一书作者,亦是将《褰裳》《风雨》《蓱兮》《子衿》诸诗细为摹仿耳。夫微言之而文人知儆,显言之而流俗知惧,不意世之看者,不以为惩劝之韦弦,反以为行乐之符节,所以目为淫书,不知淫者自见其为淫耳。但目今旧板,现在金陵印刷,原本四处流行买卖。予小子悯作者之苦心,新同志之耳目,批此一书,其"寓意说"内,将其一部奸夫淫妇,悉批作草木幻影;一部淫情艳语,悉批作起伏奇文。至于以"悌"字起,"孝"字结,一片天命民彝,殷然慨恻,又以玉楼、杏庵照出作者学问经纶,使人一览,无复有前此之《金瓶》矣。但恐不学风影等辈,借端恐诐,意在骗诈。夫现今通行发卖,原未有禁示,小子穷愁著书,亦书生常事,又非借此沽名,本因家无寸土,欲觅蝇头以养生耳,即云奉行禁止,小子非套翻原版,固云我自作我的《金瓶梅》。我的《金瓶梅》上洗淫乱而存孝悌,变帐簿以作文章,直使《金瓶》一书冰消瓦解,则算小子劈《金瓶梅》原板亦何不可!夫邪说当辟,而辟邪说者必就邪说而劈之,其说方息。今我辟邪说而人非之,是非之者必邪说也。若不预先辨明,恐当世君子为其所惑。况小子年始二十有六,素与人全无恩怨,本非不律以泄愤懑,又非囊有余钱,借梨枣以博虚名,不过为糊口计。兰不当门,不锄何害?锄之何益?是用抒诚,以告仁人君子,其其量之。

《红楼梦》与《金瓶梅》之关系

第一奇书金瓶梅趣谈

提傀儡上场——还少一口气儿哩。

两只脚还赶不上一张嘴哩。

婆儿烧香,当不的老子念佛。

老鼠尾巴生疮儿——有脓也不多。

着紧处,鎚把儿也不动。

马蹄刀木杓里切菜——水也不漏。

山核桃——差着一隔儿。

卖粉团的撞见敲板儿蛮子叫冤屈——麻饭胞胆帐。

离城四十里见蜜蜂儿拉屎,出门交癫象绊了一交。

原来觑远不觑近。

秃子包网巾——饶这一抿子也罢了。

马回子拜节——来到就是。

腊鸭子煮在锅里——身子烂化了,嘴儿还硬。

打三个恭,唱两个喏,谁见来。

养虾蟆得水蛊儿病。

属扭瓜儿糖的——你扭扭儿也是钱,不扭也是钱。

乡里妈妈拜千佛——磕头磕够了。

羊角葱靠南墙——越发老辣。

球子心肠——滚上滚下。

盖个庙儿,立起个旗杆来,就是谎神爷。

老妈妈睡着吃腊肉——是恁一丝一丝的。

投充了新军,又掇起石头来了。

踩小板凳儿糊险道神——还差着一帽头子哩。

集　评　张竹坡评点《金瓶梅》摘录

失迷了家乡，那里寻犊儿去。

夹道卖门神——看出来的好画儿。

不说这一声——不当哑狗卖。

玉黄李子——掐了一块儿去了。

好合的刘九儿。

鬼酉上车儿——推丑。

东瓜花儿——丑的没时了。

曹州兵备——管的事儿宽。

屁股大——吊了心。

什么三只腿金刚，两个觭角的象。

太山游到领的衣服。

属面觔的——倒且是有觔道。

老儿不发恨，婆儿没布裙。

坐家的女儿偷皮匠——逢着的就上。

贾瞎子传操——乾起了个五更。

隔墙掠肝肠——死心塌地。

兜肚断了带子——没的绊了。

吹杀灯挤眼儿——后来的事看不见。

隔墙掠鬼脸儿——可不把我諕杀。

爱奴儿掇着兽头往城外掠——好个丢丑的孩儿。

唐胖子吊在醋缸里——把你撅酸了。

铜盆撞了铁刷帚。

灯草拐杖——做不得主。

火到猪头烂，钱到公事办。

卖瓜子儿开厢子打嚏喷——琐碎一大堆。

你大拳打了人，这回拿手来摹挲。

春凳折了靠背儿——没的椅了。

王婆子卖了磨——没的推了。

王十九,只吃酒。

小炉匠跟着行香的走——锁碎一浪汤。

出笼的鹌鹑——也是个快斗的。

豆芽菜——有甚捆儿。

党太尉吃匾食——照样儿。

猪八戒坐在冷铺中——丑的没对儿。

鸡儿不撒尿——各自有去处。

驴粪球儿面前光——不知里面受恓惶。

洒土迷迷后入眼。

妻儿赵迎春,各自寻头奔。

腌韭菜——入不得蹊儿。

腊月萝卜——动了心。

拔了萝卜地皮宽。

六月连阴——想他好情儿。

批评第一奇书金瓶梅读法

劈空撰出金、瓶、梅三个人来,看其如何收拢一块,如何发放开去。看其前半部只做金、瓶,后半部只做春梅。前半人家的金瓶,被他千方百计弄来,后半自己的梅花,却轻轻的被人夺去。[一]

起以玉皇庙,终以来福寺,而一回中,已一齐说出,是大关键处。[二]

先是吴神仙总览其盛,便是黄真人少扶其衰,末是普净师一洗其业,是此书大照应处。[三]

集　评　张竹坡评点《金瓶梅》摘录

"冰鉴定终身",是一番结果,然独遗陈敬济。"嘻笑卜龟儿",又遗潘金莲。然金莲即从其自己口中补出,是故亦不遗金莲,当独遗西门庆与春梅耳。两番瓶儿托梦,盖又单补西门。而叶头陀相面,才为敬济一番结束也。[四]

未出金莲,先出瓶儿;既娶金莲,方出春梅;未娶金莲,却先娶玉楼;未娶瓶儿,又先出敬济。文字穿插之妙,不可名言。若夫夹写蕙莲、王六儿、贲四嫂、如意儿诸人,又极尽天工之巧矣。[五]

会看《金瓶》者,看下半部。亦惟会看者,单看上半部。如"生子加官"时,唱"韩湘子寻叔"、"叹浮生犹如一梦"等,不可枚举,细玩方知。[六]

《金瓶》有板定大章法,如金莲有事生气,必用玉楼在旁,百遍皆然,一丝不易,是其章法老处。他如西门至人家饮酒,临出门时,必用一人或一官来拜、留坐,此又是"生子加官"后数十回大章法。[七]

《金瓶》一百回,到底俱是两对章法,合其目为二百件事。然有一回前后两事,中有一语过节;又有前后两事,暗中一笋过下。如第一回。用玄坛的虎是也,又有两事两段写者,写了前一事半段,即写后一事半段,再完前半段,再完后半段者。有二事而参伍错综写者,有夹入他事写者。总之,以目中二事为条干,逐回细玩即知。[八]

《金瓶》一回,两事作对,固矣,却又有两回作遥对者。如金莲琵琶、瓶儿象棋作一对,偷壶、偷金作一对等,又不可枚举。[九]

前半处处冷,令人不耐看;后半处处热,而人又看不出。前半冷,当在写最热处,玩之即知;后半热,看孟玉楼上坟,放笔描清明春色便知。[十]

117

《红楼梦》与《金瓶梅》之关系

内中有最没正经、没要紧的一人,却是最有结果的人,如韩爱姐是也。一部中,诸妇人何可胜数,乃独以爱姐守志结,何哉?作者盖有深意存于其间矣。言爱姐之母为娼,而爱姐自东京归,亦曾迎人献笑,乃一留心敬济,之死靡他,以视瓶儿之于子虚,春梅之于守备,二人固当惭死。若金莲之遇西门,亦可知爱姐之逢敬济,乃一之于琴童,再之于敬济,且下及王潮儿,何其比回心之娼妓,亦不若哉?此所以将爱姐作结,以惭诸妇;且言爱姐以娼女回头,还堪守节,奈之何身居金屋而不改过悔非,一竟丧廉寡耻,于死路而不返哉?[十一]

读《金瓶》须看其大间架处。其大间架处,则分金、梅在一处,分瓶儿在一处,又必合金、瓶、梅在前院一处。金、梅合而瓶儿孤,前院近而金、瓶妒,月娘远而敬济得以下手也。[十二]

读《金瓶》须看其入笋处。如玉皇庙讲笑话,插入打虎;请子虚,即插入后院紧邻;六回金莲才热,即借嘲骂处,插入玉楼;借问伯爵连日那里,即插入桂姐;借盖捲棚即插入敬济;借翟管家插入王六儿;借翡翠轩插入瓶儿生子;借梵僧药,插入瓶儿受病;借碧霞宫插入普净;借上坟插入李衙内;借拿皮袄插入玳安、小玉。诸如此类,不可胜数,盖其用笔不露痕迹处也。其所以不露痕迹处,总之善用曲笔、逆笔,不肯另起头绪用直笔、顺笔也。夫此书头绪何限?若一一起之,是必不能之数也。我执笔时,亦必想用曲笔、逆笔,但不能如他曲得无迹,逆得不觉耳,此所以妙也。[十三]

《金瓶》有节节露破绽处,如窗内淫声,和尚偏听见;私琴童,雪娥偏知道;而裙带葫芦,更属险事;墙头密约,金莲偏看见;蕙莲偷期,金莲偏撞着;翡翠轩,自谓打听瓶儿;葡萄架,早已照入铁棍;才受脏,即动大巡之怒;才乞恩,便有平安之才;调婿后,西门偏就摸着;烧阴户,胡秀偏就看见,诸如此

类,又不可胜数。总之,用险笔以写人情之可畏,而尤妙在既已露破,乃一语即解,绝不费力累赘,此所以为化笔也。[十四]

《金瓶》有特特起一事、生一人,而来既无端,去亦无谓,如书童是也。不知作者盖几许经营,而始有书童之一人也。其描写西门淫荡,并及外宠,不必说矣。不知作者,盖因一人之出门而方写此书童也。何以言之?瓶儿与月娘始疏而终亲,金莲与月娘始亲而终疏。虽固因逐来昭、解来旺起衅,而未必至撒泼一番之甚也。夫竟至撒泼一番者,有玉箫不惜将月娘底里之言罄尽告之也。玉箫何以告之?曰有三章约在也。三章何以肯受?有书童一节故也。夫玉箫、书童不便突起炉灶,故写"藏壶构衅"于前也。然而遥遥写来,必欲其撒泼,何为也哉?必得如此,方于出门时,月娘毫无怜惜,一弃不顾,而金莲乃一败涂地也。谁谓《金瓶》内,有一无谓之笔墨也哉![十五]

《金瓶》内正经写六个妇人,而其实只写得四个:月娘、玉楼、金莲、瓶儿是也。然月娘则以大纲,故写之。玉楼虽写,则全以高才被屈,满肚牢骚,故又另出一机轴写之,然则以不得不写。写月娘,以不肯一样写;写玉楼,是全非正写也。其正写者,惟瓶儿、金莲。然而写瓶儿,又每以不言写之。夫以不言写之,是以不写处写之。以不写处写之,是其写处单在金莲也。单写金莲,宜乎金莲之恶冠于众人也。吁!文人之笔可惧哉![十六]

《金瓶》内,有两个人为特特用意写之,其结果亦皆可观。如春梅与玳安儿是也。于同作丫环时,必用几遍笔墨描写春梅心高志大,气象不同。于众小厮内,必用层层笔墨,描写玳安色色可人。后文春梅作夫人,玳安作员外。作者必欲其如此何哉?见得一部炎凉书中翻案故也。何则?只知眼前作婢,不知即他日之夫人;只知眼前作仆,不知即他年之员外。不特他人转眼奉承,

《红楼梦》与《金瓶梅》之关系

即月娘且转而以上宾待之,末路依之。然则人之眼边前炎凉诚何益哉!此是作者特特为人下碪砭也。因要他于污泥中为后文翻案,故不得不先为之抬高身分也。[十七]

李娇儿、孙雪娥,要此二人何哉?写一李娇儿见其未遇金莲、瓶儿时,早已嘲风弄月,迎奸卖俏,许多不肖事,种种可杀。是写金莲、瓶儿,乃实写西门之恶。写李娇儿,又虚写西门之恶。写出来的既已如此,未写出来的时,又不知何许恶端不可问之事于从前也。作者何其深恶西门之如是!至孙雪娥,出身微贱,分不过通房,何其必劳一番笔墨写之哉?此又作者菩萨心也。夫以西门庆之恶,不写其妻作娼,何以报恶人?然既立意另一花样写月娘,断断不忍写月娘至于此也。玉楼本是无辜受毒,何忍更令其顶缸受报?李娇儿本是娼家,瓶儿更欲用之孽报于西门生前。而金莲更自有冤家债主在,且使之为娼,于西门何损?于金莲似甚有益,乐此不若,又何以言报也?故用写雪娥以至于为娼,以总张西门之报,且暗结宋蕙莲一段公案。至于张胜、敬济后事,则又情因文生,随手收拾。不然,雪娥为娼,何以结果哉?[十八]

又娇儿色中之财,看其在家管库,临去拐财可见。王六儿财中之色,看其与西门交合时,必云做买卖,骗丫头房子,说合苗青,总是借色起端也。[十九]

书内必写蕙莲,所以深潘金莲之恶于无尽也,所以为后文妒瓶儿时,小试行道之端也。何则?蕙莲才蒙受,偏是他先知,亦如迎春唤猫,金莲睃见也。使春梅送火山洞,何异教西门早娶瓶儿,愿权在一块住也。蕙莲跪求,便尔舒心,且许多牢笼关锁,何异瓶儿来时,乘醉说一跳板走的话也。两舌雪娥,使激蕙莲,何异对月娘说瓶儿是非之处也。卒之来旺几死而未死,蕙莲可以不死而竟死,皆金莲为之也。作者特特于瓶儿进门加此一段,所

集　评　张竹坡评点《金瓶梅》摘录

以危瓶儿也。而瓶儿不悟，且亲密之，宜乎其祸不旋踵，后车终覆也。此深著金莲之恶。吾故曰：其小试行道之端，盖作者为不知远害者写一样子。若随手看去，便说西门庆又刮上一家人媳妇子矣。夫西门庆，杀夫夺妻取其财，庇杀主之奴，卖朝廷之法，岂必于此特特撰此一事，以增其罪案哉！然则看官，每为作者瞒过了也。［二十］

　　后又写如意儿，何故哉？又作者明白奈何金莲，见其死蕙莲、死瓶儿之均属无益也。何则？蕙莲才死，金莲可一快。然而官哥生，瓶儿宠矣。及官哥死，瓶儿亦死，金莲又一大快。然而如意口脂，又从灵座生香，去掉一个，又来一个。金莲虽善固宠，巧于制人，于此能不技穷袖手，其奈之何？故作者写如意儿，全为金莲写，亦全为蕙莲、瓶儿愤也。［二一］

　　然则写桂姐、银儿、月儿诸妓，何哉？此则总写西门无厌，又见其为浮薄立品，市井为习。而于中写桂姐特犯金莲，写银姐特犯瓶儿，又见金、瓶二人，其气味声息，已全通娼家。虽未身为倚门之人，而淫心乱行，实臭味相投，彼娼妇犹步后尘矣。其写月儿，则另用香温玉软之笔，见西门一味粗鄙，虽章台春色，犹不能细心领略，故写月儿，及反衬西门也。［二二］

　　写王六儿、贲四嫂以及林太太，何哉？曰：王六儿、贲四嫂、林太太三人是三样写法，三种意思。写王六儿者，专为财能致色一着做出来。你看西门在日，王六儿何等趋承，乃一旦拐财远遁，故知西门于六儿，借财图色，而王六儿亦借色求财。故西门死，必自王六儿家来，究竟财色两空。王六儿遇何官人，究竟借色求财。甚矣！色可以动人，尤未如财之通行无阻，人人皆爱也。然则写六儿，又似单讲财，故竟结入一百回内。至于贲四嫂，却为玳安写，盖言西门只知贪滥无厌，不知其左右亲随，且上行下效，已浸淫乎欺主之风，而"窃玉成婚"，已伏线于此矣。

《红楼梦》与《金瓶梅》之关系

若云陪写王六儿,犹是浅看。再至林太太,吾不知作者之用心,有何干万愤满而于潘金莲发之,不但杀之割之,而并其出身之处,教习之人,皆欲致之死地而方畅也。何则?王招宣府内,固金莲旧时卖入学歌学舞之处也。今看其一腔机诈,丧廉寡耻,若云本自天生,则良心为不可必,而性善为不可据也。吾知其自二、三岁时,未必便如此淫荡也。使当日王招宣家男敦礼义,女尚贞廉,淫声不出于口,淫色不见于目,金莲虽淫荡,亦必化而为贞女。奈何堂堂招宣,不为天子招服远人,宣扬威德,而一裁缝家九岁女孩至其家,即费许多闲情教其描眉画眼,弄粉涂朱,且教其做张做致,乔模乔样。其待小使女如此,则其仪型妻子可知矣。宜乎三官之不肖荒淫,林氏之荡闲逾矩也。招宣实教之,夫复何尤!然则招宣教一金莲,以遗害无穷,身受其害者,前有武大,后有西门,而林氏为招宣还报,固其宜也。吾故曰:作者盖深恶金莲,而并恶及其出身之处,故写林太太也。然则,张大户亦成金莲之恶者,何以不写?曰:张二官顶补西门千户之缺,而伯爵走动说娶娇儿,俨然又一西门,其受报亦必又有不可尽言者。则其不着墨处又有无限烟波,直欲又藏一部大书于无笔处也。此所谓笔不到而意到者。[二三]

《金瓶》写月娘,人人谓西门氏亏此一人内助,不知作者写月娘之罪,纯以隐笔,而人不知也。何则?良人者,妻之所仰望而终身者也。若其夫千金买妾为宗嗣计,而月娘百依百顺,此诚《关雎》之雅,千古贤妇人也。若西门庆杀人之夫,劫人之妻,此真盗贼之行也。其夫为盗贼之行,而其妻不涕泣而告之,乃依违其间,视为路人,休戚不相关,而且自以好好先生为贤,其为心尚可问哉!至其于陈敬济,则作者已大书特书,月娘引贼入室之罪可胜言哉!至后识破奸情,不知所为分处之汁,乃白日关门,便为处此已毕。后之逐敬济,送大姐,请春梅,皆随风弄柁,毫无成见。而听尼宣卷。胡乱烧香,全非妇女所宜。而后知"不甚读书"四字,误尽西门一生,且误尽月娘一生也。何则?使西门守礼,便能以礼刑其妻,今只为西门不读书,所以月娘虽有为善之资,而亦流于不知大礼。即其家常举动,全无举案之风,而徒多眉眼之处,盖写月娘,为一知学好而不知礼之妇人也。夫知学好矣,而不知礼,犹足遗害无穷,使敬济之恶归罪于己,况不学好者乎?然则敬济之罪,月娘成之;月娘之罪,西门刑于之过也。[二四]

文章有加一倍写法,此书则善于加倍写也。如写西门之热,更写蔡、宋二御史,更写六黄太尉,更写蔡太师,更写朝房,此加一倍热也。如写西门之冷,则更写一敬济在冷铺中,更写蔡太师充军,更写徽、钦北狩,真是加一倍冷。要之加一倍热,更欲写如西门之热者何限,而西门独倚财肆恶;加一倍冷者,正欲写如西门之冷者何穷,而西门乃不早见几也。[二五]

写月娘,必写其好佛者,人抑知作者之意乎?作者开讲,早已劝人六根清净,吾知其必以"空"结此"财色"二字也。夫"空"字作结,必为僧乃可。夫西门不死,必不回头,而西门既死,又谁为僧?使月娘于西门一死,不顾家业,即削发入山,亦何与于西门说法?今必仍令西门自己受持方可。夫西门已死,则奈何?作者几许踌躇,乃以孝哥儿生于西门死之一刻,卒欲令其回头,受我度脱,总以圣贤心发菩萨愿,欲天下无终讳过之人,人无不改之过也。夫人之既死,犹望其改过于来生。然则,作者之待西门,何其忠厚慨恻,而劝勉于天下后世之人,何其殷殷不已也。是故既有此段大结束在胸中,若突然于后文生出一普净师,幼化了去,无头无绪,一者落寻常窠臼,二者笔墨则脱落痕迹矣。故必先写月娘好佛,一路尸尸闪闪,如草蛇灰线。后又特笔出碧霞宫,方转到雪涧,而又只一影普师,迟至十年,方才复收到永福寺。且于幻影中,将一部中有名人物,花开豆爆出来的,复一一烟消火灭了去。盖生离死别,各人传中皆自有结,此方是一总大结束。作者直欲使一部千针万线,又尽幻化了还之于太虚也。然则写月娘好佛,岂泛泛然为吃斋村妇,闲写家常哉?此部书总妙在千里伏脉,不肯作易安之笔,没笋之物也,是故妙绝群书。[二六]

又月娘好佛内,便隐三个姑子,许多隐谋诡计,教唆他烧夜香,吃药安胎,无所不为,则写好佛,又写月娘之隐恶也,不可不知。[二七]

内中独写玉楼有结果,何也?盖劝瓶儿、金莲二妇也。言不幸所天下寿,自己虽不能守,亦且静处金闺,令媒妁说合事成。虽不免扇坟之诮,然犹是孀妇常情,及嫁,而纨扇多悲,亦须宽心忍耐,安于数命,此玉楼俏心肠,高诸妇一着。春梅一味托大,玉楼一味胆小,故后日成就,春梅必竟有失身受嗜欲之危,而玉楼则一劳而永逸也。[二八]

陈敬济严州一事,岂不蛇足矣?不知作者一笔而三用也。一者为敬济堕落入冷铺作因,二者为大姐一死伏线,三者欲结玉搂实实遇李公子,为百年知己,可偿在西门家三四年之恨也。何以见之?玉楼不为敬济所动,固是心焉李氏,而李公子宁死不舍。天下有宁死不舍之情,非知己之情也哉?可必其无《白头吟》也。观玉楼之风韵嫣然,实是第一个美人,而西门乃独于一滥觞之金莲厚。故写一玉楼,明明说西门为市井之徒,知好淫,而且不知好色也。[二九]

玉楼来西门家,合婚过礼,以视"偷娶""迎奸赴会",何啻天壤?其吉凶气象,已自不同。其嫁李衙内,则依然合婚,行茶过礼,月娘送亲,以视老鸨争论,夜随来旺、王婆领出,不垂别泪,其明晦气象又自不同。故知作者特特写此一位真正美人,为

西门庆不知风雅定案也。〔三〇〕

金莲与瓶儿进门皆受辱，独玉楼自始至终无一褒贬。噫，亦有心人哉！〔三一〕

西门是混帐恶人，吴月娘是奸险好人，玉楼是乖人，金莲不是人，瓶儿是痴人，春梅是狂人，敬济是浮浪小人，娇儿是死人，雪娥是蠢人，宋蕙莲是不识高低的人，如意儿是顶缺之人。若王六儿与林太太等，直与李桂姐辈一流，总是不得叫做人。而伯爵、希大辈，皆是没良心的人。兼之蔡太师、蔡状元、宋御史，皆是枉为人也。〔三二〕

狮子街，乃武松报仇之地，西门几死其处。曾不数日，而子虚又受其害，西门徜徉来往。俟后王六儿，偏又为之移居此地，赏灯，偏令金莲两遍身历其处。写小人托大忘患，嗜恶不悔，一笔都尽。〔三三〕

《金瓶梅》是一部《史记》。然而《史记》有独传，有合传，却是分开做的。《金瓶梅》却是一百回共成一传，而千百人总合一传，内却又断断续续，各人自有一传。固知作《金瓶梅》者，必能作《史记》也。何则？既已为其难，又何难为其易。〔三四〕

每见批此书者，必贬他书以褒此书，不知文章乃公共之物，此文妙，何妨彼文亦妙？我偶就此文之妙者而评之，而彼之妙，固不掩此文之妙者也。即我自作一文，亦不得谓我之文出，而天下之文皆不妙，且不得谓天下更无妙文妙于此者。奈之何批此人之文，即若据为己有，而必使凡天下之文皆不如之。此其用心偏私狭隘，决做不出好文。夫做不出好文，又何能批人之好文哉！吾所谓《史记》易于《金瓶》，盖谓《史记》分做，而《金瓶》合做，既使龙门复生，亦必不谓予左袒《金瓶》，而予亦并非谓《史记》反不妙于《金瓶》，然而《金瓶》却全得《史记》之妙也。文章得失，惟有心者知之。我只赏其文之妙，何暇论其人之

《红楼梦》与《金瓶梅》之关系

为古人，为后占之人而代彼争论，代彼谦让也哉！［三五］

作小说者既不留名，以其各有寓意，或暗指某人而作。夫作者既用隐恶扬善之笔，不存其人之姓名，并不露自己之姓名，乃后人必欲为之寻端竟委，说出名姓，何哉？何其刻薄为怀也！且传闻之说，大都穿凿，不可深信。总之，作者无感慨，亦必不著书，一言尽之矣。其所欲说之人，即现在其书内。彼有感慨者，反不忍明言；我没感慨者，反必欲指出，真没搭撒，没要紧也。故"别号东楼"，"小名庆儿"之说概置不问，即作书之人，亦只以作者称之，彼既不著名于书，予何多赘哉？近见《七才子书》，满纸王四，虽批者各自有意，而予则谓何不留此闲工，多曲折于其文之起尽也哉！偶记于此，以白当世。［三六］

《史记》中有年表，《金瓶》亦有时日也。开口之西门庆二十七岁，吴神仙相面则二十九，至临死则三十三岁。而官哥则生于政和四年丙申，卒于政和五年丁酉，夫西门庆二十九岁生子，则丙申年，至三十三岁，该云庚子，而西门乃卒于戊戌。夫李瓶儿亦该云卒于政和五年，乃云"七年"，此皆作者故为参差之处。何则？此书独与他小说不同，看其三四年间，却是一日一时推着数去，无论春秋冷热，即其人生日，某人某日来请酒，某月某日某某人，某日是某节令，齐齐整整捱去，若再将三五年间甲子次序，排得一丝不乱，是真个与西门计账簿，有如世之无目者所云者也。故特特错乱其年谱，大约三五年间，其繁华如此，则内云某日某节，皆历历生动，不是死板一串铃，可以排头数去，而偏又能使看者五色眯目，真有如捱着一日日过去也。此为神妙之笔。嘻！技至此亦化矣哉！真千古至文，吾不敢以小说目之也。［三七］

一百回是一回。必须放开眼光作一回读，乃知其起尽处。［三八］

一百回，不是一日做出，却是一日一刻创成。人想其创造之时，何以至于创成，便知其内许多起尽，费许多经营，许多穿插裁剪也。〔三九〕

看《金瓶》，把他当事实看，使被他瞒过；必须把他当文章看，方不被他瞒过也。〔四十〕

看《金瓶》，将来当他的文章看，犹须被他瞒过；必把他当自己的文章读，方不被他瞒过。〔四一〕

将他当自己的文章读，是矣。然又不知将他当自己才去经营的文章，我先将心与之曲折算出，夫而后谓之不能瞒我，方是不能瞒我也。〔四二〕

做文章，不过"情理"二字。今做此一篇百回长文，亦只是"情理"二字。于一个人心中，讨出一个人的情理，则一个人的传得矣。虽前后夹杂众人的话，而此一人开口，是此一人的情理。非其开口便得情理，由于讨出这一人的情理，方开口耳。是故写十百千人，皆如写一人，而遂洋洋乎有此一百回大书也。〔四三〕

《金瓶》每于极忙时，偏夹叙他事入内。如正未娶金莲，先插娶孟玉楼。娶玉楼时，即夹叙嫁大姐。生子时，即夹叙吴典恩借债。官哥临危时，乃有谢希大借银。瓶儿死时，乃入玉箫受约。择日出殡，乃有六黄太尉等事。皆于百忙中，故作消闲之笔，非才富一石者，何以能之？外如武松问傅伙计西门庆的话，百忙里说出"二两一月"等文，则又临时用轻笔讨神理，不在此等章法内算也。〔四四〕

《金瓶梅》妙在善用犯笔而不犯也。如写一伯爵，更写一希大；然毕竟伯爵是伯爵，希大是希大，各自的身分，各人的谈吐，一丝不紊。写一金莲，更写一瓶儿，可谓犯矣；然又始终聚散，其言语举动，又各各不乱一丝。写一王六儿，偏又写一贲四嫂；写一李桂姐，又写一吴银姐、郑月儿；写一王婆，偏又写一薛媒婆、一冯妈妈、一文嫂儿、一陶媒婆。写一薛姑子，偏又写一王姑子、刘姑子，渚如此类，皆妙在特特犯手，却又各各一款，绝不相同也。［四五］

《金瓶梅》于西门庆不作一文笔，于月娘不作一显笔，于玉楼则纯用俏笔，于金莲不作一钝笔，于瓶儿不作一深笔，于春梅纯用傲笔，于敬济不作一韵笔，于大姐不作一秀笔，于伯爵不作一呆笔，于玳安儿不着一蠢笔，此所以各各皆到也。［四六］

《金瓶梅》起头，放过一男一女，结末又放去一男一女。如卜志道、卓丢儿，是起头放过者。锦云与李安是结末放去者。夫起头放过去，乃云卜志道是花子虚的署缺者。不肯直出子虚，又不肯明明于十个中止写九个，单留一个缺去寻子虚顶补。故先着一人，随手去之，以出其缺，而便于出子虚。且于出子虚时，随手出瓶儿也。不然，先出子虚于十人之中，则将出瓶儿时又费笔墨，故卜志道虽为子虚出缺，又为瓶儿做一楔子也。既云做楔子，又何有顾忌命名之义？而又必用一名，则只云"不知道"可耳，故云"卜志道"。至于丢儿，则又玉楼之署缺者。夫未娶玉楼，先娶此人，既娶玉楼，即丢开此人。岂如李瓶儿今日守灵，明朝烧纸，丫环奶子相伴空房，且一番两番托梦也。是诚丢开脑后之人，故云"丢儿"也。是其起头放过者，皆意在放过那人去，放入这人来也。至其结末放去者，曰楚云者，盖为西门家中彩云易散作一影子，又见得美色无穷，人生有限，死到头来，虽有西子、王嫱，于我何涉？则又作者特特为起讲数语作证也。至于李安，则又与韩爱姐同意，而又为作者十二分满许之笔，写一孝子正人义士，以作中流砥柱也。何则？一部书中，上自蔡太师，下至侯林儿等辈，何止百有余人，并无一个好人，非迎奸卖俏之人，即附势趋炎之辈，使无李安一孝子，不几使良心种子灭绝乎？看其写李安母子相依，其一篇话头，真见得守身如玉、不敢毁伤发肤之孝子，以视西门、敬济辈，真狗猪不如之人也。然则，末节放过去的两人，又放不过众人，故特特放过此二人以深省后人也。［四七］

　　写花子虚，即于开首十人中，何以不便出瓶儿哉？夫作者于提笔时，固先有一瓶儿在其意中也。先有一瓶儿在其意中，其后如何偷期，如何迎奸，如何另嫁竹山，如何转嫁西门，其着数俱已算就，然后想到其夫，当令何名，夫不过令其应名而已，则将来虽有如无，故名之曰"子虚"。瓶本为花而有，故即姓花，忽然于出笔时，乃想叙西门氏正传也。于叙西门传中，不出瓶儿，何以入此公案？特叙瓶儿，则叙西门起头时，何以说隔壁一家姓花名某，其妻姓李名某也？此无头绪之笔，必不能入也。然则，俟金莲进门，再叙何如？夫他小说，便有一件件叙去，另起头绪于中，惟《金瓶梅》纯是太史公笔法。夫龙门文字中，岂有于一篇特特着意写之人，且十分有八分写此人之人，而于开卷第一回中，不总出枢纽，如衣之领，如花之蒂，而谓之太史公之文哉？近人作一本传奇，于起头数折，亦必将有名人数点到。况《金瓶梅》为海内奇书哉！然则，作者又不能自已，另出头绪说，势必借结弟兄时入花子虚也。夫使无伯爵一班人，先与西门打热，则弟兄又何由而结？使写子虚，亦在十人数内，终朝相见，则于第一回中，西门与伯爵会时，子虚系你知我见之人，何以开口便提起"他家二嫂"？既提起二嫂，何以忽说"与咱院子只隔一墙"，而二嫂又何如好也哉？故用写子虚为会外之人，今日拉其入会，而因其邻墙，乃用西门数语，则瓶儿已出"邻墙已明"不言之表，子虚一家皆跃然纸上。因又算到，不用卜志道之死，又何因想起拉子虚入会？作者纯以神工鬼斧之笔行文，故曲曲折折，只令看者迷目，而不令其窥彼金针之一度。吾故曰：纯是龙门文

字。每于此等文字，使我悉心其中，曲曲折折，为之出入其起尽，何异入五岳三岛，尽览奇胜？我心乐此，不为疲也。[四八]

《金瓶》内，即一笑谈，一小曲，皆因时致宜，或直出本回之意，或足前回，或透下回，当于其下，另自分注也。[四九]

《金瓶梅》一书于作文之法无所不备，一时亦难细说，当各于本回前著明之。[五〇]

《金瓶梅》说淫话，只是金莲与王六儿处多，其次则瓶儿，他如月娘、玉楼止一见。而春梅则惟于点染处描写之。何也？写月娘，惟"扫雪"前一夜，所以丑月娘、丑西门也。写玉楼，惟于"含酸"一夜，所以表玉楼之屈，而亦以丑西门也。是皆非写其淫荡之本意也。至于春梅，欲留之为炎凉翻案，故不得不留其身分，而止用影写也。至百般无耻，十分不堪，有桂姐、月儿不能出之于口者，皆自金莲、六儿口中出之。其难堪为何如？此作者深罪西门，见得如此狗彘，乃偏喜之，真不是人也。故王六儿、潘金莲有日一齐动手，西门死矣。此作者之深意也。至于瓶儿，虽能忍耐，乃自讨苦吃，不关人事，而气死子虚，迎奸转嫁，亦去金莲不远，故亦不妨为之驰张丑态。但瓶儿弱而金莲狠，故写瓶儿之淫，略较金莲可些，而亦早自丧其命于试药之时，甚言女人贪色，不害人即自害也。呼！可畏哉！若蕙莲、如意辈，有何品行？故不妨唐突。而王招宣府内林太太者，我固云为金莲波及，则欲报应之人，又何妨唐突哉！[五一]

《金瓶梅》不可零星看，如零星便只看其淫处也。故必尽数日之间，一气看完，方知作者起伏层次，贯通气脉，为一线穿下来也。[五二]

凡人谓《金瓶》是淫书者，想必伊只知看其淫处也。若我看此书，纯是一部史公文字。[五三]

作《金瓶梅》之人，若令其做忠臣孝子之文，彼必能又出手

眼，摹神肖影，追魂取魄，另做出一篇忠孝文字也。我何以知之？我于其摹写奸夫淫妇知之。［五四］

今有和尚读《金瓶》，人必叱之，彼和尚亦必避人偷看。不知真正和尚，方许他读《金瓶梅》。［五五］

今有读书者看《金瓶》，无论其父母师傅禁止之，即其自己亦不敢对人读。不知真正读书者方能看《金瓶梅》，其避人读者，乃真正看淫书也。［五六］

作《金瓶》者，乃善才化身，故能百千解脱，色色皆到。不然，正难梦见。［五七］

作《金瓶》者必能转身证菩萨果。盖其立言处，纯是麟角凤嘴文字故也。［五八］

作《金瓶梅》者，必曾于患难穷愁，人情世故，一一经历过，入世最深，方能为众脚色幕神也。［五九］

作《金瓶梅》，若果必待色色历遍，才有此书，则《金瓶梅》又必做不成也。何则？即如诸淫妇偷汉，种种不同，若必待身亲历而后知之，将何以经历哉？故知才子无所不通，专在一心也。［六十］

一心所通，实又真个现身一番，方说得一番。然则其写诸淫妇，真乃各现淫妇人身，为人说法者也。［六一］

其书凡有描写，莫不爸尽人情。然则真千百化身，现各色人等，为之说法者也。［六二］

其各尽人情，莫不各得天道，即千古算来，天之祸淫福善、颠倒权奸处，确乎如此。读之，似有一人亲曾执笔在清河县前西门家，大大小小，前前后后，碟儿碗儿，一一记之，似真有其事，不敢谓为操笔伸纸做出来的。吾故曰：得天道也。［六三］

读《金瓶》当看其白描处。子弟能看其白描处，必能自做出异样省力巧妙文字来也。［六四］

读《金瓶》当看其脱卸处。子弟看其脱卸处，必能自出手眼，作过节文字也。[六五]

读《金瓶》当看其避难处。子弟看其避难就易处，必能放重笔，拿轻笔，异样使乖脱滑也。[六六]

读《金瓶》当看其手闲事忙处。子弟会得，便许作繁衍文字也。[六七]

读《金瓶》当看其穿插处。子弟会得，便许他作花团锦簇、五色眯人的文字也。[六八]

读《金瓶》当看其结穴发脉、关锁照应处。子弟会得，才许他读《左》《国》《庄》《骚》《史》《子》也。[六九]

读《金瓶》当知其用意处。夫会得其处处所以用意处，方许他读《金瓶梅》，方许他自言读文字也。[七〇]

幼年在馆中读文，见窗友为先生夏楚云："我教你字字想来，不曾教你囫囵吞。"予时尚幼，旁听此言，即深自儆省。于念文时，即一字一字作昆腔曲，拖长声，调转数四念之，而心中必将此一字，念到是我用出的一字方罢。犹记念的是"好古敏以求之"一句的文字。如此不三日，先生出会课题，乃"君子矜而不争"，予自觉做时不甚怯力而文成。先生大惊，以为抄写他人，不然，何进益之速？予亦不能白。后先生留心验予动静，见予念文，以头伏桌，一手指文，一字一字唱之，乃大喜曰："子不我欺"，且回顾同窗辈曰："尔辈不若也。"今本不通，然思读书之法，断不可成片念过去。岂但读文，即如读《金瓶梅》小说，若连片念去，便味如嚼蜡，只见满篇老婆舌头而已，安能知其为妙文也哉！夫不看其妙文，然则只要看其妙事乎？是可一大捫揄。[七一]

读《金瓶》必静坐三月方可，否则眼光模糊，不能激射得到。七十二。

集　评　张竹坡评点《金瓶梅》摘录

才不高由于心粗，心粗由于气浮。心粗则气浮，气愈浮则心愈粗。岂但做不出好文，并亦看不出好文。遇此等人，切不可将《金瓶梅》与他读。[七三]

未读《金瓶梅》，而文字如是，既读《金瓶梅》，而文字犹如是，此人直须焚其笔砚，扶犁耕田，为大快活，不必再来弄笔砚自讨苦吃也。[七四]

做书者，是诚才子矣。然到底是菩萨学问，不是圣贤学问，盖其专教人空也。若再进一步，到不空的所在，其书便不是这样做也。七十五。

《金瓶》以空结，看来亦不是空到地的，看他以孝哥结便知。然则所云"幻化"，乃是以孝化百恶耳。[七六]

《金瓶梅》到底有一种愤满的气象。然则《金瓶梅》断断是龙门再世。[七七]

《金瓶梅》是部改过的书，观其以爱姐结便知。盖欲以三年之艾，治七年之病也。[七八]

《金瓶梅》究竟是大彻悟的人做的，故其中将僧尼之不肖处，一一写出，此方是真正菩萨，真正彻悟。[七九]

《金瓶梅》倘他当日发心，不做此一篇市井的文字，他必能另出韵笔，作花娇月媚，如《西厢》等文字也。[八十]。

《金瓶》必不可使不会做文的人读。夫不会做文字人读，真有如俗云"读了《金瓶梅》"也。会做文字的人读《金瓶》，纯是读《史记》。[八一]

《金瓶梅》切不可令妇人看见。世有销金帐底，浅斟低唱之下，念一回于妻妾听者多多矣。不知男子中尚少知劝戒观感之人，彼女子中能观感者几人哉？少有效法，奈何奈何！至于其文法笔法，又非女子中所能学，亦不必学。即有精通书史者，则当以《左》《国》《风》《雅》、经史与之读也。然则《金瓶梅》是不可看之书也，我又何以批之以误世哉？不知我正以《金瓶》为不可不看之妙文，特为妇人必不可看之书，恐人自不知戒，而反以是咎《金瓶梅》，故先言之，不肯使《金瓶》受过也。然则男子中少知看书者，谁不看《金瓶梅》？看之而喜者，则《金瓶梅》惧焉，惧其不知所以喜之，而第喜其淫逸也。如是则《金瓶梅》误人矣。究之非《金瓶》误之，人自误之耳。看之而怪者，则《金瓶梅》悲焉，悲其本不予人以可怪，而人想怪其描写淫逸处也。如是，则人误《金瓶》矣。究之非人误之，亦非《金瓶》误之，乃西门庆误之耳。何为《金瓶》误人？不善读书人，粗心浮气，与之经史不能下咽，偏喜读《金瓶梅》，且最不喜读下半本《金瓶梅》，是误人者《金瓶梅》也。何为人自误之？夫对人说贼，原以示戒，乃听者反因学做贼之术，是非说贼者之过也，彼听说贼者本自为贼耳，故《金瓶梅》不任受过。何以谓人误《金瓶》？《金瓶梅》写奸夫淫妇，贪官恶仆，帮闲娼妓，皆其通身力量，通身解脱，通身智慧，呕心呕血，写出异样妙文也。今只因自己目无双珠，遂悉令世间将此妙文，目为淫书，置之高阁，使前人呕心呕血做这妙文，虽本自娱，实亦欲娱千百世之锦绣才子者，乃为俗人所掩，尽付流水，是谓人误《金瓶》。何以谓西门庆误《金瓶》？使看官不作西门的事读，全以我此日文心，逆取他当日的妙笔，则胜如读一部《史记》，乃无如开卷，便只知看西门庆如何如何，全不知作者行文的一片苦心，是故谓之西门庆误《金瓶梅》。然则仍依旧看官误看了西门庆的《金瓶梅》，不知为作者的《金瓶》也。常见一人批《金瓶梅》曰："此西门之大账簿"。其两眼无珠，可发一笑。夫伊于甚年月日，见作者雇工于西门庆家写账簿哉？更有读至敬济"弄一得双"，乃为西门大愤曰："何其剖其双珠！"不知先生又错看了也。金莲原非西门所固有，而作者特写一春梅，亦非欲为西门庆所能常有之人而写之也。此自是作者妙笔妙撰，以行此妙文，何劳先生为之傍生瞎气哉？故读《金瓶梅》者多，不善读《金瓶梅》者亦多。予因不揣，乃急欲批以请教，虽不敢谓能探作者之底里，然正因作者叫屈不歇，故不择狂瞽，代为争之，且欲使有志作文者，同醒一醒长日睡魔，少补文家之法律也，谁曰不宜？〔八二〕

《金瓶》是两半截书，上半截热，下半截冷；上半热中有冷，下半冷中有热。〔八三〕

《金瓶梅》因西门庆一分人家，写好几分人家，如武大一家，花子虚一家，乔大户一家，陈洪一家，吴大舅一家，张大户一家，王招宣一家，应伯爵一家，周守备一家，何千户一家，夏提刑一家。他如翟云峰在东京不算，伙计家以及女眷不往来者不算。凡这几家，大约清河县官员大户，屈指已遍。因而一人写及一县。吁！一元恶大悖矣，且无论此回有几家，全顷其手，深遭荼毒也。可恨可恨！〔八四〕

《金瓶梅》写西门庆无一亲人，上无父母，下无子孙，中无兄弟，幸而月娘犹不以继室自居。设也月娘因金莲终不通言对面，吾不知西门庆何乐乎为人也。乃于此不自改自修，且肆恶无忌，宜乎就死不悔也。〔八五〕

书内写西门庆许多亲戚，通是假的，如乔亲家，假亲家也；翟亲家，愈假之亲家也；杨姑娘，谁氏之姑娘，愈假之姑娘也；应二哥，假兄弟也；谢子纯，假朋友也。至于花大舅、二舅，更属可笑，真假到没文理处也。敬济两番披麻带孝，假孝子也。至于沈姨夫、韩姨夫，不闻有姨娘来，亦是假姨夫矣。惟吴大舅、二舅，而二舅又如鬼如蜮，吴大舅少可，故后卒得吴大舅略略照应也。彼西门氏并无一人，天之报施亦惨，而文人恶之者亦毒矣。奈何世人于一本九族之亲，乃漠然视之，且恨不排挤而去之，是何肺腑！〔八六〕

《红楼梦》与《金瓶梅》之关系

《金瓶》何以必写西门庆孤身一人，无一着己亲哉？盖必如此，方见得其起头热得可笑，后文一冷便冷到彻底，再不能热也。［八七］

作者直欲使此清河县之西门氏冷到彻底并无一人，虽属寓言，然而其恨此等人，直使之千百年后，永不复望一复燃之灰。吁！文人亦狠矣哉！［八八］

《金瓶》内有一李安，是个孝子，却还有一个王杏庵，是个义士，安童是个义仆，黄通判是个益友，曾御史是个忠臣，武二郎是个豪杰悌弟。谁谓一片淫欲世界中，天命民懿为尽灭绝也哉？［八九］

《金瓶》虽有许多好人，却都是男人，并无一个好女人。屈指不二色的，要算月娘一个，然却不知妇道以礼持家，往往惹出事端。至于爱姐，晚节固可佳，乃又守得不正经的节，且早年亦难清白。他如葛翠屏，娘家领去，作者固未定其末路，安能必之也哉？甚矣，妇人阴性，虽岂无贞烈者，然而失守者易，且又在各人家教。观于此，可以禀型于之惧矣，齐家者，可不慎哉！［九〇］

《金瓶梅》内，却有两个真人，一尊活佛，然而总不能救一个妖僧之流毒。妖僧为谁？施春药者也。［九一］

武大毒药，既出之西门庆家，而西门毒药，固有人现身而来，神仙、真人、活佛，亦安能逆天而救之也哉！［九二］

读《金瓶》不可呆看，一呆看便错了。［九三］

读《金瓶》必须置唾壶于侧，庶便于击。［九四］

读《金瓶》必须列宝剑于右，或可划空泄愤。［九五］

读《金瓶》必须悬明镜于前，庶能圆满照见。［九六］

读《金瓶》必置大白于左，庶可痛饮，以消此世情之恶。［九七］

读《金瓶》必置名香于几，庶可遥谢前人，感其作妙文，曲曲折折以娱我。[九八]

读《金瓶》必须置香茗于案，以奠作者苦心。[九九]

《金瓶》纯是禅门圆通后做法。我批《金瓶》，亦批其圆通处也。[一〇〇]

《金瓶》亦并不晓得有甚圆通，我亦正批其不晓有甚圆通处也。[一〇一]

《金瓶》以"空"字起结，我亦批其以"空"字起结而已，到底不敢以"空"字诬我圣贤也。[一〇二]

《金瓶》处处体贴人情天理，此是其真能悟彻了，此是其不空处也。[一〇三]

《金瓶梅》是大手笔，却是极细的心思做出来者。[一〇四]

《金瓶梅》是部惩人的书，故谓之戒律亦可。虽然，又云《金瓶梅》是部入世的书，然谓之出世的书亦无不可。[一〇五]

金、瓶、梅三字连贯者，是作者自喻。此书内虽包藏许多春色，却一朵一朵，一瓣一瓣，费尽春工，当注之金瓶，流香芝室，为千古锦绣才子作案头佳玩，断不可使村夫俗子作枕头物也。噫！夫金瓶梅花全凭人力以补天工，则又如此书处处以文章夺化工之巧也夫。[一〇六]

此书为继《杀狗记》而作。看他随处影写兄弟，如何九之弟何十，杨大郎之弟杨二郎，周秀之弟周宣，韩道国之弟韩二捣鬼。惟西门庆、陈敬济无兄弟可想。[一〇七]

以玉楼弹阮起，爱姐抱阮结，乃是作者满肚皮倡狂之泪没处洒落，故以《金瓶梅》为大哭地也。[一〇八]

批 评

第一奇书《金瓶梅》回评

第一回 西门庆热结十兄弟
武二郎冷遇亲哥嫂

此书单重财色，故卷首一诗，上解悲财，下解悲色。一部炎凉书，乃开首一诗，并无热气。信乎作者注意在下半部，而看官益当知看下半部也。

"二八佳人"，一绝色也，借色说入，则色的利害比财更甚。下文"一朝马死"二句，财也。"三杯茶作合"二句，酒也。"三寸气在"二句，气也。然而酒气俱串入财色内讲，故诗亦串入。小小一诗句，亦章法井井如此，其文章为何如？

开讲处几句话头，乃一百回的主意。一部书总不出此几句，然却是一起四大股，四小结股，临了一结，齐齐整整。一篇文字，断落皆详批本文下。

上文一律、一绝，三成语，末复煞四句成语，见得痴人不悟，作孽于酒色财气中，而天自处高听卑，报应不爽也。是作者盖深明天道以立言欤；《金刚经》四句，又部结果的主意也。

尝看西门死后其败落气象，恰如的的确确的事，亦是天道不深不浅，恰恰好好该这样报应的。每疑作者非神非鬼，何以操笔如此？近知作者骗了我也。盖他本是向人情中讨出来的天理，故真是天理。然则不在人情中讨出来的天理，又何以为之天理哉！

自家作文，固当平心静气，向人情中讨结煞，则自然成就我的妙文也。

一部一百回，乃于第一回中，如一缕头发，千丝万丝，要在头上一根绳儿扎住。又如一喷壶水，要在一提起来，即一线一线同时喷出来。今看作者，惟西门庆一人是直说，他如出伯爵等九人是带出，月娘三房是直叙，别的如桂姐，玳安，玉箫、子虚、瓶儿、吴道官、天福、应宝、吴银儿、武松、武植、金莲、迎儿、敬济、来兴、来保、王婆，诸色人等，一齐皆出，如喷壶倾水。然却是说话做事，一路有意无意，东拉西扯，使皆叙出，并非另起锅灶重新下米，真正龙门能事。若夫叙一人，而数人于不言中跃跃欲动，则又神工鬼斧，非人力之所能为者矣。何以见之？如教大丫头玉箫拿蒸酥是也。夫丫头，则丫头已耳，何以必言大丫头哉？春梅固原在月娘房中做小丫头也，一言而春梅跃然矣，真正化工文字。

此回内本写金莲，却先写瓶儿，妙笔。

写春梅，用影写法。写瓶儿，用遥写法。写金莲，用实写法。然一部《金瓶》，春梅至"不垂别泪"时，总用影写，金莲总用实写也。

写春梅，何不于首卷内直出其名哉？不知此作者特特为春梅留身分故也。既为丫鬟，不便单单拈出，势必如玉箫借拿东西，或传话时出之，如此，则春梅扫地矣。然则俟金莲进门，或云用银自外边买来亦可。不知一部大书全是这三个人，乃第一回时如何不点出也？看他于此等难处，偏能不费丝毫气力，一笔勾出，且于不用一笔勾出，不知其文心，是天仙，是鬼怪。看者不知，只说是拿东西赏天福，岂不大差！

未出月娘，乃先插大姐，带出敬济，是何等笔力！

出敬济，只云"陈洪子"可耳，乃必云"东京八十万禁军杨提督"者，见蔡太师、翟云峰门路，皆从此一线出来。然则又于无笔墨处，将翟云峰、蔡太师等一齐点出矣。后文来保赂相府时，必云"见杨府干办从府中出来"，进见蔡攸，必云"同杨干办一齐来"，则此句出蔡京、翟云峰等益信矣。文章能事，至

《金瓶梅》，真山阴道上应接不暇，七通八达，八面玲珑，批之不尽也。

《金瓶》内，每以一笔作千万笔用，如此回玉皇庙，谓是结弟兄，谓是对永福寺，作双峙起结，谓是出武松，谓是出金莲，谓是笼罩"官哥寄名"，"瓶儿荐亡"等事也。总之，一笔千万用，如神龙天际，变亿不测的文字。

一回冷、热相对两截文字，然却用一笋即串拢，痕迹俱无。所谓笋者，乃在玉皇庙玄坛座下一个虎，岂不奇绝！

一回两股大文字，"热结""冷遇"也。然"热结"中七段文字，"冷遇"中两段文字，两两相对，却在参差合笋处作对锁章法。如正讲西门庆处，忽插入伯爵等人，至"满县都惧怕他"下，忽接他排行第一，直与"复姓西门，单名一个庆字"合笋，无一线缝处。正讲武松遇哥哥，忽插入武大别了兄弟如何如何许多话来，下忽云"不想今日撞着自己嫡亲兄弟"，直与"自从兄弟分别之后"合笋，无一缝处。此上下两篇文字对峙处也。

无心撞着，却是嫡亲兄弟；有心结识，反不好叙齿。掩映处，最难过，最难堪。

"热结"处何以有七段文字？自"大宋徽宗"至"无不通晓"是一段。自"结识的"至"都惧怕他"是两段。自"排行第一"至"又去调弄妇人"是三段。自"西门庆在家闲坐"至"只等应二来与他说"是四段。自"正说着"至"伯爵举手和希大一路去了"是五段。自"十月初一"至"过了初二"是六段。自"次初三"至"和子虚一同来家"是七段。此是"热结的"文字已毕。下文则"冷遇"的文字也，切勿认应伯爵来邀看虎，犹是西门庆边的文字。

"冷遇"两段，则一段是武大的文字，一段是金莲的文字。伯爵两人看去，固是引子，即武松打虎，见官诸事，亦是信药也。

　　看他写"热结"处，却用渐渐逼出。如与月娘闲话是一顿；伯爵、希大来相约而去是一顿；初一日收分资是一顿；初二日知会道士是一顿；初三日吃早饭又是一顿；至庙中调笑又是一顿。才说吴道士请烧纸，而伯爵谦让，又作数层刷洗，方入本题。若"冷遇"却是一撞撞着，乃是嫡亲兄弟，便见得一假一真。有安排不待安排处。

　　描写伯爵处，纯是白描，追魂摄影之笔。如向希大说"何如？我说……"，又如"伸着舌头道：爷……"。俨然纸上活跳出来，如闻其声，如见其形。

　　《水浒》上打虎，是写武松如何踢打，虎如何剪扑。《金瓶梅》却用伯爵口中几个"怎的""怎的"一个"就像是"，一个"又像"，便使《水浒》中费如许力量方写出来者，他却一毫不费力便了也，是何等灵滑手腕！况打虎时，是何等时候，乃一拳一脚都能计算清白，即使武松自己，恐用力后，亦不能向人如何细说也。岂如在伯爵口中描出为妙。

　　篇内出月娘，乃云"夫主面上百依百顺"。看者只知说月娘贤德，为后文能容众妾地步也；不知作者更有深意。月娘可以向上之人也。夫可以向上之人，使随一读书守礼之夫主，则刑于之化，月娘便自能化俗为雅，谨守闺范，防微杜渐，举案齐眉，便成全人矣。乃无如月娘，只知依顺为道，而西门之使其依顺者，皆非其道。月娘终日闻夫之言，是势利市井之言，见夫之行，是奸险苟且之行，不知规谏，而乃一味依顺之。故虽有好资质，未免习俗渐染。后文引敬济入室，放来旺进门，皆其不闻妇道，以致不能防闲也。送人直出大门，妖尼昼夜宣卷，又其不闻妇道，以致无所法守也。然则开卷写月娘之百依百顺，又是写西门庆先坑了月娘也。泛泛读之，何以知作者苦心？

作者做月娘，既另出笔墨，使真欲做出一个贤妇人，后文就不该大书特书引敬济入室等罪。既欲隐隐做他个不好的人，又不该处处形其老实。然则写月娘，信如上所云"一个可以学好向上的人"，西门庆不能刑于，遂致不知大礼，如俗所云"好人到他家也不好了"也。故"百依百顺"，是罪西门，非赞月娘。

　　写月娘何以必云是继室哉？见得西门庆孤身独自，即月娘妻子尚是个继室，非结发者也。故其一生动作，皆是假景中提傀儡。写月娘恶处，又全在继室也。从来继室多是好好先生，何则？因彼已有妻过，一旦死别，乃续一个人来，则不但他自己心上，怕丈夫疑他是填房；或有儿女，怕丈夫疑他偏心；当家，怕丈夫疑他不如先头的。即那丈夫心中，亦未尝不有此几着疑忌在心中。故做继室者，欲管不好，不管不好，往往多休戚不关，以好好先生为贤也。今月娘虽说没甚奸险，然其举动处，大半不离继室常套，故"百依百顺"，在结发则可，在继室又当别论。不是说依顺便是贤也。是四字，又月娘定案，又继室定案。

　　写西门对子虚，却句句是瓶儿。写子虚来人会，却又处处是瓶儿。西门心照那边，瓶儿心照这边，已将两人十分异样亲密处，写得花团锦簇，好看杀人，真有笔不到而意到之妙。

　　凡人用笔曲处，一曲两曲足矣，乃未有如《金瓶》之曲也。何则？如本意欲出金莲，却不肯如寻常小说云"按下此处不言，再表一个人姓甚名谁"的恶套。乃何如下笔？因思从兄弟"冷遇"处带出金莲。然则如何出此两兄弟？则用先出武二。如何出武二？则用打虎。如何出打虎？是依旧要先出武二矣。不则，依旧要按下此处，再讲清河县，出示拿虎矣。夫费如许曲折，乃依旧要按下另讲。文章之夯，亦夯不至此，不知作者乃眼觑一处矣。何则？玉皇庙同黄河发源之所。瓶儿既于此处出，金莲能不于此处出哉！故一眼觑见玉皇庙四大元帅，作者不觉搁笔，拍案

《红楼梦》与《金瓶梅》之关系

大笑也。然而其下笔时,偏不即写玄坛,乃先写老子青牛,又写二重殿,又写侧门,又写正面三间厂厅,又写昊天上帝,又写紫府星官,方出四大元帅。文至此,所谓曲折亦曲折尽矣。看他偏不即写玄坛,乃又先写马元帅,带出帮闲讨好,使本文"热结"中意思柳遮花映,八面玲珑。至此该写赵元师矣,偏又不肯写下,又放过赵元帅,再写温元帅,又照入帮闲身分,放倒自己,奉承他人,使"热结"本文不脱生,十分美满后,才又插转玄坛。玄坛身边方出画虎,曲折至此,该用吴道官说出真虎矣,乃偏又漾开,偏又照管众帮闲,点染"热结"本文,方用吴道官一点真虎。夫所谓打虎之人,尚杳然不知音信。只因一个画虎,便如此曲折,真不怕呕血,不怕鬼哭。文至此可云至矣。看他偏有力量,偏又照人打虎情景,在白赖光口中,偏又令伯爵又插一笑谈。花遮柳映,又照入"热结"本文来。夫写一面照一面,犹他人所能;乃于写这一面时,却是写那一面,写那一面时却原是写这一面,七穿八达,出神入化,所谓不怕呕血,不怕鬼哭,是真不怕呕血鬼哭者矣。盖人一手写一处不能,他却一手写三四处也。玉皇庙是一处,十兄弟是一处,道士是一处,画虎是一处,真虎是一处,打虎人又遥在一处,跃然欲动,而沧州郡且明明说出也。后生家,看此等文字,而不心灰气绝,回家焚烧笔砚再不敢做文者,是必目不一丁,卖菜佣不如之人也。

夫不有子虚,则瓶儿归西门,是无孽之人矣,故必有子虚。然子虚不虽有如无,则瓶儿又何以归西门?是故子虚,是个影子中人。今于影子中人上场,不加一番描写渲染,则何以见其为影子中人哉?故曰于排次第时见之矣。何则?若论势字,当从财生。西门庆家,不是世代阀阅,只因有几贯钱,方能使势也。夫既以钱为主,子虚之钱,较西门为加倍,如此应该子虚为大,乃不但不能替西门之左,且不能居应、谢二人之上,而应、谢二人，明明知其财主，亦绝不相让，则子虚为虽有如无之人，不言已喻，而财必至为他人之财，妻必至为他人之妻，此时已定局矣。故无论他盈千累万的家财，必先看他有好儿子没有，才定得是他的不是他的。文字妙处，全要在不言处见，试问看官，有几个看没字处的人否？

一回内，句句"三娘"，而玉楼亦跃跃纸上，此所开缺侯官之法也。写虎一段，自入三间厂厅内，一引入，一漾开，凡三四折，方入吴道官，文字又如穿花蝴蝶，一远一近，煞是好看杀人。

"热结"文字，却以花二娘起，花二娘结，而月娘作引，卓二姐作馀波。人只谓下文是瓶儿先讲起，不知一渡即是金莲文字，作者之笔其如龙乎！看他每不肯为人先算着。

西门庆"沉吟一会"，乃说出花子虚来。试想其沉吟是何意思，直与九回中武二沉吟一会相照。西门一沉吟，子虚死矣。武二一沉吟，李外传、王婆、金莲俱死矣，而西门庆亦死矣。然武二沉吟，是杀人，西门沉吟，是自杀。

写金莲，云"不知这妇人是个使女出身"，后文瓶儿出身，又是"梁中书侍妾"。春梅不必说矣，然则三人大抵皆同。作者盖深恶此等人，亦见婢妾中，邪淫者多也。冷遇哥嫂文中，乃一云"嫡亲兄弟"，再云"是我一母同胞兄弟"，再云"亲兄弟难比别人"。句句是武二文字，却句句是敲击十兄弟文字也。

篇内金莲，凡十二声"叔叔"，于十一声下，作者却自入一句，将上文十一声"叔叔"一总，下又拖一句"叔叔"，便见金莲心头、眼底、口中，一时便有无数"叔叔"也。益悟文章生动处，不在用笔写到之处。

开卷一部大书，乃用一律、一绝、三成语、一谚语尽之，而又入四句偈作证，则可云《金瓶梅》已告完矣。

《红楼梦》与《金瓶梅》之关系

《水浒》本意在武松,故写金莲是宾,写武松是主。《金瓶梅》本写金莲,故写金莲是主,写武松是宾。文章有宾主之法。故立言体目不同,切莫一例看去,所以打虎一节,亦只得在伯爵口中说出。

"里仁为美",况近邻哉!今子虚不善择邻,而与西门为邻,卒受其祸。武大与王婆为邻,亦卒受其祸。殆后瓶儿与金莲邻墙,又卒受其祸。甚矣,主邻当慎也!

第二回　俏潘娘帘下勾情
　　　　老王婆茶坊说技

　　此回前一段，是金莲文字；知县差出以后一段，是武大、武二文字；挑帘以后，是西门庆与王婆文字。然则金莲文字中又有武二文字也。

　　金莲、武二文字中，妙在亲密，亲密的没理杀人。武二、武大文字中，妙在凄惨，凄惨的伤心杀人。王婆、西门庆文字中，妙在扯淡，扯淡的好看杀人。此等文字，亦能将其妙处在口中说出。但愿看官，看金莲、武二的文字时，将身即做金莲，想至等武二来，如何用言语去勾引他，方得上道儿也。思之不得，用笔描之亦不得，然后看《金瓶梅》如何写金莲处，方知作者无一语不神妙难言。至看武大、武二文字，与王婆、西门庆文字，皆当作如是观。然后作者之心血乃出，然后乃不负作者之心血。

　　金莲调武二处，乃一味热急，虽写其几番闲话，又几番夹入吃酒，然而总是一味急躁不能宁耐处。

　　西门对王婆处却一味涎脸，然却见面即问谁家雌儿，次日见面即云要买炊饼，又口中一刻不放松也。王婆勾西门处，却一味闲扯，然却步步引入来，是马泊六引诱人人局处。

　　《水浒》中，此回文字，处处描金莲，却处处是武二，意在武二故也。《金瓶》内此回文字，处处写武二，却处处写金莲，意在金莲故也。文字用意之妙，自可想见。

　　写武二、武大分手，只平平数语，何以便使我再不敢读，再忍不住哭也？文字至此，真化工矣！

《红楼梦》与《金瓶梅》之关系

篇内写叉帘，凡先用十几个"帘"字，一路影来，而第一个"帘"字，乃在武松口中说出。夫先写帘子引入，已奇绝矣，乃偏于武松口中逗出第一个帘字，真奇横杀人矣。

上回内云金莲穿一件"扣身衫儿"，将金莲性情形影魂魄一齐描出。此回内云"毛青布大袖衫儿"，描写武大的老婆又活跳出来。

看其写帘下勾情处，正是金莲西门四目相射处，乃忽入王婆，且即从王婆眼中照入唱喏，文情固而紧凑的妙，而情景亦且旁击的活动也。

帘下勾情，必大书金莲，总见金莲之恶，不可胜言。犹云你若无心，虽百西门奈之何哉？凡坏事者，大抵皆是妇人心邪。强而成和，吾不信也。

题云"俏潘娘帘下勾情"，则勾情乃本文正文也。乃人手先写武二，夫勾引武二，亦勾情也。然必勾西门，方是帘下勾情。夫未勾西门，先勾武二，有心勾者，反不受勾；无心勾者，反一个眼色即成五百年风流孽冤，天下事固有如此，而金莲安心勾情，故此不着而彼着也。故勾武二，又帘下勾情一影。

王婆本意招揽西门，以作合山自任，而不肯轻轻说出；西门本意兜揽王婆，以作合山望之，而又不便直直说出。两人是一样心事，一样说不出，一样放不下，一样技痒难熬，故断断续续有这许多白话也。

试想捉笔时，写帘下一遇，既接入王婆，则即当写西门到茶房中，许以金帛，便央王婆作合，王婆即为承认画计，文章中固无此草率文字。即西门人王婆茶房内，开口便讲，其索然无味，为何如也！则说技之妙文，固文字顿错处，实亦两人一时不得不然之情理也。

篇内知县，本为欲写武二出门，故写一知县，却又因知县要寄礼物，乃又写一朱勔。文字有十成补足法，此十成补足之法也。不知又为后文卫千户本官伏脉。

作者每于伏一线时，每恐为人看出，必用一笔遮盖之。一部《金瓶》皆是如此。如这回内，写妇人和他闹了几场，落后惯了，自此妇人约莫武大归来时分，先自去收帘子，关上大门，此为后落帘打西门之由，所谓针线也。又云"武大心里自也暗喜，寻思道，'怎的却不好。'"是其用遮盖笔墨之笔，恐人看出也。于此等处，须要看他学他。故做文如盖造房屋，要使梁柱笋眼，都合得元一缝可见，而读人的文字，却要如拆房屋，使某梁某柱的笋皆一一散开在我眼中也。

此后数回，大约同《水浒》文字，作者不嫌其同者，要见欲做此人，必须如此方妥方妙，少变更即不是矣。作者只欲要叙金莲入西门庆家，何妨随手只如此写去。又见文字是件公事，不因那一人做出此情理，便不许此一人又做出此情理也。故我批时，亦只照本文的神理、段落、章法，随我的眼力批去。即有亦与批《水浒》者之批相同者，亦不敢避。盖作者既不避嫌，予何得强扭作者之文，而作我避嫌之语哉！且即有相同者，彼自批《水浒》之文，予自批《金瓶》之文。谓两同心可，谓各有见亦可，谓我同他可，谓他同我亦可；谓其批为本不可易可；谓其原文本不可异批亦无不可。看西门庆问"茶钱多少"，问"你儿子王潮跟谁出去"，又云"与我做个媒也好"，又云"回头人儿也好"，又云"干娘吃了茶"，又云"间壁卖的甚么"，又云"他家做的好炊饼，我要向他买四五十个拿家去"，都是口里说的是这边，心里说的是那边，心里要说说不出，口里不说忍不住，有心事有求于人，对着这人，便不觉丑态毕露，底里皆见。而王婆子则一味呆里撒奸，收来放去，又自报角色，又佯推不采，煞是好看杀人。至一块银子到手，王婆便先说你有心事，而西门心事，一竟

《红楼梦》与《金瓶梅》之关系

敢于吐露，王婆且先为一口道出，写得"色"字固是怕人，写得"财"字更是利害，真追魂取影之笔也。读《金瓶》后，而尚复敢云"自能作小说"，与读《金瓶》后而尚不能自作小说，皆未尝读《金瓶梅》者也。

头一日，点梅汤，点和合汤。第二日，偏不即出问茶，偏等他自己要茶，偏又浓浓点两盏茶，琐琐处皆是异样纹锦，千万休匆匆看过。

王婆自叙杂趁处，皆小户人家，此等妇人三四十岁后必然之事。甚矣，六婆之不可令其入内也。

书内写媒婆、马泊六，非一人，独于王婆写得如鬼如蜮，利害怕人。我每不耐看他写王婆处也。写王婆的说话，却句句是老虔婆声口，作老头子不得，作小媳妇亦不得，故妙。

第三回 定挨光王婆受贿 设圈套浪子私挑

　　上一回结因，下一回成果。此回乃将因做果之时之事也。然而却是两段文字：一段定挨光，一段做挨光。写十分光，却先写五件事，后又写一件事，才写十分光；而写十分光内却又写九个"此事便休了"，分明板板写出，却又生活不凡。且见后文金莲如于三分、四分光时便走，五七分时便走，王婆所云"我不能拉住他"。总之到九分光时，如若不肯，王婆亦只云"来搭救""西门此事便休"，"再也难成"。然则挨光虽王婆定下，而光之能成，到底是金莲自定也。写妇人之淫若此。

　　后半写挨光，便是前面所定之挨光也。看他偏是照前说出者一样说出，偏令看者不觉一毫重复，止见异样生动，自是化工手笔。

　　看他于五分光成时，止用"王婆将一手往脸上一摸"，便使上下十分光皆出，真是异样妙笔。

　　《金瓶梅》纯是异样穿插的文字，惟此数回乃最清晰者。盖单讲金莲偷期，亦是正文中之必不可苟者，而于闲扯白话时，乃借月娘、娇儿等拢入金莲。一边敲击正文，全不费呆重之笔，一边却又照管家里众人，不致冷落，直一笔作三四笔用也。

　　文内写西门庆来，必拿洒金川扇儿。前回云"手里拿着洒金川扇儿"，第一回云"卜志道送我一把真川金扇儿"，直至第八回内，又云"妇人见他手中拿着一把红骨细洒金金钉铰川扇儿"。

《红楼梦》与《金瓶梅》之关系

吾不知其用笔之妙，何以草蛇灰线之如此也。何则？金、瓶、梅盖作者写西门庆精神注泻之人也。乃第一回时，春梅已于"大丫头"三字影出，至瓶儿则不啻心头口头频频相照，而金莲，虽曾自打虎过下，却并未与西门一照于未挑帘之前，则一面写武二自打虎做都头文后，为单出笔写金莲这边。而西门为此书正经香火，今为写金莲这边，遂致一向冷落，绝不照顾，在他书则可，在《金瓶梅》岂肯留此绽漏者哉！况且单写金莲予挑帘时出一西门，亦如忽然来到已前不闻名姓之西门，则真与《水浒》之文何异？然而叙得武大、武二相会，即忙叙金莲叙勾挑小叔，又即忙叙武大兄弟分手，又即忙叙帘子等事，作者心头固有一西门庆在内不曾忘记，而读者眼底不几半日冷落西门氏耶？朦胧双眼，疑帘外现身之西门，元异《水浒》中临时方出之西门也。今看他偏有三十分巧，三十分滑，三十分轻快，三十分讨便宜处，写一金扇出来，且即于叙卜志道时，写一金扇出来。夫虽于迎打虎那日，大酒楼上，放下西门、伯爵、希大三人，只因有此金扇作幌伏线，而便不嫌半日洒洒洋洋写武大、写武二、写金莲如许文字，后于挑帘时一出西门，只用将金扇一幌，则作者不言，而本文亦不与《水浒》更改一事，乃看官眼底自知为《金瓶》内之西门，不是《水浒》之西门，且将半日叙金莲之笔，武大、武二之笔，皆放入客位内，依旧现出西门庆是正经香火，不是《水浒》中为武松写出金莲，为金莲写出西门，却明明是为西门方写金莲，为金莲方写武松。一如讲西门庆连日不自在，因卓二姐死，而今日帘下撞着的妇人，其姓名来历乃如此如此，说话者恐临时事冗难叙，乃为之预先倒算出来，使读者心亮，不致说话者临时费唇舌。是写一小小金扇物事，便使千言万语，一篇上下两半回文字，既明明写出，皆化为乌有，而半日不置一语，不提一事之西门庆，乃复活跳出来。且不但此时活跳出来，适才不置一语，不提一事之时，无非是西门氏账簿上开原委，罪案上写情由，与武大、武二绝不相干。试想作者亦安有闲工夫，与不相干之人写家常哉？此是作者异样心力写出来，而写完放笔，仰天问世，不觉失声大哭曰："我此等心力，上问千古，下问百世，亦安敢望有一人，知我心者哉！"故金扇儿，必是卜志道送来，而挑帘时金扇一照，成衣时金扇又一照，跃跃动人心目。作者又恐真个被人知道，乃又插入第八回内，使金莲扯之，一者收拾金扇了当，二者将看官瞒过，俱令在卜志道家合伙算账，今却被我一眼觑见。九原之下，作者必大哭大笑。今夜五更，灯花影里，我亦眼泪盈把，笑声惊动妻孥儿子辈梦魂也。

然则作者于第二回内，不写妇人勾挑武二哥，岂不省手？不知作者，盖言金莲结果时，如何一呆至此，还平心稳意，要嫁武二哥哉！故先于此回内，特特描写一番，遂令后九十回文中，金莲不自揣度，肯嫁武二，一团痴念，紧相照应，人虽鹘突，文却不可鹘突也。然则西门庆被色迷，潘金莲亦被色迷，可惧，可思。

（此五件，唤做"潘驴邓小闲"，都全了，此事便获得着）〔夹批〕未有十分光，先出五件事。文字掩映妙绝。

（第五，我最有闲工夫，不然如何来得恁勤）〔夹批〕第五只在眼前一映，便鲜活如见，做文只在拿轻放重也。

（我知你从来悭恪便使钱，只这件打搅）〔夹批〕五件后又有一件，然则前云邓通，是般有钱，此云使钱也。有钱不使何益？故此件又第一要紧也。

（若大官人肯使钱）〔夹批〕又尽一句，总之王婆要紧事在此也。

（今日晚了，且回去，过半年三个月来商量）〔夹批〕又荡开，文情生动。

《红楼梦》与《金瓶梅》之关系

（两个言来语去，都有意了，只低了头不起身。）〔夹批〕以上只用西门、婆子互相自嘈，写妇人，止用五"低头"、两"不动身"，便使一篇三人如火文字眉眼皆动，而结以"只低了头"。"不动身"，总上一段，是好笔力。又使王婆、西门一递一句内，无不眼中有一妇人也。

第四回　赴巫山潘氏幽欢
　　　　闹茶坊郓哥义愤

　　此回却是两个半截文字：前半篇是挨光的下半截，后半篇是捉奸的上半截。

　　看他人手几语，用王婆口中将娘子、大官人没原没故扭拢一块，便把门拽上，此是九分光，却是下半截文字已完。下文另用通身气力写娘子、大官人也。写二人勾情处，须将后文陈敬济几回勾挑处合看，方知此回文字之妙，方知后几回文字之妙，绝不雷同也。

　　开手将两人眼睛双起，花样一描，最是难堪，却最是入情，后却使妇人五低头，七笑，两斜瞅，便使八十老人亦不能宁耐也。

　　五低头内，妙在一"别转头"；七笑内，妙在一"带笑"，一"笑着"，一"微笑"，一"面笑着……低声"，一"低声笑"，一"笑着不理他"，一"踢着笑"，一"笑将起来"，遂使纸上活现，试与其上下文细细连读之方知。

　　"带笑"者，脸上热极也。"笑着"者，心内百不是也。"脸红了微笑者，带三分惭愧也。""一面笑着低声"者，更忍不得痒极了也。"一低声笑"者，心头小鹿跳也。"笑着不理他"者，火已打眼内出也。"踢着笑"者，半日两腿夹紧，至此略松一松也。"笑将起来"者，则到此真个忍不得也。何物文心，作怪至此。

　　又有两"斜瞅"内，妙在要便斜瞅他一眼儿，是不知千瞅万瞅也。写淫妇至此，尽矣，化矣，再有笔墨能另写一样出来，吾不信也。然他偏又能写后之无数淫妇人，无数看眼伎俩，则作者不知是天仙，是鬼怪！

又咬得衫袖"格格驳驳地响"，读者果平心静气时，看到此处，不废书而起，不圣贤即木石。

前文写两人淫欲已绝，后文偏又能接手写第二日一段，总之高才一石，不能测也。

写二人妙矣，必彰明较著写两人之物。一部内用西门之物者不少，用金莲之物者亦不少也。用西门之物，非一人。用金莲之物，亦非一人。故必先写二物，门面身分，一抬出也。

后文郓哥一段，止是过文，看他亦一字不苟。写篮，写梨，写篮落梨滚。郓哥一面骂，一面哭，一面走；一面拾梨，一面提篮，又一面指着回转骂，然回转身来骂，却又是一面走也。文心活泼周到，无一点空处，吾不知作者于做完此一百回时，心血更有多少。我却批完此一回时，心血已枯了一半也。

第五回　捉奸情郓哥定计
　　　　　饮酖药武大遭殃

　　此回文字，妙在上半捉奸，句句是武大，却句句是郓哥；下半用药，句句是金莲，却句句是王婆。

　　此回文字，幽惨恶毒，直是一派地狱文字。夜深风雨，鬼火青荧，对之心绝欲死，我不忍批，不耐批，亦且不能批，却不知作者当日何以能细细的做出也。

　　教我明日拿笔做这样一篇文字，其实不敢，盖想不得，非做不得也。

　　拿砒霜来是西门罪案，后文用药是金莲罪案。前是刁唆，结末收拾，总云是王婆罪案。

　　上文勾情处要与"花园调婿"一回对读，见文不犯手。此文要与"贪欲丧命"一回对读，见报总一般。

　　看此回而不作削发想者，非人心。则此回又代普净师现身说法也。

第六回 何九受贿瞒天
　　　　　王婆帮闲遇雨

　　此回何九是周旋武大了当的文字。自那日却和西门庆做一处，是写西门庆、金莲开手一番罪案已完，则《金瓶梅》一"金"字的出身来历已完。不特西门庆又要暂丢开，去娶孟玉楼，即作者亦要暂放此处，更为瓶、梅作传。今看他下半回，依旧还是金莲、王婆文字。不知作者自是借锅下米，做玉楼、做薛嫂、做春梅，人自不知也。

　　何处做玉楼？观金莲骂"负心的贼，如何撇闪了奴，又往那家另续上心甜的了。"此是玉楼的过文，人自不知也。不然，谓是写金莲，然则此言却是写金莲什么事也？要知作者自是以行文为乐，非是雇与西门庆家写账簿也。

　　何处写薛嫂？其写王婆遇雨处是也。见得此辈只知爱钱，全不怕天雷，不怕鬼捉，昧着良心在外胡做。风雨晦明都不阻他的恶行，益知媒人之恶，没一个肯在家安坐，不害人者也。则下文薛嫂，已留一影子在王婆身上。不然，王婆必写其遇雨，又是写王婆子甚么事也。

　　何处写春梅？看其写金莲唱曲内，必一云"唤梅香"，再云"梅香"是也。不然，金莲与西门，正是眼钉初去，满心狂喜之时，何不得于心？乃唱一惨淡之曲，而金莲自身沾宠之不暇，乃频唤梅香？且不说丫鬟而必用梅香，总之，金、梅二人原是同功一体之人，天生成表里为恶，一时半霎都分不开者。故武大才死，金、梅早合，而烧夜香直与楼上烧香"弄一得双"，遥遥相照。谁谓《金瓶梅》有一闲笔浪墨，而凡小唱笑话为漫然元谓也哉！

文有写他处，却照此处者，为顾盼照应伏线法。文有写此处，却是写下文者，为脱卸影喻引入法。此回乃脱卸影喻引入法也。试思十日二十日，方知吾不尔欺。

写王婆遇雨，又有意在，盖为玉楼而写也。何则？武二哥来迟而金莲嫁，亦惟武二哥来迟而未娶金莲，先娶玉楼之时日，乃宽绰有余。不然，娶金莲且不暇，况玉楼哉！夫武二之迟，何故而违"多则两三月，少则一月"之语哉？则用写王婆遇雨，照入武二"路上雨水连绵，误了日期"一语。不然，夫帮闲必以遇雨为趣，则恐伯爵当写其日日打伞也。文字用笔之妙，全不使人知道。

写何九受贿金，为西门拿身分，不似《水浒》之精细防患。盖《水浒》之为传甚短，而用何九证见以杀西门。今此书乃尚有后文许多事实也，且为何十留地故耳。

第七回　薛媒婆说娶孟三儿
　　　　　杨姑娘气骂张四舅

　　上文自看打虎至六回终，皆是为一金莲，不惜费笔费墨，写此数回大书，作者至此，当亦少歇。乃于前文王婆遇雨半回，层层脱卸下来，至此又重新用通身气力通身智慧，又写此一篇花团锦簇之文，特特与第一回作对，其力量亦相等。人谓其精神不懈，何其不歇一歇？不知他于上文"遇雨"文内，即已一路歇来，至此乃歇后复振之文，读者要便被他瞒过去也。知此回文字精警，则益信前"遇雨"文字为层层脱卸此回文字也。

　　夫以《金瓶梅》为名，是金莲、瓶儿、春梅，为作者特特用意欲写之人，乃前文开讲便出瓶儿，恰似等不得写金莲，便要写瓶儿者。乃今既写金莲，偏不写瓶儿，偏又写一玉楼。夫必写一玉楼，且勿论其文章穿插，欲急故缓，不肯使人便见瓶儿之妙，第问其必写玉楼一人何故？作者命名之意，非深思不能得也。玉楼之名，非小名，非别号，又非在杨家时即有此号，乃进西门庆家，排行第三，号曰玉楼，是西门庆号之也。号之云者，作妾之别说也。即此"玉楼"二字，已使孟三姐眼泪洗面，欲生欲死也。乃"玉楼"二字，固是作者为之起也，非真个有一西门庆为之起此名也。作者意固奈何？语有云："玉楼人醉杏花天"。然则，玉楼者又杏花之别说也。必杏花又奈何？言其日边仙种，本该倚云栽之，忽因雪早，几致零落，见其一种春风，别具嫣然，不似莲出污泥，瓶梅为无根之卉也。观其命名，则作者待玉楼，自是特特用异样笔墨，写一绝世美人，高众妾一等。见得如此等美人，亦遭荼毒，然既已荼毒之，却又常屈之于冷淡之地，使之含酸抱屈。本不肯学好，又不能知趣。而世之如玉楼者正复不少，则作者殆亦少寓意于玉楼乎？况夫金瓶梅，已占早春，而玉楼春杏。必不与之争一日之先。然至其时日，亦各自有一番烂漫，到那结果时，梅酸杏甜，则一命名之间，而后文结果皆见。要知玉楼在西门庆家，则亦虽有如无之人。而西门庆必欲有之者，本意利其财而已。观杨姑娘一争，张四舅一闹，则总是为玉楼有钱作衬。而玉楼有钱，见西门庆既贪不义之色，且贪无耻之财，总之良心丧绝，为作者骂尽世人地也。夫本意为西门贪财处，写出一玉楼来，则本意原不为色，故虽有美如此，而亦淡然置之。见得财的利害比色更利害些，是此书本意也。

　　写玉楼必会月琴者，是一眼早觑定金、瓶、梅与玉楼数人，同归一穴之后，当如何如何令其相与一番，为吴神仙一结地步也。则一月琴，又是作者弄神弄鬼之处也。

　　金莲琵琶为妒宠作线，玉楼月琴为翡翠轩作地。翡翠轩必用月琴者，见得西门庆对面非知音之人。一面写金、瓶、梅三人热处，一面使玉楼冷处，不言已见，是作者特借一月琴将翡翠轩、葡萄架的文字，皆借人玉楼传中也。文字神妙处，谁谓是粗心人可解。

　　若云杏花喻玉楼，是我强扭出来的，请问何以必用薛嫂说来？本在杨家，后嫁李家，而李衙内必令陶妈妈来说亲事也。试细思之，知予言非谬。

　　然则，后春而开者，何以必用杏也哉？杏者，幸也，幸其不终沦没于西门氏之手也。

　　然则，《金瓶梅》何言之？予又因玉楼而知其名《金瓶梅》者矣。盖言虽是一枝梅花，春光烂漫，却是金瓶内养之者。夫即根依土石，枝撼烟云，其开花时亦为日有限，转眼有黄鹤玉笛之悲。奈之何折下残枝，能有多少生意，而金瓶中之水，能支几刻残春哉？明喻西门之炎热，危如朝露，飘忽如残花，转眼韶华顿成幻景。总是为一百回内、第一回中色空财空下一顶门针，而或谓如《梼杌》之意，是皆欲强作者为西门庆开账簿之人，乌知所谓《金瓶梅》者哉！

于春光在金瓶梅花时，却有一待时之杏、甘心忍耐于不言之天，是固知时知命知天之人，一任炎凉世态，均不能动之。则又作者自己身分地步，色色古绝，而又教世人处此炎凉之法也。有此一番见解，方做得此书出来，方有玉楼一个人出来。谁谓有粗心之人，止看得西门庆又添一妾之冤于千古哉！

读至此，然后又知先有卓丢儿，所以必姓卓也。何则？夫丢儿固云为孟三姐出缺，奈何必姓卓哉？又是作者，明明指人以处炎凉不动之本也。盖云要处炎凉，必须听天由命，守运待时。而听天由命，守运待时，岂易言哉？又必卓然不动，持守坚牢，一任金瓶梅花笑我，我只是不为所动，故又要向卓字儿上先安脚跟牢定，死下工夫也。故三娘之位，必须卓姓，先死守之，以待玉楼也。

玉楼必自小行三，而又为三娘者，见得杏花必待三月也。

作者写玉楼，是具立身处世学问，方写得出来。而写一玉楼，又是教人处世人世之法。固知水月印空，犹是末着，见不能如此，或者空去。故后写月娘好佛，孝哥幻化等因，犹是为不能如玉楼之人，再下一转语，另开一法门也。

瓶儿于竹山进谗时，一说即信，坏在容易信。玉楼于张四进谗时，屡说不信，坏在不肯轻信。此何故也？瓶儿悔墙头之物，轻轻失去，心本悔矣，故一说即人。玉楼为薛嫂填房之说着迷，心已迷矣，故屡说不改。各人有各人的心事，用笔深浅皆到。

其前文批玉楼时，亦常再三深思作者之意，而不能见及此，到底隔膜一层。今探得此意，遂使一部中有名之人，其名姓皆是作者眼前用意，明白晓畅，彼此贯通，不烦思索而劝惩皆出也。

如月娘以月名者，见得有圆有缺，喻后文之守寡也，有明有晦，喻有好处，有不好处，有贤时有妒时也。以李娇儿名者，见得桃李春风墙外枝也。以雪娥为言者，见得与诸花不投，而又独与梅花作祟，故与春梅不合，而受辱守备府，是又作者深恨岁寒之凛冽，特特要使梅花翻案也。夫必使梅花翻雪案，是又一部《离骚》无处发泄，所以著书立说之深意也。至瓶儿则为承注梅花之器，而又为金之所必争，莲之所必争者也。何则？瓶为金瓶，未为瓶之金，必妒其成器。瓶即不为金瓶，或铜或玉，或窑器，则金又愤己不得为金瓶以盛之，而使其以瓶儿之样以胜我也，是又妒其胜己。而时值三伏，则瓶为莲用，故翡翠轩，可续以葡萄架，而三冬水冻，瓶不为莲用，故琵琶必弹于雪夜，而象棋必下于元宵前后也。此盖因要写一金莲妒死之人，故名瓶儿，见其本为一气相通，同类共事之人，而又不相投者也。至于春梅，则又作者最幸有此，又最不堪此，故以两种心事，写此一人也。何则？夫梅花可称，全在雪里，寒岁腊底，是其一种雅操，本自傲骨流出，宜乎为高人节妇，忠臣美人，今加一《春》字，便见得烂漫不堪，即有色香，当时亦世俗所争赏，而一段春消息，早已漏泄，东风为幽人岁寒友所不肯一置目于其间者也。至于彤云冻雪，为人所最不能耐之时，倘一旦有一树春梅，开于旭日和风之际，遂使从前寂寞顿解。此必写春梅至淫死者，为厌说韶华，而必使雪娥受辱者，为不耐穷愁，故必双写至此也。夫一部《金瓶梅》，总是"冷热"二字，而厌说韶华，无奈穷愁，又作者与今古有心人同困此冷热中之苦，今皆于一春梅发泄之，宜乎其下半部，单写春梅也。至于蕙莲原名金莲，王六儿又重潘六儿，又是作者特特写出。此固一金莲，彼又一金莲，寻来者一金

《红楼梦》与《金瓶梅》之关系

莲,寻去者又一金莲;眼前淫妇人比比皆同,不特一潘氏可杀也。况乎有潘金莲而宋金莲不得仍名金莲,且不得再说金莲,更不得再穿金莲;即欲令其拾金莲之旧金莲以为金莲,亦必不肯依;至后且不容世有一宋金莲改名之宋蕙莲;且死后,并不容其山洞中有一物在人亡之遗下一只金莲,则金莲之妒之恶、之可杀可割,想虽有百金莲,总未如潘金莲之妒之恶、之可杀可割也。至于王六儿之品箫,更胜金莲之品玉,而金莲之一次讨纱裙,又不如王六儿之夜夜后庭花,是虽有百金莲不如一金莲之潘六儿,又有一后来居上之王六儿,夺其宠,争其能,睥睨其后,则一六儿又难敌无穷无尽胜六儿之六儿。然淫妇之恶莫过于潘金莲,故特特著之于《金瓶梅》,使知潘金莲者,可杀可割,而淫妇之恶更有胜于潘六儿者,故又特特著此《金瓶梅》,使知凡为淫妇之恶,更杀不足、割不尽也。所以两金莲遇,而一金莲死,两淫不并立;两六儿合,而迷六儿者死,两阴不能当,两斧效立见也。作者所以使蕙莲必原名金莲,而六儿后又有一六儿也。至于陈敬济,亦有深意,见得他一味小殷勤,遂使西门、月娘被他瞒过,而金莲、春梅终着了他的道儿也,故谓之敬济。而又见陈洪,当倾家败产之时,其子苟有人心,自当敬以济此艰难,不敢一日安枕下食,乃敬济如此。西门有保全扶养之恩,而其婿苟有人心,自当敬以济此恩遇,不可一事欺心负行,而敬济又如彼。至若其父为小人,敬济当敬以干蛊,济此天伦之丑。其岳为恶人,敬济又当敬以申谏,以尽我亲亲之谊,乃敬济又如此如此,如彼如彼。呜呼!所谓敬济者,安在哉?至其后做花子、做道士,一败涂地,终于不敬,其何以济?宜其死而后已也。则又作者特地为后生作针砭也。至于秋菊,与梅、莲作仇,而玉箫与月娘作婢,又以类相反而相从也。李桂姐为不祥之物,杂本之人。盖桂生李上,岂非不祥杂本?而吴银儿,言非他的人儿,皆我的银儿也。

若夫爱月,则西门临死相识之人,去其死时,为日不久,大约一年有余,言论月论日的日子,死到头上,犹自斫丧也,犹奸淫他人也。银瓶有落井之谶,故解衣银姐,瓶将沉矣。月桂生炎凉代嬗之时,故趋炎认女,必于月娘,而即于最炎时露一线秋风。若夫桂出则莲涸,故金莲受辱,即在梳栊桂儿之后,而众卉成林,春光自尽,故林太太出,而西门氏之势已钟鸣漏尽矣。他如此类,义不胜收。偶因玉楼一名,打透元关,遂势如破竹,触处皆通,不特作者精神俱出,即批者亦肺腑皆畅也。文章当攻其坚坚处,一坚破,而他难不足为敌矣,信然,信然。其写月娘为正,自是诸花共一月。李花最早,故次之,杏占三春,故三之。雪必于冬,冬为第四季,故四之。莲于五月胜,六月大胜,故五排而六行之。瓶可养诸花,故排之以末。而春梅早虽极早,却因为莲花培植,故必自六月,迟至明年春日,方是他芬芳吐气之时,故又在守备府中方显也。而莲杏得时际,非梅花之时,故在西门家只用影写也。

玉楼为处此炎凉之方,春梅为翻此炎凉之案,是以二人结果独佳,以其为春梅太烂漫了,故又至淫死也。

此回内出春梅,人知此回出春梅为巧,不知其一回中,已于"大丫头"三字内,已出了春梅。此处盖又一掩映上文,然终是第二笔矣。于其第一笔,谁肯看之哉?试想无教大丫头一笔在前,此处即出此一笔,有何深趣?甚矣,看文者,休辜负了人家文字矣。

作者写玉楼,不是写他被西门所辱,却是写他能忍辱。不然,看他后文,纯用十二分精彩结果玉楼,则何故又使他为西门所辱,为失节之人?盖作者必于世,亦有大不得已之事,如史公之下蚕室,孙子之刖双足,乃一腔愤懑而作此书。言身已辱矣,惟存此牢骚不平之言于世,以为后有知心,当悲我之辱身屈志,

《红楼梦》与《金瓶梅》之关系

而负才沦落于污泥也。至其受辱,必为人所误,故深恨友生,追思兄弟,而作热结、冷遇之文。且必因泄机之故受辱,故有倪秀才、温秀才之串通等事,而点出机不密则祸成之语,必误信人言,又有吃人哄怕之言。信乎,作者,为史公之忍辱著书,岂如寻常小说家之漫肆空谈也哉!

月琴与胡珠,双结入一百回内。盖月琴寓悲愤之意,胡珠乃自悲其才也。月琴者,阮也。阮路之哭,千古伤心,故玉楼弹阮,而爱姐亦弹阮,玉楼为西门所污,爱姐亦为敬济所污,二人正是一样心事,则又作者重重愤懑之意。爱姐抱月琴而寻父母,则其阮途之哭,真抱恨无穷。不料后古而有予为之作一知己。噫!可为作者洒洒化囚虫矣。

第八回　盼情郎佳人占鬼卦
　　　　　烧夫灵和尚听淫声

　　上回写娶玉楼，却只算才娶来家，才来家第一夜，此回便序金莲矣。然则费如许力量写一玉楼，而只拉到家中便罢休，何以谓之情理文字哉？然而接写玉楼来家，如何宴尔，如何会月娘众人，势必又是一篇文字，既累笔难写，又冷落金莲矣。今看他竟不写玉楼，而只写金莲，然写金莲时却句句是玉楼文字，何巧滑也。何则？金莲处冷落，玉楼处自亲热也。玉楼处亲热，观西门庆之渐疏金莲处更可知也。端午别金莲，到六月初二，将近一月也。此将近一月中做的事，皆是相看玉楼，收拾下礼。然将近一月中忙此一事，岂无一刻闲工到六姐处哉？今既绝无消息，是未娶之前已心焉玉楼矣。六月二日既娶玉楼，六月十二即嫁大姐，夫此十天之内，既忙不得工夫走动，十二至二十八，半月以内又无一刻闲工夫哉？夫无闲，何以至院里哉？

　　写尽西门既娶新人，既难丢玉楼，又因娶玉楼，心中自惭，不好去见金莲，又恐玉楼看出破绽，一时心事有许多，欲进不前，故金莲屡促而不至也。则金莲处一分冷落，是玉楼处一分热闹。文字掩映之法全在一笔是两笔用也。

　　六月二日娶玉楼后，才是文嫂来约娶大姐。夫自二日至十二，仅十天，而十天内方说娶，一时便措置一件婚事，且又在娶玉楼之时，一者见西门庆豪富，二者见陈洪势要，为西门庆所趋承恐后者也。映后文月娘不堪。

　　写床，既人情理，又为春梅回家作线也。

看他写玉楼簪上两行诗句,明明是以杏花待玉楼,如我前所言者,益信我不负作者矣。

夫写玉楼簪子何哉?当看其又写金莲簪子,便知写玉楼簪子。何则?玉楼簪上有诗,金莲簪上亦有诗,观金莲簪上的诗,必以莲自喻,则知玉楼簪上的杏,明是作者自言命名之意,恐人不知,又以金莲簪衬出之。则知玉楼之名,信如予言,人自未细心一看耳。

此回内缴过两件物事,又伏出两件物事。金莲撕扇是收拾过前三番写的扇子也;不来还我香罗帕之曲,又收拾过王婆所掏出之帕也。如云被风吹出岫来,既现半日花样,自然又要风吹散了他。不然,摇摆天上却何日消缴,何处安放他?至陪大姐一床,与玉楼一簪,又特特为敬济严州一线。而此处又衬玉楼宴尔,西门薄幸,金莲几乎被弃,武大险些白死,真小小一物,文人用之,遂能作无数文章。而又写尽浮薄人情,一时间高兴,便将人弄死而夺其妻,不半月又视如敝屣,另去寻高兴处,真是写尽人情!

看此回写武二迟了日子,因路上雨水,方知玉楼遇雨,是为武二迟日作地,而武二迟日,盖又为娶玉楼作地也。不然武二倘一月便回,或两月便回,西门一边忙金莲之不暇,何暇及玉楼哉?不知者谓武二来迟,是为娶金莲作地,知者谓为娶玉楼作地。然则王婆遇雨,固原为玉楼作地,未尝为武二作地,而前回脱卸玉楼,又不独以王婆照薛嫂儿也。

烧灵必使"和尚听淫声"一段,总是写金莲妖淫处,随处生情,没甚深意,又特为玉楼烧灵一对,愈衬其不堪也。

文嫂儿,蜂也。为敬济说亲时,陈洪正胜,则是将败未败之芰荷,故蜂儿犹来。至后文陈定作老仆,是其败已败定矣。止余一芰茎则奈何?故只用薛嫂通信息也。

金莲、玉楼之簪已现,后文瓶儿又有寿字簪,且每人皆送一簪。至春梅则有与小玉互相酬答之簪,而西门乃与伯爵同梦簪折,自是细针密线之处。

第九回　西门庆偷娶潘金莲
　　　　　武都头误打李皂隶

　　此回，金莲归花园内矣。须记清三间楼，一个院，一个独角门，且是无人迹到之处。记清，方许他往后读。
　　此回偷娶金莲，却是顺出春梅。而出春梅时，必云月娘房里两个丫头：一个春梅，一个玉箫。明是作者恐人冤他，第一回内不曾在"大丫头"三字中出春梅也。又恐无目者犹然不知，下又云另买一个小丫头云云，明明说先有一个小丫头，陪此"大丫头"，三字者为春梅也。予言岂不益信？亦如玉楼之名，观其簪上诗句益信。
　　内将月娘众人俱在金莲眼中描出，而金莲又重新在月娘眼中描出。文字生色之妙，全在两边掩映。
　　下文武二文字中，将李外传替死，但是必然之法。又恐与《水浒》相左，为世俗不知文者口实，乃于结处只用一"倒都说是西门大官人被武松打死了"，遂使《水浒》文字，绝不碍手，妙绝，妙绝。

第十回　义士充配孟州道
　　　　　妻妾玩赏芙蓉亭

　　此回收拾武松，是一段过接文字。

　　妻妾玩赏，固是将上文诸事诸人一锁，然却又早过到瓶儿处也。文字如行云冉冉，流水潺潺，无一沾滞死住，方是绝世妙文。

　　止是出瓶儿，妙矣。不知作者又瞒了看官也。盖他是顺手要出春梅，却恐平平无生动趣，乃又借瓶儿处绣春一影，下又借迎春一影，使春梅得宠一事便如水光镜影，绝非人意想中，而又最入情理。且瓶儿处不致寂寞，西门步步留心，垂涎已久，而金莲得宠，惹嘲主事，与气骄志放，以致私仆，一笔中将诸事皆尽，而又层层深意，能使芙蓉亭一会，如梁山之小合泊。金、瓶、梅三人，一现在，一旁侍，一趁来，俱会一处，俨然六房婢妾全胜之时也。天下事，固由渐而起，而文字亦由渐而入，此盖渐字中一大结果也。

　　讲瓶儿出身，妙在顺将伯爵等一映，使前后文字皆动，不寂寞一边。文字中，真是公孙舞剑，无一空处，而穿插之妙，又如凤入牡丹，一片文锦，其枝枝叶叶，皆脉脉相通，却又一丝不乱，而看者乃又五色迷离，不能为之分何者是凤，何者是牡丹，何者是枝是叶也。

第十一回　潘金莲激打孙雪娥
　　　　　西门庆梳笼李桂姐

　　此回文字，上半明明是写金莲得宠，却明是写春梅得宠。盖前文写西门之于金莲，已不啻如花如火矣。过此十三回内，又是瓶儿的事，是写其如花如火者，又皆瓶儿之如花如火者也。然则，必出春梅于瓶儿之前，见得与金莲同功一体，生死共之，不得不先写春梅也。夫先写春梅，止云收用而已，毕将春梅较蕙莲、来爵媳妇之不若，何以为之《金瓶梅》哉！固知此与雪娥生波起浪，皆是作者特为春梅地步。见得此日春梅已迥非昔日之春梅，而雪娥梦梦，自不知之，宜乎有许多闲事，是故此回虽为金莲私仆作火种，却是为春梅作一番出落描写也。

　　写春梅全带三分傲气，方与后文作照。

　　写与雪娥淘气处，偏不一番写，偏用玉楼来截住上文，少歇另起，且必于第二日另起。人知金莲进言之妙，不知作者且特特写一玉楼，与金莲翻案针锋反映。见得作孽者自作孽，守分者自守分。然则，如无风起浪之金莲、春梅，固不足论，而即如凡有炎凉之来，我不能自守，为其所动者，皆自讨苦吃也。故后文处处遇金莲悲愤气苦时，必写玉楼作衬。盖作者特特为金莲下针砭，写出一玉楼，且特特为如金莲下针砭，始写一玉楼也。

　　写起事之因，作两番写。写打雪娥，亦作两番写。写淘气亦必春梅、雪娥闹一番，再金莲、雪娥闹一番。见得如此淘气，而月娘全若不闻，即共至其前，亦止云"我不管你"，又云"由他两个"。然则，写月娘真是月娘，继室真是继室。而后文撒泼诸事，方知养成祸患，尾大难掉，悔元及矣。故金莲敢于生事，此月娘之罪也。看他纯用阳秋之笔，写月娘出来。

一路写金莲，用语句局住月娘，月娘落金莲局中，有由来矣。其偏爱声口如画，又见不待瓶儿初来方见也。

欲写梳栊桂姐，却从子虚处出来，一者又照瓶儿，二者又点结会，三者又衬银儿。子虚一边，不言中的情事，又现成，又幽折，且并不费力。乃原在芙蓉亭会内，叙瓶儿后数语，现成锅灶中来，妙，妙！行文之乐，至此如何？

未写瓶儿，乃又夹写一桂儿，见得西门作孽，惟日不足，而色欲一道，为无所底止。一部大书，皆是此意。

下棋一段，为是闲情，却又是明明为琴童，描写一事在前，庶后文一提，而看官心头眼底已如活见，不待至金莲叫入房中，而后知之也。文情狡滑，一至如此。

第十二回　潘金莲私仆受辱
　　　　　　刘理星魇胜求财

　　此回写桂姐在院中，纯是写西门。见得才遇金莲，便娶玉楼；才有春梅，又迷桂姐。纷纷浪蝶，无一底止，必至死而后已也。

　　写金莲受辱处，是作者特地示人处宠荣之后，不可矜骄也。见得如西门之于金莲，可谓宠爱已极，可必其无《白头吟》者矣。乃一挫雪娥，便遭毒手，虽狡如金莲，犹使从前一场恩爱尽付流水。宠荣之不可常恃如此。写辱金莲，两次必用春梅解，则春梅之宠不言可知。文字"写一是二"之法也。

　　写琴童一事，既为受辱作由，又将武大的心事提到西门心中一照，真见得人情惟知损人益己，不知将人比我，故为恶不止，而又为敬济后文作一引也。

　　写玉楼解处，将月娘偏爱金莲，为金莲牢笼处，一语皆见。而西门以春梅言自解，又见美色可畏，不迷于此，必迷于彼。而桂姐激西门剪发，直照娇儿出门，且见西门庆为色所迷，梦魂颠倒。桂姐亦有胜宠难消之事，又早为丁二官、王三官请回伏案也。

　　写受辱处，足令武大哥少舒前愤，亦作者特特为《水浒》又翻一案也。否则，此处即出瓶儿，文字如走马看花，有何趣味？且又不见金莲行径，而春梅宠遇亦不能出也。

　　写月娘处纯用隐笔也，何则？夫刘理星本为金莲受辱后结此一笔，为后文固宠张本。盖后文若无此一番作地于前，则私敬济时，岂无一消息吐露，而乃严密如是，必待西门死后方知哉？惟有此一番，则西门心愈迷，金莲胆愈大，而无人能动之，故必着此一着也。而又先受辱两番，见非月娘叫刘婆子来，引出理星，安至金莲横肆至不能治？然则，引敬济入室，犹是第二错着，其害显，人人看得出；而叫刘婆子为第一错着，其害深，人却看不出。写尽无知愚妇人坏尽天下事也。不然，岂一琴童便哄然人西门之耳，而敬济乃风纹不动哉？西门之迷，或未必尽是理星之祟，然有此一番，便是罪案。是知金莲之罪，月娘成其始终也。理星其始，敬济其终乎？月娘独于桂姐最热，便伏"认女"一节。

此回两笑话，将桂姐、伯爵两人一描，真是一般的伎俩身分。

此回单照一回写十兄弟身分，并三回"私挑"处，对针地步也。

第十三回　李瓶儿墙头密约
　　　　　　迎春儿隙底私窥

　　此下单讲瓶儿矣。撞见瓶儿，必写子虚请来，自己引贼入室，见交匪类之报，又见托人之失。

　　描瓶儿勾情处，纯以憨胜，特与金莲相反，以便另起花样不致犯手也。若王六儿又特犯金莲而弄不犯之巧者也。此书可谓无法不备。

　　写瓶儿几番得露春信，俱用子虚往院中作闲，见得不能修身，刑于寡妻之报必至如此也，可畏，可畏！请西门往院中去一引，后用院中灌醉一闲，则两番勾挑已出，末用屡屡安下伯爵、希大语一总，下即借此意串下，写一无数打总勾挑处，末又以一番白话作结，作圆满相，真描神妙笔也。

　　金莲、瓶儿势不得不始合者也。然作者之巧，即以花园相近作纽，使瓶儿即心眼注定金莲，全是自己心事出现，真是史迁再世。

　　写瓶儿春意，一用迎春眼中，再用金莲口中，再用手卷一影，再用金莲看手卷效尤一影，总是不用正笔，纯用烘云托月之法。而迎春踪迹，金莲固宠根由，又为理星一点，月娘罪案不言皆见矣。文笔之巧如此。人知迎春偷觑，为影写法，不知其于瓶儿布置偷情，西门虚心等待，只用"只听得赶狗关门"数字，而两边情事，两人心事俱已入化矣。真绝妙史笔也。

　　（又向袖中取出一个物件儿来，递与金莲瞧，道："此是他老公公内府画出来的，俺两个点着灯，看着上面行事"）〔夹批〕写瓶儿只是在金莲处写来，妙。与迎春"私窥"章法遥对，一笔而两处皆出也。

第十四回　花子虚因气丧身　李瓶儿迎奸赴会

此回上半写子虚之死，是正文。写瓶儿西门之恶，又是正文。不知其写月娘之恶，又于旁文中带一正文也。何则？写西门留瓶儿所寄之银时，必先商之月娘，使贤妇相夫，正在此时，将邪正是非，天理人心，明白敷陈，西门或动念改过其恶，或不至于是也。乃食盒装银，墙头递物，主谋尽是月娘，转递又是月娘，又明言都送到月娘房里去了。则月娘为人，乃《金瓶梅》中第一棉里裹针，柔奸之人。作者却用隐隐之笔写出来，令人不觉也。何则？夫月娘倘知瓶儿、西门偷期之事，而今又收其寄物，是帮西门一伙做贼也。夫既一伙做贼，乃后子虚既死，瓶儿欲来，月娘忽以许多正言不许其来。然则，西门利其色，月娘则乘机利其财矣。月娘之罪，又何可逭？倘不知两人偷期之事，则花家妇人私房，欲寄于西门氏家，此何故也？乃月娘主谋，动手骗人房中。子虚尚未死，瓶儿安必其来。主意不赖其寄物，后日必还，则月娘与瓶儿，何亲何故，何恩何德，乃为之担一把干系，收藏其私房哉？使有心俟瓶儿之来，则其心愈不可问矣。况后文阻娶瓶儿，乃云"与她丈夫相与"，然则，月娘此时之意，盖明安一白骗之心，后直不欲瓶儿再题一字，再见瓶儿一面。故瓶儿进门，月娘含愤，以及竹山受气之时，西门与月娘虽有间意，而并未一言，乃写月娘直至不与西门交言，是月娘固自有心事，恐寄物见主也。利其财，且即不肯买其房。总之欲得此一宗白财，再不许提原主一字。月娘之恶写得令人发指。固知后敬济、吴典恩之报，真丝毫不爽，乃其应得者耳。

下半写瓶儿欲嫁之情。夫金莲之来，乃用玉楼一间。瓶儿之来，作者乃不肯令其一间两间即来，与写金莲之笔相犯也。夫不肯一间两间即来，乃用何者作许多间隔之笔哉？故先用瓶儿来作一间，更即以来作未来之闲笔，其用意之妙为何如。下文又以月娘等之去作一间，又用桂姐处作一间，文情至此，荡漾已尽。下回可以收转瓶儿至家矣，看他偏写敬济人来，横插一笋，且生出陈洪一事，便使瓶儿一人，自第一回内热突突写来，一路花团锦簇，忽然冰消瓦解，风驰电卷，杳然而去，嫁一竹山，令看者不复知西门、瓶门，尚有一面之缘。乃后忽插张胜，即一笔收转，瓶儿已在西门庆家。其用笔之妙，起伏顿挫之法，吾满目生花，亦不得其万一也。

第十五回　佳人笑赏玩灯楼
　　　　　　狎客帮嫖丽春院

此回与下十六回，皆瓶儿传中过文也。然此回纯是顺笔描写，顿挫中花样，故全是春云初上，层层次次生法出来的文字也。

《灯赋》中以玉楼、金莲起，瓶儿在中，月娘、西门结尾，隐伏一会中人已将写全矣，故妙。

桂姐文字，本为瓶儿文字作生法，故不惜写架儿，写园社等也。然却又遥照后王三官文内。

处处以娼妓暗描瓶儿，作者之意可想。

于瓶儿过节文字中，乃将金莲出身一缴，绝妙照应之手笔章法也。

写月娘听楼下人言金莲旧事，乃不先打发金莲等回，乃自己即刻起身，写月娘之与西门，痛痒不相关，惟知邀夫之幸，安享富贵，毫不肯担一些利害，受一点祸患，若恐祸及于己也。月娘之可恨如此！继室之可恨如此！

桂姐家去，却以吴银儿结，绝妙，生色掩映。

第十六回　西门庆择吉佳期
　　　　　　应伯爵追欢喜庆

　　此回内总是照下文，故作满心满意之笔，十分圆满，以与下文走滚作照也。

　　写瓶儿于子虚死后，好事已成，乃反口口声声作乞哀乞怜之笔。人谓写瓶儿热，不知其写瓶儿心悔也。何则？一时高兴将家私尽寄出去，其意谓子虚不死，我不过相隔一墙，财物先去。人可轻身越墙而过矣。及一旦子虚身死，及深悔从前货落人手，此际不得不依人项下，作讨冷热口气也。此段隐情，乃作者追魂取影之笔，人俱混混看过，辜作者深心矣。

　　写伯爵辈追欢，乃特特与一回"热结"文字作缴也。然却写得不堪之甚。写花子由辈，乃特特为武松反衬也。夫争家财时，不惜东京告状，而弟死不问何由，弟媳孝服未满，携资嫁人，且曰至三日千万令其走走，认为亲戚。此等人是何肺腑？直令人失声大哭。愿万万世不见此等人一面也。

　　子虚结弟兄，因热得不妙，亲弟兄又冷得无情，真是浮浪不堪之人。而子由辈乃更非人类，较之伯爵辈为更可杀也。

　　王婆遇雨一回，将金莲情事故意写得十分满足，却是为"占鬼卦"一回安线。此回两番描写在瓶儿家情事，二十分满足，亦是为竹山安线。文章有反射法，此等是也。然对"遇雨"一回，此又是故意犯手文字，又是加一倍写法。盖金莲家是一遍，瓶儿独用两遍，且下文还用一遍，方渡敬济一笋。总是雕弓，须十分满扯，方才放箭也。

第十七回　宇给事劾倒杨提督　李瓶儿许嫁蒋竹山

　　此回瓶儿云"你就如医奴的药"一语，后文情感回中，一字不易，遥遥对照，是作者针线处。

　　正写金莲忽插入玉楼，奇矣。今又正写瓶儿，忽插敬济，绝妙章法。然此露敬济之来，下回遇金莲，方写敬济之事，则又对照中故为参差处。

　　写西门见抄报吃惊语，又与苗青吃惊处，一字不易，见得同类小人，一鼻孔出气也。

　　正写瓶儿，锦样的文字，乃作迅雷惊电之笔，一漾开去，下谓其必如何来保至东京矣，不谓其藏过迅雷惊电，忽又柳丝花朵。说竹山一段勾挑话头，文字奇绝，总不由人意虑得到。

　　夫写瓶儿必写竹山，何哉？见得淫妇人偷情，其所偷之人，大抵一时看中，便千方百计，引之入室，便思车来贿迁，其意本为淫耳。岂能为彼所偷之人，割鼻截发，誓死相守哉！故西门一有事，而竹山之说已行，竹山一入室，瓶儿之意已中，然则其于西门，亦不过如斯，有何不解之情哉！写淫妇人至此，令人心灰过半矣！是盖又于人情中讨出来，不特文字生法而已。

　　瓶儿悔寄物心，至此回方说出。然则竹山不去，瓶儿不来，月娘房中之物，尚肯一念为他人物乎？则写竹山又为月娘写也。

　　竹山必开药店，盖特特刺入西门庆眼内也。

　　写瓶儿即中竹山之计，中者见得瓶儿数日，追悔已久，即未有竹山之谗，久已心中深恨墙头之物轻轻脱去，而西门过河拆桥之态，久已于冷处睃入眼中。如烧灵日，瓶儿磕头，西门一手拉起，一手接酒，其前后易辙处已全露骄矜之态，故屡屡催促者，此意也。一旦竹山开口，正中素心，宜乎有此一举，然则写一竹山将前情一一衬出，故是作者衬叠文字的花样，乃看者多向竹山身上讨生活，岂不是《西厢》上呆讲郑恒的一样痴人说梦？

蒋文蕙者，闻悔而来者也。明衬瓶儿之悔，而蒋竹山者，又将逐散也。言虽暂合，而西门之元恶在侧，其能久乎？必至于逐散也。夫将逐散之人，不过借其一为衬叠点染耳，岂真是正经脚色，而今为官哥之来派哉？且一百回绝不结果，照应可知矣。

官哥结胎于此，看他写竹山胗脉，云"似疟非疟，似寒非寒，白日则倦怠嗜卧，精神短少，夜晚神不守舍，梦与鬼交。若不早治，久而变为他疾"云云，明说官哥，乃子虚借鬼魅之气，结胎于瓶儿腹中。其"白日"云云，产妇初孕之常态；"夜晚"云云，不明不暗，结鬼胎之原由；"若不早治"云云，乃竹山之语也。明言子虚，化鬼胎于此，而借竹山一白出耳，奈之何俱为其所瞒也！

第十八回　赂相府西门脱祸
　　　　　　　见娇娘敬济销魂

　　此回上半乃收拾东京之事也。夫东京一波，作者因瓶儿嫁来嫌其太促，恐使文情不生动，故又生出一波作间，因即欲以敬济作间，庶可合此一笋。盖东京一波，为敬济而生，敬济一笋，借瓶儿而入。今竹山一事，又借东京一事而起。然竹山已赘，敬济已来，则东京一波，若不及早收拾，将何底止？故此回首即收拾也。

　　收拾东京后，且不写瓶儿，趁势将敬济、金莲一写。文字又有得渡即渡之法，总是犀快也。

　　夫西门闭门一月情事，及完后如何描写。看他止用伯爵等假作询问语，则前后事情如画，而十兄弟身分又于冷闲中映出。

　　写西门悔恨，与月娘一味昧心，全不记寄放物事的念头，各各如画。

　　写敬济见金莲，却大书月娘叫人请来，先又补西门不许无事入后堂一步，后又写见西门回家，慌忙打发他从后出去。写月娘坏事，真罪不容诛矣。又大书叫玉楼、金莲与敬济相见、看牌，世之看《金瓶梅》者，谓月娘为作者所许之人，吾不敢知也。

　　写金莲进谗处，又将瓶儿旧事照人。一者起端无迹，二者瓶儿传中，固应照应，竟冷落也。

第十九回 草里蛇逻打蒋竹山
李瓶儿情感西门庆

　　上文自十四回至此，总是瓶儿文字内穿插他人，如敬济等，皆是趁窝和泥。此回乃是正经写瓶儿归西门氏也。乃先于卷首将花园等项题明盖完，此犹瓶儿传内事，却接叙金莲、敬济一事，妙绝。《金瓶》文字其穿插处篇篇如是，后生家学之，便会自做太史公也。

　　看他在园内，又写月娘叫敬济来，其罪月娘可知。

　　草里蛇，乃是作者既欲以竹山为我妙文作起伏顿挫之势，不得不以草里蛇作收拾竹山之笔。看者不知，乃为竹山叫屈，且为竹山责备，可笑。

　　张胜者，结果敬济之人也。乃敬济才见金莲，两心私许时，已于游花园之一日，作者即出一张胜，且云守备府作长随，是一念歪而持刀者已至矣。可畏，可畏。张胜结果陈敬济者，而出身却是为瓶儿来。文字七穿八达之妙有如此。

　　写瓶儿进门，西门、月娘情景，却用玉楼口中描出，而西门打瓶儿处，真是如老鸨打娼妓者然。随打且随好，写西门廉耻良心俱无，而瓶儿亦良心廉耻俱无，皆狗彘不若之人也。

第二十回 傻帮闲趋奉闹华筵
　　　　　　痴子弟争锋毁花院

上文金、瓶、梅出身已完，此回只该写"冰鉴定终身"可矣。不知作者故欲曲曲折折，作一书以自娱也。若急急忙忙写去，匆匆忽忽收煞，则不如勿作之为愈也。故必至二十九回方以"冰鉴"总锁住，而二十五回一小小枢纽，先煞一煞也。此回与下回，因上文瓶儿传中波折太多，一断文字结不住，故接连又用两回结之也。

篇内写玉楼、金莲，映上文一段，固是束住上文，不知又是为蕙莲偷期安根也。何则？此回、二十九回，是一气的文字，内惟讲一宋蕙莲。而蕙莲偷期，却是玉箫作牵线者。今看他借金莲说"春梅干猫儿头差事"，入一暗笋，接手玉楼陪说兰香一引，接手即将玉箫提出。盖此上瓶儿传已顿住，此下乃放手写蕙莲，却恐直出不化，故又借现成锅灶一引，安下根基。下文即借看房子，将来旺媳妇病说明在先，随手结束瓶儿新娶一案，作层次法。下即写桂姐破绽，引出月娘扫雪。又借月娘扫雪引出还席，借还席时以便玉箫作线，蕙莲蒙爱。文字千曲百曲之妙，手写此处，却心觑彼处，因心觑彼处，乃手写此处。看者不知，乃谓至山洞内方是写蕙莲，岂知《金瓶》一书，从无无根之线乎！试看他一部内，凡一人一事，其用笔必不肯随时突出，处处草蛇灰线，处处你遮我映，无一直笔、呆笔，无一笔不作数十笔用，粗心人安知之！

写玉箫来，偏能写月娘早睡。夫新娶一妾，昨夜上吊，今晚西门拿马鞭入房,月娘为同室之人,乃高枕不问,其与西门上气不问可知矣。《金瓶》笔法,每以此等为能。

瓶儿出见众人一段,总是刺月娘之心目,使奸险之人,再耐不得也。而金莲如鬼如蜮,挑唆其中,又隐隐伏后文争宠之线。

内将金莲妒根用数语安下,又将瓶儿落套处一时写出,使看者不觉心醉,后文欲释而不能也。

写瓶儿来家,请客已完,必总叙得几庄横财,又将小厮一叙,此总煞之笔。盖上文至此,不得不一总,下文脱卸另写,不得不一总也。

李桂姐乃玉楼、金莲、瓶儿衬花样之人也。看其写玉楼后,即写一自院中醉归,为王婆邀往金莲处;至娶金莲后,即写梳笼桂姐数段。写子虚烧灵,又写桂姐;写看灯日,又写桂姐。今瓶儿已来,玉楼、金莲二人久已来,则衬花样之人,不一冷破,势必时时照应往院中去。本意借客陪主,却反致主为客累,奈何不为之败露哉!盖恐缠笔费墨,无了休也。而又为娼妓之假,刻骨描写,且为月娘复和作引子。文字之妙,往往不可以一端尽之也。

一百颗明珠,人人知为后一百回,作千里照应,不知果解其必用此一百颗明珠,何哉?我为之逆其志,乃知作者惟恐后人看他的奇书妙文,不能放眼将一百回通前彻后,看其照应,乃用一百颗明珠,刺入看者心目,见得其一百回,乃一线穿来,无一付会易安之笔。而一百回如一百颗珠,字字圆活。又作者自言,皆是我的妙文,非实有其事也。至于珠必梁中书家带来,结入月娘梦里,又见得人自靡常,物非一人可据。今张昔李,俱是空花,不特色本虚无,而百万金珠,亦无非幻影也。况梁中书之珠,其来亦本非梁中书之物,不知历千百人而至梁中书之手也。乃无何,梁中书手中之物又入瓶儿之手,瓶儿手中之物又入西门之

《红楼梦》与《金瓶梅》之关系

手，且入月娘之手，而月娘梦中又入云理守之手。焉知云里守手中之物，不又历几千百人之手，而始遇水遇火，土埋石压，此珠始同归于尽哉！乃入梁中书手时，而前千百持珠之人，已烟消云散，杳无声形，及入瓶儿手，而梁中书又杳然桃花流水之人矣。子虚勿论，及入西门与月娘之手，而瓶儿又无何紫玉成烟，彩云易散矣。及入云里守之手，而西门之墓木可拱，孝哥、月娘又齐作梦中人。然则梦中做梦，又必有继云里守之手者。噫！一百明珠，作者信手拈来，头头是道，固欲为世点醒双珠，使一颗明珠为一顶门针关捩子也。寻常只以为瓶儿带来之物，可笑，可笑。

写西门自瓶儿来后，收拾小厮是一段，教丫鬟清唱是一段，开铺面又一段，皆是失着处。如买小厮犹之可也，至于开铺面乃以金莲楼上堆药材，瓶儿楼上堆当物。夫以贮娇之金屋，作买卖牙行之地，已属市井不堪，而试想两妇人居处食息，俱在于此，而一日称药寻当，绝不避嫌，其失计为何如？乃绝不计及于此，宜乎，有敬济之蠱暗生于内，而其种种得以生奸者，皆托名寻当物而成。至月娘识破奸情，敬济犹抱当物而出。然则"弄一得双"，西门自失计，月娘之罪又当减等矣。愚人做事，绝不防微杜渐，坏尽天下大事，皆此等处误之也。

写西门数失后，又接对敬济说话一段，见得西门一味托大，不知以礼防闲，为处家者写一失计之样也。其数失处，又作伏数段针线：买小厮伏后文做官，教丫鬟清唱伏春梅正色一段，解当伏平安、吴典恩一段，堆药材，伏"弄一得双"一段，嘱敬济则又总照后文。而百忙中，又为西门临死一言作遥对，见其至死不知敬济之为人。总之，愚而不读书处也。

第二十一回 吴月娘扫雪烹茶
应伯爵替花邀酒

此回文，方使娶瓶儿事收拾干净也。然则又是将六人一一描写一番，而二十五回"春昼秋千"，犹是第一笔。则此回早已收束二十回，以赶文势。至二十九回内，一齐结煞也。甚矣，作文固难，看文犹难也。看他用王姑子闲中一笑话，将六人俱提出，便知此回文字之主意也。

第一段写月娘，第二段写玉楼，而瓶儿、金莲二人，随手出落，娇儿、雪娥二人遥遥影写。而孟三姐特地另写上寿，见风光与众不同，至金、瓶二人另结，见始合而终离也。

写西门、月娘和好是一段，玉楼主谋治酒又是一段，众人饮酒又是一段，内插敬济，为"元夜戏娇姿"作引。李铭一来，伯爵二人一请，又为桂姐留后文地步。盖不看破，则西门势必又娶桂姐来家，而直冷落，又何以为后文穿插点染之用？故又必为之留一地步。而西门之于桂姐，已断无娶之之情矣。文字经营惨淡，谁识其苦心？此是两段照应的文字，在烹茶传外者。后接写玉楼上寿，又将诸人后文俱用行令时自己说出。如金莲之偷敬济，瓶儿之死孽，玉楼之归李衙内，月娘之于后文吴典恩，西门之于一部《金瓶》。一百回内，以月娘避乱，孝哥幻化，与春梅嫁去，守备阵亡作照。雪娥之于来旺，以及受辱为娼，皆一一照出。或隐或现，而昧昧者，乃以为六人行酒令。夫作者吃饭无事，何不可消闲，而乃为人记酒令哉？是故《金瓶》一书，不可轻与人读。

《红楼梦》与《金瓶梅》之关系

月娘之于金莲进门，不怨不怨，而于瓶儿进门，乃深怨者，何故？盖金莲之先，未有金莲，而瓶儿之先，已有一金莲也。有一金莲，而月娘亦为之怨，则金莲之妒可知矣。

月娘之与西门上气，由瓶儿故也。因瓶儿上气之由，又因金莲故也。则必欲写月娘与西门不和，总欲衬金莲之恶，而不尽尔也。观瓶儿问西门"有金鬏髻没有"，而西门之对乃带惭色，则大可知矣。盖西门利瓶儿之财色，而月娘又专利其财者也。夫利人之财，而人挟其财以来，虽不骄我，我已不堪矣。况乎上房，现收其三千元宝，几箱珠玉，彼虽不言，我已抱愧，兼之金莲在西门处一挑，月娘处又一挑，安得不老羞成怒？此又必然之势，月娘之心事也。然而瓶儿已来，倘不一写即收转来，则何所底止？又安得放手，写如锦如火之热闹也？故接手即写西门复和，月娘烹茶之事，盖收转之笔也。

写月娘烧香，吾欲定其真伪，以窥作者用笔之意，乃翻卷靡日，不得其故，忽于前瓶儿初来，要来旺看宅子，先被月娘使之送王姑子庙油米去，而知其假也。何则？月娘好佛，起先未着一笔，今忽与瓶儿来之第三日，无所不为，而先刘婆子，引理星，又其明鉴。然则烧香一事，殆王姑子所授之奸媒，而月娘用之而效，故后文纷纷好佛无已，盖为此也。况王姑子引薛姑子来后，瓶儿念断七经，薛姑子揽去，而月娘且深恼王姑子，是为薛姑子弄符水，故左袒之也。然则其引尼宣卷，元非欲隐为此奸险之事，则烧香为王姑所授之计，以欺西门无疑也。况此本文言月娘烧香，嘱云"不拘姊妹六人之中，早见嗣息"，即此愈知其假。夫因瓶儿而与西门合气，则怨在瓶儿矣，若云恼唆挑西门之人，其怨又在金莲矣。使果有《周南·樛木》之雅，则不必怨，既怨矣，而乃为之祈子，是违心之论也。曰不然，贤妇慕夫，怨而不怨。然则不怨时，不闻其祈子。曰后文"拜求子息"矣。夫正以后文"拜求"之中，全未少及他人一言，且嘱薛姑子"休与人言"，则知今日之假。况天下事，有百事之善而一事之恶，则此一恶为无心；有百事之恶而一事之善，则此一善必勉强。月娘前后文，其贪人财，乘人短，种种不堪，乃此夜忽然怨而不怒，且居然麟趾关雎说得太好，反不像也。况转身其挟制西门处，全是一团做作，一团权诈，愈衬得烧香数语之假也。故反复观之，全是作者用阳秋写月娘，真是权诈不堪之人也。

内金莲摸香球云"李大姐生了蛋了"。闲闲一语，遂成生子之谶。

第二十二回 蕙莲儿偷期蒙爱
　　　　　　春梅姐正色闲邪

　　此回方写蕙莲。夫写一金莲，已令观者发指，乃偏又写一似金莲，特特犯手，却无一相犯。而写此一金莲，必受制于彼金莲者，见金莲之恶已小试于蕙莲一人。而金莲恃宠，为恶之胆，又渐起于治蕙莲之时。其后遂至陷死瓶儿母子，勾串敬济，药死西门，一纵而几不可治者，皆小试于蕙莲之日。西门人其套中，不能以礼治之，以明察之，惟有纵其为恶之性耳。吾故曰：为金莲写肆恶之由，写一武大死；为金莲写争宠之由，乃写一蕙莲死也。

　　写蕙莲，为瓶儿受害作一小小前车，其意已批前《读法》内，不另载。

　　上半写蕙莲，下半却是写春梅。夫于孙雪娥吃打后，虽略见一斑，实未尝正描春梅一笔。今日金、瓶已同人花园，蕙莲又出，正好一顿住蕙莲，腾出笔来，放手一写春梅也。

　　写春梅，必用骂李铭衬出者，何也？夫写春梅之心高志大气傲，已随处写出。今必欲特特写出，则必用一因，起一事方好。夫家中起因于小厮媳妇丫鬟中，则小春梅身分声价。若于敬济，则未描其骨格，先写其堕落矣。是用借李铭一衬，则春梅矜尚自许，圭角崖岸，夸大负气，数语皆见。而于前娇儿陷金莲，桂姐要剪发一恨，轻轻提出，见得蓄恨已久，无缘报复。今乘桂姐破绽败露，而李铭又适逢其会，遂使弃千年不报之恨，一旦机缘凑巧，此时不报，更待何时？遂一发尽情，不遗余力也。写怨恨之于人如此，作者固明明一线穿来，而看者只见其写春梅一面，不知其又暗结金莲一面。而后文娇儿于西门死后，盗财付李铭手，又必用春梅看见可想。

第二十三回 赌棋枰瓶儿输钞　觑藏春潘氏潜踪

　　此回单叙蕙莲之怙宠也。夫主意单写蕙莲，而用笔亦单写蕙莲，便成呆笔。上文金莲、玉楼、瓶儿、春梅，俱未呆写？后文若干人，亦俱未呆笔，此文又何肯呆写。则知"赌棋枰"，又不得不然之，生法穿插也。然而玉楼、金莲、瓶儿相聚一处，其消闲永昼，逐队成团，一堂春色，又不得不加一番描写，不必待"秋千"一回方始总描之也。早于吃车轮酒时一一描其胜满之极矣。过此数回，至"生子"后，则金、瓶永不复合矣。故此处一描为万不可少。

　　"觑藏春"，见蕙莲小人之底里皆动。而金莲潜踪，已伏一势不两立之根。次早略使权术，遂使西门对蕙莲无以自解，而蕙莲之不心贴西门，已安一疑根。后文层层变卦，愈滋悲愤，遂致捐躯而不顾也。然则金莲之恶，已盈于不言之中矣。

　　写听篱察壁，固是金莲本性，而一听即着，愈使后文一步不肯松也。妒妇之不容人，大半怕人如此，又与"翡翠轩"作引矣。

　　后文写玳安，写贲四，皆描写蕙莲淫荡轻狂，以致人人皆知，为来旺醉骂之由也。又见轻佻浅露，特特与春梅相反，以结果之不如也。

　　于未见金莲前，却横插一平安，一者映出蕙莲，一者为妒书童受报作伏，小人轻言取祸，往往如此。

第二十四回　敬济元夜戏娇姿　惠祥怒詈来旺妇

此回总写西门庆治家愚闇之失也。上半写西门不能守礼，防邪乱于未然。中段写月娘付理乱于不闻，一任妇女遥街行走，而西门亦止醉梦，一线不知，成何家范？下半写西门偏爱蕙莲，便不能统服众下，即惠祥失误点茶，固亦职分中事。使西门不与蕙莲勾搭，虽百鞭惠祥，有何闲说？乃只因一事下替，遂起凌夷之渐。作者盖深为处家者棒喝也，凡有家者识之。此回文字又特特于楼上赏灯作对，如言"疑为公侯人家"一语，遥照灯楼下一语，一字不差。蕙莲几个"一回"，与金莲登楼几个"一回"又遥遥作对。盖写蕙莲原欲将其结果，为瓶儿作履霜之戒，故又写一元夜，又到狮子街灯楼上。而蕙莲又作者欲再作一金莲之后尘，故又用几个"一回"字，特特遥照也。

写金莲递酒，必用西门庆自叫他去，且随即留敬济于众美中，不顾而去，宜乎双珠尽失，且又不全病月娘也。

敬济既戏金莲，又挑蕙莲，见迷色者逢云即是巫山，遇水皆云洛浦。此等心事，又不特西门一人，而渐渐心粗胆大，以至难制，皆西门失防之故也。

蕙莲看破机关，为后文金莲必欲妒死之因。盖以蕙莲之为人，有何涵养？眼中一事历久而不出者，只因惧怕金莲，不敢声扬。彼固自云"等他再有言语到我们，我自有话说"。然则蕙莲固必然将此意点明金莲。而金莲险人也，岂肯又如前番受雪娥、娇儿一挫之亏哉？固不惜昼夜图维，千方百计思所以去之，而天假其便，忽有来旺狂言，以中其计，行其术，必至于置之死地而后已也。然则窗外一觑，春风早为一付勾魂帖。蕙莲自为得意，不知其贾祸之机实本于此也。此又作者深著世情之险，危机触处皆然。人甚勿以拿人细处为得计也。看官每不肯于无字中想其用意，其妙意安得出！

上回金莲一觑蕙莲，已埋一妒根于自己腹内。此处蕙莲一觑金莲，又伏一恶刺于他人眼中。一层深一层，所以必死之而后已也。文字深浅之法，谁其知之？此回全是透露末路文字。看其写金莲、敬济处，写韩嫂儿，写贲四嫂，写长姐，写惠祥。夫写惠祥，何以见其亦为末路写也？不见后文来保欺恩，以此日之惠祥，与彼日之惠祥遥遥一照，即知天道报应处丝毫不爽。总之，上文诸人皆完聚，下文又要出一雪娥之丑，露蕙莲之破。此日乃全胜时，不全胜时，又为之预先一照，匪特劝惩何在？亦何以为之文法哉！

狮子街，武二哥报仇之处，乃瓶儿又住此，王六儿又住此。今必令金莲两至其地，且蕙莲亦必至其地，真是作孽者每与死地相寻，面不肯一远，写尽作孽人矣。

第二十五回　吴月娘春昼秋千
　　　　　　　来旺儿醉中谤讪

　　此回又是一小关锁也。夫上文烹茶传末，已于酒令中各写身分，可谓一小锁。而此文又锁，何哉？不知上文芙蓉亭，以及扫雪烹茶，俱不能入春梅在坐，大是费手，故又生一秋千，则春梅、蕙莲皆可与金、瓶、月娘诸人齐肩并立，共占春风，毫无乘车戴笠之异也。此系作者千秋苦心，今日始为道出，以告天下后世锦绣之才子也。

　　大书吴月娘春昼秋千。夫月娘，众妇人之首也。今当此白日，既无衣食之忧，又无柴米之累，宜首先率领众妾勤俭宜家，督理女工，是其正道，乃自己作俑，为无益之戏，且令女婿手揽画裙、指亲罗袜，以送二妾之画板，无伦无次，无礼无义，何怪乎敬济之挟奸卖俏，乘闲而入哉！天下坏事全是自己，不可尽咎他人也。

　　夫敬济一入西门家，先是月娘引之入室得见金莲；后又是月娘引之入园得采花须；后又是西门以过实之言放其胆，以托大之意，容其奸。今日月娘又使之送秋千，以荡其心。此时虽有守志之人，犹难自必其能学柳下惠、鲁男子，况夫以浮浪不堪之敬济哉！又遇一精粗美恶兼收之金莲哉！宜乎百丑皆出矣。

　　金莲、瓶儿，西门夺之于武大、花子虚手中也。乃西门夺之之时，不肯少为武大、子虚计，至琴童、竹山，则西门不觉恨入骨髓，欲杀之欲割之，而心犹未释然。宋蕙莲，固蒋聪之妇人也，乃来旺奸之在前，而又借西门之力之财，以得之者也。且暗

《红楼梦》与《金瓶梅》之关系

中已讨雪娥一节便宜,则今日西门之为主者固不是,而来旺又不肯少回其意,亦必欲杀欲割西门、金莲二人而方休。总之人情止知私于己,而不肯忠恕也。若肯忠恕于未谋人之先,则此恶必做作不出,即肯忠恕于已失着之后,犹可改过自修,庶可免祸患于万一。若西门一往不返,卒有丧身之祸。来旺一往不返,几有不保之戚也。噫!读此书者,于此处当深省之,便可于淫欲世界中,悟圣贤学问。

写西门之于雪娥,既察其奸,就该逐之使去,不可令其停留一日,庶足令金莲、敬济暗地寒心,而亦处家之正道。即来旺于此亦可少儆,乃糊涂一打便休,毫无礼法。宜乎来旺之恶愈炽,而不数日,金莲之鞋已人敬济之手也。

第二十六回　来旺儿递解徐州　宋蕙莲含羞自缢

　　此回收拾蕙莲，令其风驰电掣而去也。夫费如许笔墨，花开豆爆出来，却又令其风驰电掣而去，则不如勿写之为愈也。不知有写此一人，意在此人者，则肯轻写之，亦不肯便结之。盖我本意所欲写者在此，则一部书之终始即在此。此人出而书始有，此人死而书亦终矣。如西门、月娘、金、瓶、梅、敬济等人是也。有写此一人，本意不在此人者，如宋蕙莲等是也。本意止谓要写金莲之恶，要写金莲之妒瓶儿，却恐笔势迫促，便间架不宽厂，文法不尽致，不能成此一部大书。故于此先写一宋蕙莲，为金莲预彰其恶，小试其道，以为瓶儿前车也。然则蕙莲不死，不足以见金莲也。写蕙莲之死，不在一闻来旺之信而即死，却在雪娥上气之后而死，是蕙莲之死金莲死之，非蕙莲之自死也。金莲死之固为争宠，而蕙莲之死于金莲亦是争妍，始争之不胜，至再三，而终不胜，故愤恨以死，故一云"含羞"，又云"受气不过"。然则与来旺何与哉！

　　看其写来旺中计，而蕙莲云"只当中了人拖刀之计"，与瓶儿见官哥被惊之言一样，不改一字。然则写蕙莲为瓶儿前车，为的确不易，非予强评也。

　　一路写金莲之恶，真令人发指，而其对西门一番说话，却人情人理，写尽千古权奸伎俩也。然惟西门有迷色之念，金莲即婉转以色中之，故迷而不悟。倘不心醉蕙莲，而一旦忽令其杀一人，西门虽恶，必变色而不听也。是知听言，又在其人。

"风里言,风里语",六字妙绝,奇绝,天下事何事不在风里言语中哉?夫风何处不在,乃作恶者必欲袖里藏风,其愚不知为何如也。

观蕙莲甘心另娶一人与来旺,自随西门,而必不忍致之远去。夫远去且不甘,况肯毒死气死之哉!虽其死,总由妒宠不胜而死,而其本心却比金莲、瓶儿差胜一等,又作者反衬二人也。

蕙莲本意无情西门,不过结识家主为叨贴计耳。宜乎不甘心来旺之去也。文字俱于人情深浅中,一一讨分晓,安得不妙。

第二十七回　李瓶儿私语翡翠轩　潘金莲醉闹葡萄架

此回是金莲、玉楼、瓶儿、春梅四人相聚后，同时加一番描写也。玉楼为作者特地矜许之人，故写其冷，而不写其欺淫。春梅又为作者特地留为后半部之主脑，故写其宠，而亦不写其淫。至于瓶儿、金莲，固为同类，又分深浅，故翡翠轩尚有温柔浓艳之雅，而葡萄架则极妖淫污辱之怨。甚矣，金莲之见恶于作者也！

内以一月琴贯"翡翠""葡萄"二事，信乎玉楼之一人，又为金、瓶二人之针线也。

必特写四人一番。盖四人皆作者用意特写之人，且四人者，一部之骨子也。故用描写一番。

内必用西门恼金莲一段，已伏后妒宠之根，几番怒骂之由，见瓶儿之独宠也。

凡各回内情曲小调，皆有深意，切合一回之意。惟此回内"赤帝当权"，则关系全部。言其炎热无多，而煞尾二句，已明明说出矣。

人知此回伏生子，不知其于"扫雪"一回，已伏生子之根矣。此处又明照出，亦如大丫头已出春梅，又于薛媒婆口中，再明说出，此是笔法暗对处。

内写西门心知金莲妒宠争妍，而不能化之，乃以色欲奈何之，如放李子不即入等情，自是引之入地狱，己亦随之。败亡出丑，真小人之家法也。

《红楼梦》与《金瓶梅》之关系

　　《梁州序》上半截写玉楼、瓶儿；下半截写春梅、金莲。然玉楼自有一腔心事，寄在月琴，是身与会而心不然者。春梅又有一种心高志大，不肯抱阮作穷途之哭者。然则此日翡翠轩、葡萄架，惟李、潘二人，各立门户，将来不复合矣。

第二十八回　陈敬济侥幸得金莲
　　　　　　　西门庆糊涂打铁棍

人知此回为写金莲之恶，不知是作者完一事之结尾，渡一事之过文也。盖特地写一蕙莲，忽令其烟消火灭而去，不几嫌笔墨直截，故又写一遗鞋，使上文死去蕙莲，重新在看官眼中一照，是结尾也。因金莲之脱鞋遂使敬济得花关之金钥，此文章之渡法也。然而一遗鞋，则金莲之狂淫已不言而尽出；一收鞋，则蕙莲之遗想又不言而尽出矣。

蕙莲原名金莲，今金莲得蕙莲之"金莲"，而必用刀剁之，是蕙莲为金莲排挤以死之恶，又于其死后为之再彰其愤，使金莲之恶不堪一提起也。

写打铁棍，见西门为色所迷，而金莲已盘曲恶根，不可动摇，由此放胆行事，以致有敬济之事。然则月娘引敬济，西门纵金莲，由渐而成，乃有后文之事。甚矣，履霜之戒，为古人所重也。

此回单状金莲之恶，故惟以"鞋"字播弄尽情，直至后三十回，以春梅纳鞋，足完"鞋"字神理。细数凡八十个"鞋"字，如一线穿去，却断断续续，遮遮掩掩，而瓶儿、玉楼、春梅身分中，莫不各有一"金莲"，以衬金莲之"金莲"，且衬蕙莲之"金莲"，则金莲至此已烂漫不堪之甚矣。

"葡萄架"后，便是金、瓶二人妒宠起头，直至瓶儿死，金莲方畅。此处却回顾蕙莲必用金莲以刀剁之。明写蕙莲一人，乃瓶儿前半小样,是蕙莲在前,如意在后,蕙莲乃瓶儿前车,如意乃瓶儿后车也。故蕙莲死,即接"翡翠轩";瓶儿死,即接"口脂香",紧捷之甚。

第二十九回　吴神仙冰鉴定终身　潘金莲兰汤邀午战

此回乃一部大关键也。上文二十八回一一写出来之人，至此回方一一为之遥断结果，盖作者恐后文顺手写去，或致错乱，故一一定其规模，下文皆照此结果此数人也。此数人之结果完，而书亦完矣。直谓此书至此结亦可。

看他写众妇人出来看相，各各不同，月娘上来，众妾同观看。李娇儿自己过来。月娘叫孟三姐："你也相相。"神仙即接着相。至于金莲不肯出来，必用再三推之方出。瓶儿是西门令其相。雪娥、大姐，是月娘令其相。夫大姐本非局中正经脚色，因不便令敬济混入，则用大姐，盖大姐相，而敬济之结果已过半矣。故此处不相陈敬济。

何以不便入敬济？盖西门之待敬济半以奴隶待之，故不入敬济；所以衬西门市井人，待婿之薄，而又特隐敬济，使文字有参差之致也。

上文既于前回红鞋之馀波，引下金莲之作恶不厌，中劈空插神仙一段，下即接"兰汤午战"，见金莲毫无儆省悔过之心，而西门适听神仙贪花之说，即白日宣淫，见作恶者虽神仙亦不得化之改也。

西门必用子平风鉴，两番描出，又与众人不同。

凡小说必用画像，如此回凡《金瓶》内有名人物，皆已为之描神追影，读之固不必再画。而善画者，亦可即此而想其人，庶可肖影，以应其言语动作之态度也。

第三十回　蔡太师覃恩锡爵
　　　　　　西门庆生子加官

　　因潘金莲生一宋金莲，又因潘金莲之遗失"金莲"，引出宋金莲之遗下"金莲"。潘金莲遗失"金莲"，入陈敬济手，宋金莲遗下"金莲"为西门庆收，则西门庆解潘金莲之"金莲"以与敬济，而敬济乃得金莲。宋金莲自解其"金莲"以与西门庆，而乃留为潘金莲快志之地，遂致失一"金莲"，而又得一金莲。且因既失复还之"金莲"，引出新做之"金莲"。因金莲新做一"金莲"，遂使玉楼亦做一"金莲"，瓶儿亦做一"金莲"。今此回春梅亦做一"金莲"，见得数人呼吸相通，一鼻孔中出气，不谓一"金莲"之鞋，生出两回无穷文字。

　　朝廷赏太师以爵，太师赏人以爵，其受赏之人又得分其爵，以与其家人伙计，夫使市井小人皆得锡爵，则朝廷太师已属难言，况乎并及其市井小人之家人伙计哉！甚矣，朝廷太师之恩波，为可惜也。

　　一部炎凉书，不写其热极，如何令其凉极？今看其"生子加官"，一齐写出，可谓热极矣。

　　夫写其生子，必如何如何，虽极力描写，已落窠套。今看其止令月娘一忙，众人一齐在屋，金莲发话，雪娥慌走，几段文字，下直接"呱"的一声，遂使生子已完，真是异样巧滑之文。而金莲妒口，又白描入骨也。

　　官哥儿非西门之子也，亦非子虚之子，并非竹山之子也。然则谁氏之子？曰鬼胎。何以知之？观其写狮子街，靠乔皇亲花园，夜夜有狐狸，托名与瓶儿交。而竹山云"夜与鬼交"，则知其为鬼胎也。观后文官哥临死，瓶儿梦子虚云"我如今去告你"，是官哥即子虚之灵爽无疑，则其为鬼胎益信矣。况"翡翠轩"瓶儿临月，而西门不知，可知非西门之子。子虚前年腊月死，又二年六月方生官哥，非子虚之子又明。至于竹山，一经逐散之后，毫无一字提起，且竹山以六月赘瓶儿，内云"赶了往铺子内睡"，则亦相好无多日，而使一度生子，当两月后逐竹山之时，竹山岂无一语及此？即使瓶儿自知，则嫁西门后，以竹山初，赘算至四月内，已十月满足，即胎有过期者，而瓶儿能不予三月内自存地步乎？必待"翡翠轩"，方自己说明？是子虚之孽，乘乔皇亲园鬼魅之因，已胎于内，而必待算至瓶儿进门日起，合成十月，一日不多不少，此所以为孽也。不然，岂如是之巧哉？盖去年八月二十娶瓶儿，隔三日方入瓶儿房中，今年六月二十三日生官哥，岂非一日不多少乎！吾故曰：孽也，未有如是之巧者也。内写月娘房中拿坐草物，明点后文月娘小产之因。

（这潘金莲听见生下孩子来了，合家欢喜，乱成一块，越发怒气，径自去到房里，自闭门户，向床上哭去了。）〔夹批〕总是现妒妇身说法处，白描入化也。

第三十一回　琴童儿藏壶构衅
　　　　　　西门庆开宴为欢

　　此回已伏瓶儿母子俱死之机也。何则？官哥生而书童始来，瓶儿死而书童即去，中间妒瓶儿兼妒书童，且内室乞恩，书童实附瓶儿，而"三章约"金莲实走书童。然则写书童，乃又写瓶儿受妒之时，外更有一以色进身，入宫见妒之男宠以衬之，见金莲一妒而无所不用其妒。而藏壶一事，实为后"三章约法"之根，有如前《读法》内所云者也。

　　藏壶一事而三用之，一见玉箫之私书童，二见金莲之争闲气，三见西门之偏爱瓶儿、官哥也。

　　"藏壶""偷金"二事，而于琴童竟不一问，于夏花则拶而且必欲卖之，其爱瓶儿处自见。

　　开宴内却特用两太监说出三套词曲名色，将一部主意间架前后排场说尽。当极炎热时，如何插入冷调，然不于此处下针砭，又何以儆醒世人，故用二太监也。

　　月娘，良家妇也，一旦妓者来认女，月娘当怒叱之不暇，乃反喜而受之，其去娼家几何哉？况桂姐乃西门梳笼之人也，其夫迷此人，贤者当劝其夫，即不贤者，毋宁拒此人，乃西门迷之而不能劝，已反引之于膝下以为干女儿，是自以鸨儿自居也。月娘真乃迷而不悟。

第三十二回　李桂姐趋炎认女
　　　　　　　潘金莲怀嫉惊儿

　　此回上半幅之妙，妙在先令桂姐、银儿家去，将诸妓一影，后用桂姐先来，银姐、爱香、金钏三人后来，三人先出去，桂姐独后出来。一路情节，遂花团锦簇之妙。夫必又写四妓何哉？盖于西门做官之后，其势利豪华，于别处描写，便觉费手，看他算到必不止于一遭开宴，开宴正所以热闹。而开宴之热闹，止用诸妓乐工一衬，便有寒谷生春、花添锦上之致。文字固有衬叠法也。

　　看他于前回席散，接后用伯爵二人，要早来代东，一过下接手写一官席，下始插入认女正文，层次如画。官哥弥月，薛太监贺喜之拨浪鼓，却是后文瓶儿所睹而哭官哥之物。天下事吉凶倚伏本是如此，又不特文字穿插伏线之巧也。

　　李桂姐此回是正文，银姐三人是陪客。然三人内银姐又为解衣一回之线，爱香又为爱月之因，而玉钏又为隔花之金钏作引。固知一百回皆一时成就，方能如针线之联络无缝也。

　　桂姐认女之意，大半为争风一节，怕西门今为提刑，或寻旧恨，再而作者于前，既为之露出丁二官破绽，一冷开去，何必又收转来？不知西门好色，使能一窥其破绽，而即奋然弃之，犹是豪杰；惟是亲眼见其败露，而终须恋恋不舍，为其所迷，此所以为愚也。故桂姐、银儿、月儿，毕西门之生，未尝暂冷，而终西门之丧，杳然并去。西门在时，虽桂姐与王三官百丑皆露，而往来不绝。西门死后，无一是非，而诸妓作者亦绝口不提，即他妓亦另出名姓，非复此日之一班花柳也，可叹，可省！

必写月娘收桂姐为女儿，总之欲丑月娘。见他一味胡乱处家，不知礼义，虽不同妓女之母而不知耻，而以此母仪，仪型大姐，宜乎有后文之闹。总之，丑月娘更所以丑西门也。

爱香口中，既为爱月一抬身分，又为桂姐一照王三官。文字针线，逼真龙门。

百忙贺生子之时，即人怀嫉一事，见金莲于官哥之生，以及其死，无一日甘心也。妇人可畏如此！

第三十三回 陈敬济失钥罚唱
韩道国纵妇争风

　　韩道国，一百回内结果之人也，其结果乃在何官人家。夫韩道国妻王六儿，于"财""色"二字不堪而沉溺者也。爱姐于"财""色"二字不堪而回头者也。不堪所以有此书，不堪而欲其回头又所以有此书，故结以何官人，为凡世之不拘何姓人等作官人者劝也。故仍以何官人结，而此处于未出韩道国，先出何官人。因买何官人货，方寻韩伙计。然则"财""色"二字，人自不能忘情，相引而迷于其中耳。故何官人之货，必云绒线。

　　写失钥罚唱，必用还席作因，寻衣作引，一伏后文打狗骂潘姥姥之因，一伏"弄一得双"由寻衣服之引。

　　一路写金莲强敬济吃酒索唱，总是从骨髓中描出，溶成一片，不能为之字分句解，知者当心领其用笔之妙。然而他偏又夹写瓶儿、春梅、潘姥姥、吴月娘、如意儿、官哥，总是史笔之简净灵活处。

　　金莲、敬济至一见消魂后，至此已几番描写。然而一层深一层，一次熟落胆大一次。总是罪西门、月娘不知防嫌。而此回又必写月娘见其同席，而不早正色以闲之也。

　　内必写月娘小产者，乃作者深恶妇人私行妄动，毫无家教，以致酿成祸患而不知悔，犹信任三姑六婆，安胎打胎，胡乱行事，全无闺范者也。又深讥西门，空自奸诈，其实不能出妇人之手，终被瞒过。何也？如月娘有孕七月，而一旦落去，西门且不知。然则设十月生下，问之西门，当亦不知为何人之子乎？不知其孕，固属愚甚，知其有孕而并不问其何以不生出，天下人处家之昏昏者，孰有如此？亦如翡翠轩，去生官哥止一两月，然则私语时，瓶儿之娠已七八月矣，西门亦未之知，其醉梦为何如？宜乎刘婆子与三姑得出入，以肆其奸也。有家者，甚勿为色所迷。

王六儿与二捣鬼奸情，乃云道国纵之，细观方知作者之阳秋。盖王六儿打扮作倚门妆，引惹游蜂，一也；叔嫂不同席，古礼也，道国有弟而不知闲，二也；自己浮夸，不守本分，以致妻与弟得以容其奸，三也；败露后，不能出之于王屠家，且百计全之，四也。此所以作者不罪王六儿与二捣鬼，而大书韩道国纵妇争风，谁为稗官家无阳秋哉？

又月娘小产必于王六儿将出之时，煞有深意。见六为阴数，先有潘六儿在前，后有王六儿在后，重阴凝结，生意尽矣。幸有一阳隐伏，犹可图来复之机，乃一旦动摇剥尽，不必至丧命一回，而久已知两六之为祸根。后死两六儿家犹证果，非结因也。

王、刘、薛三姑子，三姑也。刘婆子，刘与六通，六婆也。写来遂令人混混，急切看不出，是其狡猾之才，偶记于此。

第三十四回 献芳樽内室乞恩
受私贿后庭说事

提刑所，朝廷设此以平天下之不平，所以重民命也。看他朝廷以之为人事送太师；太师又以之为人事，送百千奔走之市井小人。而百千市井小人之中，有一市井小人之西门庆，实太师特以一提刑送之者也。今看到任以来，未行一事，先以伯爵一帮闲之情，道国一伙计之分，将直作曲，妄入人罪，后即于我所欲入之人，又因一龙阳之情，混入内室之面，随出人罪，是西门庆又以所提之刑为帮闲、淫妇、幸童之人事。天下事至此，尚忍言哉？作者提笔著此回时，必放声大哭也。

瓶儿，金屋之阿娇也。书童，外庭之小奴也，竟入内室绝不避嫌，饮酒说事，绝不明察。况瓶儿，妾也，妾有事不直致之于夫，而托外庭奴仆为之先容，其可疑处正不在求情说分上处，乃一味糊涂，岂齐家之正道！宜乎雪娥私来旺，知而留之，金莲私琴童，迷而不悟，以致养成敬济之大患，至死而不觉也。

欲写金、瓶二人争宠处，于何处下笔？乃因书童，即插入平安，令其男宠中先有共相油盐酱醋之香，串入金莲，遂觉一时情景如画。

写瓶儿一边热处，自觉金莲一边冰冷，不必身亲其地，而已见有难堪之情。作者之笔，真化工也。

第三十五回　西门庆为男宠报仇
　　　　　　　书童儿作女妆媚客

　　此回单为书童出色描写也。故上半篇用金莲怒骂中衬出，下半篇用伯爵笑话中点醒也。

　　伯爵者，乃作者点睛之笔也。看他于此回内，描写书童一篇，曲曲折折文字，只用伯爵一笑话明白说出，使通身皆现。诸如后文"山洞戏春娇"，西门恼桂姐心事，用伯爵数白话点明，如此等类不可胜数。故云伯爵，作者点睛之妙笔，遂成伯爵之妙舌也。

　　平安吃醋，固宜受祸，画童以听觑摇手，亦被牵连。内又插来安过舌，来兴作耍，贲四插科，终以玳安作收，固为书童怙宠作衬，实又借此为玳安一描身分也。席间必用伯爵打贲四一错，一者见伯爵荐人纯是贪利，于西门家毫未着意，小人心意，固是如此；二者见贲四一向赚钱，已露骄矜，宜乎有错。而王六儿即便上手，较之贲四嫂尚俟迟迟，故贲四先须让韩道国一着也。

　　希大一唱内，于赏男宠时，已露王六儿消息，此所以为希大也。然唱亦精绝。

　　末又于打灯笼一段闲情，照出金莲之恨，且收拾诸仆，借问棋童，使画童、琴童、玳安、平安，色色皆出，而独于问春梅时，一语结出书童，使层层爆出之花，又层层收拢入来，真千古的史笔。可惜令之老死床下，作稗官野史。悲夫！我当为之一哭。

第三十六回　翟管家寄书寻女子
　　　　　　　蔡状元留饮借盘缠

　　此回乃作者放笔一写仕途之丑，势利之可畏也。夫西门市井小人，逢迎翟云峰不惜出妻献子，何足深怪。乃蔡一泉，巍巍榜首，甘心作权奸假子，且而矢口以云峰为荣。止因十数金之利，屈节于市井小人之家，岂不可耻？吾不知作者有何深恶之一人，而借此以丑之也。

　　安郎中，盖作者借之作陪客，以结书童之余文也。盖此书每传一人必伏线于千里之前，又流波于千里之后。如宋蕙莲既死，犹余山洞之鞋等是也。今书童于上两回已极力描写，此处若犹必呆写，便非文理。若便置不写，文情又何突然无余韵？故于请蔡状元时用安郎中作陪，而令其有龙阳好，闲中又将书童点出馀韵也。作者用意盖如此，看官知之乎？

第三十七回　冯妈妈说嫁韩爱姐
　　　　　　　西门庆包占王六儿

　　此回乃一百回作结之因也。夫爱姐不上东京，道国何由远遁？道国不远遁，又何由于大马头，遇守备府之陈敬济？爱姐不遇敬济，何由改过而守节哉？然则趋奉翟谦，犹是易解之意。

　　王六儿者，予固云效潘六儿之尤而特甚者也。然而撮合必用冯妈妈者，使看者眼中又时时不冷落瓶儿也。文笔之联络处如此，谁其知之？

　　王六儿与西门庆交，纯以利者也。故初会即骗丫头，再会即骗房子。

　　老冯，瓶儿之奶娘也，一旦得王六儿之些须浸润，遂弃瓶儿如路人。写此等人，真令其心肺皆出。

　　如买蒲甸等，皆闲写吴月娘之好佛也。读者不可忽此闲笔，千古稗官家，不能及之者，总是此等闲笔难学也。

第三十八回 王六儿棒槌打捣鬼
潘金莲雪夜弄琵琶

此回人李智、黄三，总为西门死后冷处作衬，故先为热处多下附之人也。

棒打捣鬼者，盖欲撇开捣鬼，以便与西门往来也。然必写捣鬼有奸在先者，一画道国，一画六儿，一伏一百回路遇之笋，湖州养六儿，以成爱姐之志也。然此时，不一撇去，岂韩二竟忽然抛去旧情，不一旁视乎？故用王六儿以棒槌一闹，西门一打，庶可且收起捣鬼，至拐财远遁，用他着时，再令其来可也。

王六儿淫事，必尽情写之者，盖本意欲于潘六儿之后，又写一尤甚者也。

潘金莲琵琶，写得怨恨之至，真是舞殿冷袖，风雨凄凄，而瓶儿处互相掩映，便有春光融融之象。迨后打狗畜猫，皆此时愤恨所钟，可知一家之怨恨，固非一日所成，稍有介意时，为之主者，当预为调停，庶不至于深耳。彼西门乌得知？

打韩二必用棒槌，盖为琵琶相映成趣。然则琵琶之恨，亦无非争一棒槌耳。

第三十九回　寄法名官哥穿道服
　　　　　　　　散生日敬济拜冤家

　　此回专为佞佛邀福者下一针砭。

　　玉皇庙两番描写，俱是热闹时候，即后文荐亡亦是热闹之时，特特与永福寺对照也。

　　看他平空撰出两付对联，一个疏头，却使玉皇庙是真庙，吴道官、西门庆等俱是活人，妙绝之笔。

　　玉楼因看道士做的鞋，便想其有老婆。金莲因道士老婆，即想及尼僧汉子。王姑子直欲不做和尚，而金莲又因尼僧汉子为和尚，想及和尚老婆为尼僧。然则官哥为小道士，瓶儿不几几乎与道士有嫌疑之瓜葛乎？世人每愚而不悟，一味佞佛邀福，仙佛有灵，当亦大笑。

　　内中如道士改孩子姓，花大不应称舅，皆极可笑事，而确是人情必有之事。作者特借金莲口中说出。

　　篇末偏于道家法事之后，又撰一段佛事，使王姑子彰明较著。谈一回野狐禅，与上文道事相映成趣也。然而三十二祖投胎，又明为孝哥预描一影，则孝哥生几露，而西门死几发矣，可畏哉！

　　玉皇庙寄名，接王姑子谈经，与后千金喜舍，接二姑子印经，又是遥对章法。

第四十回 抱孩童瓶儿希宠
妆丫环金莲市爱

　　此回小文为下回愤深作引也。盖金莲之愤，何止此日起！然金莲生日，西门乃在玉皇庙宿，玉皇庙却是为瓶儿生子，则金莲此夕已二十分不快，乃抱孩儿时，月娘之言，西门之爱，俱如针刺眼，争之不得，为无聊之极思，乃妆丫环以邀之也。虽暂分一夕之爱，而愤已深矣。宜乎后文，再奈不得也。文字无非情理，情理便生出章法，岂是信手写去者？

　　写月娘听王姑子之言，真写尽尼僧之恶，看者读此回后，不闭门谢绝此辈者，非人心也。

　　两段文字却两番夹写，如王姑子问月娘喜事一段，下夹瓶儿希宠一段，又写王姑辞去一段，又夹写金莲妆丫环一段也。章法井井不紊。

　　回末必写裁诸色衣服，照人双目，盖预为联姻卖富贵地也。

第四十一回　两孩儿联姻共笑嬉
　　　　　　　二佳人愤深同气苦

　　上文生子后，至此方使金莲醋瓮开破泥头，瓶儿气包打开线口。盖金莲之刻薄尖酸，必如上文。如许情节，自翡翠轩发源，一滴一点，以至于今，使瓶儿之心深惧，瓶儿之胆暗摄，方深深郁郁闷闷，守口如瓶，而不轻发一言以与之争。虽瓶儿天性温厚，亦积威于渐以致之也。

　　欲写金莲之妒，必写两孩儿联姻者，见瓶儿之诲妒者在官哥。乃不深自敛抑戒惧以处此，而更卖弄扳亲以起人妒。夫一孩儿，已日刺金莲之目，况两孩儿乎？宜乎官哥不能与长姐并长年也。不死其子，金莲不惬其心矣。

　　襁褓联姻，世俗之非，却用玉楼数语道尽世情，信乎！玉楼为作者自喻之人也。

第四十二回　逞豪华门前放烟火
　　　　　　赏元宵楼上醉花灯

此回侈言西门之盛也。四架烟火,既云门前逞放,看官眼底,谁不谓好向西门庆门前看烟火也。看他偏藏过一架在狮子街,偏使门前三架毫无色相,止用棋童口中一点,而狮子街的一架,乃极力描写,遂使门前三架,不言俱出。此文字旁敲侧击之法。

门前烟火却在狮子街写。月娘众妾看烟火却挪在王六儿身上写,奇横至此。

文字不肯于忙处不着闲笔衬,已比比然矣。今看其于闲处却又必不肯徒以闲笔放过。如看灯,闲事也,写闹花灯,闲笔也。却即于此处出王三官,文字无一懈处可击,又善于掉空便入,便捷如此,真如并州快剪刀矣。

此回是描写豪华,恐无甚花样,故又用伯爵与二妓一派歇后语,作生色花样,又一样章法也。

百忙里,又写桂姐、银儿吃醋,人情无微不到。

第四十三回　争宠爱金莲惹气
　　　　　　　卖富贵吴月攀亲

　　夫西门前得玉楼、瓶儿之财，虽为得财，却是色中之财，必用李智、黄四来一番描写动头，后文接入生涯，方是真正财来。故用伯爵，一如十分光中之王婆也。看其后一回，叫李、黄二人买礼作为，便知仿佛。

　　金莲于藏壶联姻时受辱，西门怒骂，毫无一和缓。此回相争，比上数回语，多而辞缓，又是一样闲闹。盖上文心急口急，不暇择语，故不顾触西门之怒。此回虽是相争，却一味以势利言之。西门之所以骄人者在此，故不觉听其言而笑也。描金莲正所以描西门，又不可不知。

　　必写乔五太太者，见西门以市井小人，一朝得志，便与大户联姻，犹心不足，不知彼皆皇亲国戚，视伊何啻鸠鹓之在蒿莱也。小人不知分量，十有八九。

　　写桂姐、银儿，俱认干女，盖骂世人认假子者，为淫娼狗妓之流也。

　　看他一连写吴大妗子家一席女宴，接写请众官娘一席女宴，又接写会亲一席女宴，重重叠叠，毫不犯手，直是史公复生。

　　才生子便失壶，才结姻便失金，西门乃以为脚硬，私心起而祸福迷，此所以前知必贵至诚也。

　　官哥生而加官，长姐媳而进财，以合看失壶、失金二事，又是祸福吉凶相为倚伏，不知又是绝妙章法。

　　篇末又将敬济等各人心事结果，于酒令中一描，不知是忙中闲笔，又是闲中忙笔也。妙甚！

　　李三而黄却四矣，春光已不知归于何处，还金，言虽有黄金，亦难买此春光。失金，又言失却黄金，犹自可之俗语也。

第四十四回　避马房侍女偷金
　　　　　　　下象棋佳人消夜

　　夫藏壶与偷金作遥对章法，下象棋与弹琵琶又作遥对章法。自生子后至此，欲将生子加官后诸事一总，以便下二回卜龟儿，用第二番结束也。章法之整暇如此。

　　藏壶为玉箫事暗描，却是月娘不严之罪。偷金固是娇儿事，然夏花复留，使家法不行，众婢无所惩创，又是月娘引邪入室之罪。盖夏花以桂姐留，桂姐、月娘收以为女儿者也，夫复谁尤？况桂姐辈，月娘常劝西门远之者也。欲其夫远之，而却亲以为女，其何以相夫？故受桂姐之逆，而乃迁怒耽安，是亦福建子误我之意也欤？

　　写桂姐，分明其姑之婢，真赃实犯，犹有许多雌黄，强口夺情，可畏如此。人情不肯自责，又如此。

　　金莲心事，每于愤怒处写之。瓶儿心事既不一言，何由写出？故又借银姐下棋，将海枯石烂，天长地久，不言之恨，轻轻道出，文字之巧如此。

　　直至西门大哭之时，下象棋之恨方出。又至金莲撒泼之时，下象棋之恨又一出。赶至普净幻化，方冤仇如雪泼入汤内也。

第四十五回　应伯爵劝当铜锣
　　　　　　　李瓶儿解衣银姐

　　自黄四等还金后，至此文送桌面时，已隔无限文字，却倒序伯爵与黄、李二人赶到相会之说。似属脱节。上文，看他只用正值西门在前厅打发桌面一语接入，便使一枝笔如两边一齐写来，无一边少停一笔不写，文章双写之能，纯史公得意之法，被他学熟偷来也。

　　算利以金，是欲以金子动之也。即以金子转算又说之，是又以银子说之也。人情以贪而吞饵，伯爵岂能欺人哉？人自受欺耳。

　　一部内凡数书伯爵关目，如簪花饮酒等情，帮嫖追欢等事，皆是以色动人。后文"山洞""隔花""月儿"处等戏，又是因其喜怒而吮舐之，如此回，劝当铜锣，方是特书以财而趋奉之也。究之其凡趋奉处皆以财，而此则以他人之财奉承之，以足李智、黄三之意。盖前此西门未提刑，可以嫖，则惟以嫖诱之。此后西门虽有时而嫖，然实不敢嫖，故以戏悦之。此回乃西门官兴正新，财念方浓之时，故即以财势蛊惑之，写趋附小人，真写尽了也。

　　内中一路写桂姐，有三官处情事如画，必如此隐隐约约，预藏许多情事。至后文一击，首尾皆动。此文字长蛇阵法也。

　　写银姐与瓶儿，一对无事干母子如画。月娘与桂姐一对有心的，又如画。

　　月娘认桂姐，是初得官而心骄，不过悦桂姐之趋奉。瓶儿解衣，是既得宠而心悲，欲俗银姐为消遣闷怀之人。故桂姐少拂月娘而即散，银儿至瓶儿死而终舍也。世之居权贵以自骄，与同辈争荣宠者，其各有趋附之人，当亦如是也。

此处所当之锣，乃于瓶儿死同穴丧礼内映出，真令人热肠冰冷。

屏风者，瓶儿也，一解衣银姐，则为银瓶，故老冯之踪迹，与瓶儿疏而不合矣。李三、黄四还金日，已寓不久之意。至此，又一番透漏瓶沉消息也。

第四十六回　元夜游行遇雪雨
　　　　　　妻妾戏笑卜龟儿

　　此回自吴神仙后又是一番结果也。二十九回以上虽讲财，却单讲色。四十六回以上至三十回以下，虽亦讲色，却单讲财，故王六儿财中之色也。

　　上半部凡言六月内事，接连两个人都在六月，如玉楼以六月娶，瓶儿亦以六月密约，应分明处却不分明的妙。此处言正月内事，接连自初九日写至十六日，一日有一日的事，却令人捱看，不觉其板重，不必分明处却甚分明。

　　玳安、小玉是一部结果，承继西门员外达之人也。此处以卜龟结束众人，却先点小玉、玳安之私，并以众丫鬟衬春梅之气骨。总是此回，乃结上起下之文也。要皮袄，乃月娘、金莲终离之由，却已于此处安根。必用皮袄，盖欲于后文，既回顾既死之瓶儿，又掩映方张之如意，总收入月娘、金莲文中；再从王六儿处插入申二姐，挽合春梅，总欲于此番一闹，将众人都合拢来。死者生者一齐开交，特与翡翠轩四人一合作映，而已于此处安根，针线之妙，乃在一皮袄，与金扇明珠一样章法也。

　　卜龟儿，止月娘、玉楼、瓶儿三人，而金莲之结果，却用自己说出，明明是其后事，一毫不差。而看者止见其闲话，又照管上文神仙之相，合成一片。至于春梅，乃用迎春等三人同时一衬，其独出之致，前程若龟鉴，文字变动之法如此，否则，一齐卜龟，不与神仙之相重复刺眼乎？

　　妙在吴神仙是相士之话，移此处不得。此处卜龟是卖卜老妪

《红楼梦》与《金瓶梅》之关系

之话,移彼处不得。

此处篇首,偏又找一烟火,文字周匝之甚。

请四丫鬟,不用王六儿,却用贲四嫂,百忙里又为贲四嫂安线也。

第四十七回　苗青贪财害主　西门枉法受赃

　　以上四十七回俱是接连而下，至此截住上文，另起头绪，写一苗员外与西门大官人作对。见苗员外以一刁氏而丧其身，况西门以如许妖孽随其左右，虽欲不亡，其可得乎？其不死于来旺、来爵之手者，有幸有不幸耳！

　　刁氏，苗员外妾也，且可以杀身，况非己所有而据之乎？

　　写陈三、翁八之恶，衬起苗青。写苗青之恶，又衬起西门庆也。然则写王六儿、夏提刑等，无非衬西门庆也。西门庆之恶，十分满足，则蔡太师之恶不言而喻矣。一路写乐三嫂、王六儿、玳安儿、乐三、西门庆、夏提刑、平安、书童、琴童各色人等，一时忙忙碌碌，俱为一死囚之苗青呼来喝去的使唤，甚矣！财之可畏如此。苗员外以财亡身，西门不以此为鉴戒，而尚贪其逆奴之赂，岂不计及来保等之观望乎？

第四十八回　弄私情戏赠一枝桃
　　　　　　走捷径探归七件事

　　平插曾公一人，特为后文宋巡按对照，且见西门之恶，纯是太师之恶也。夫太师之下，何止百千万西门，而一西门之恶已如此，其一太师之恶为何如也？

　　写王六儿得银如画，写夏提刑得财又如画。至写西门庆得多金，而不以为意，又衬西门平素之财也。

　　此回上坟，为西门传中一大总会。看他描写男客如许如许，又描写堂客如许如许，又写姬妾如许如许，特特为清明节寡妇下根种也。

　　内于西门祭祖文中，偏又夹写金莲、敬济一段文字。忙中闲笔，已屡言矣。然未如有此段文字丽极。

　　看他于一本章后接写七件事，一邪，一正，特特刺人眼中，分外令人发指也。

　　来保探事，亦可为能矣，不知特为后文背主负恩一回内，"势败奴欺主"五字，预先下转语。见势未败之先，皆是良臣，而人心之难测，有如此也！

　　写西门祭祖是正文，却是旁文；写弄私情是旁文，又是正文。桃者，兆也，挑也，总是随处伏一挑剔，至花园之调，方不突然也。

第四十九回　请巡按屈体求荣
　　　　　　　遇梵僧现身施药

　　此回叙二巡按之荣，却都是求荣者之地步也。总为西门生色，闲中点缀董娇儿，又为桂儿、银儿等一衬也。

　　玉皇庙，诸人出身也。故瓶儿以玉皇庙邀子虚上会时出，金莲以玉皇庙玄坛座下之虎出，而春梅又以天福来送玉皇庙会分，月娘叫大丫头时出。然则，三人俱发源于玉皇庙也。至于永福寺，金莲埋于其中，春梅逢故主于其内，而月娘、孝哥俱于永福寺讨结果，独于瓶儿未有永福寺之瓜葛也。不知其于此回内，已为瓶儿结果于永福之因矣。何则？瓶儿病以梵僧药，药固用永福寺中求得，然则瓶儿独早结于永福寺矣。故玉皇庙、永福寺是一部大起结。

　　后半梵僧一篇文字，能句句以现身二字读之，方知其笔之妙也。

　　施药必现身者，见西门之死，全以此物之妄施故耳。

第五十回　琴童潜听燕莺欢
　　　　　　玳安嬉游蝴蝶巷

　　文字至五十回已一半矣。看他于四十九回内，即安一梵僧施药，盖为死瓶儿、西门之根，而必于诸人中先死二人者，见瓶之罄矣，凡百骸四肢，其能免乎？故前五十回，渐渐热出来，此后五十回又渐渐冷将去，而于上四十九回，插入，却于此回特为玳安一描生面，特特为一百回对照也。不然，作者有此闲笔为玳安叙家常乎？

　　此回特写王六儿与瓶儿试药起，盖为瓶儿伏病死之由，亦为西门伏死于王六儿之由也。恐再着金莲，一回中难写，故接手又写下一回品玉之金莲也。文字用意之处，井井如此，而人不看，奈何奈何！

　　瓶儿之死，伏于试药，不知官哥之死，亦伏于此。看其特特将博浪鼓一点，而后文观物之哭，遥遥相照矣。夫博浪鼓一戏物耳，一见而官哥生矣，再现而官哥不保矣，至睹物之哭。乃一点前数回之金针结穴耳。其细密如此。

　　此回入一薛姑子，见万卉中有雪来说法，其凋零之象不言可知。故此回又借薛姑子全收拾杏梅等一切春色，而薛姑子特于梵僧相对也。

　　信乎！此回文字乃作者欲收拾以上笔墨，作下五十回结果之计也。上五十回是因，下五十回是果。

　　上文特起一苗员外之因，何也？盖以前西门诸恶皆是贪色，而财字上的恶尚未十分，惟有苗青一事，则贪财之恶，与毒武大死、子虚等矣。而来保、韩道国自苗青处来，拐财同去，真是一线不差，天理不爽如此！

篇末又为孝哥作引，写得如此行径，月娘之丑之恶，已尽情不堪矣。

第五十一回　打猫儿金莲品玉
　　　　　　　斗叶子敬济输金

　　此回总写金莲之妒之淫之邪，乃夹一李桂姐、王三官之事，又夹一王姑子、薛姑子之事，便使一片邪淫世界，十分满足。又见金莲之行，实伯仲桂姐，而二尼之淫，又深罪月娘也。

　　此回章法，全是相映，如品玉之先，金莲起身来为月娘所讥，后文斗叶之先，金莲起身又为月娘所讥是也。品玉时，以春梅代脱衣始，以春梅代穿衣结。斗叶子以瓶儿同出仪门始，以同瓶儿回房结，又是两两相映。黄、安二主事来拜是实，宋御史送礼是虚，又两两相映也。

　　此书至五十回以后，便一节节冷了去。今看他此回，先把后五十回冷局的大头绪一一题清。如开首金莲两舌，伏后文官哥、瓶儿之死。李三、黄四谆谆借账，伏后文赖账之由。李桂姐伏王三官、林太太。来保、王六儿饮酒一段，伏后文二人结亲，拐财背主之故。郁大姐伏申二姐。品玉伏西门之死。而斗叶子伏敬济之飘零。二尼讲经伏孝哥之幻化。盖此一回，又后五十回之枢纽也。

　　梵僧为诸淫妇而现身，乃王六儿先试，瓶儿次之，金莲又次之，玉楼、月娘又次之。然则春梅独遗宠爱乎？不知于金莲未试之先，已先写了春梅也。夫必写梵僧者，非此不能死西门也。必写金、瓶、梅之试之者，所以极其恶也。而王六儿独占头筹者，又为贪欲丧命地也。

　　桂姐必写其私接王三官，所以刺西门之愚也，必写为之东京求情，盖为上寿之引线也。夫东京上寿，必用桂姐引者，所以点明桂姐一段公案也。何则？盖桂姐，西门、月娘之干女儿也。作者本意写一趋炎认女之桂姐，盖特特为趋炎认子之人写照也。趋炎认子，西门之于蔡京，固此类也。以类引类必用桂姐，而为女为子之间，亦大可耻矣。况乎王三官，又西门后日之假子也。以三官之假子，配桂姐之干女又假兄妹干手足也。乃假子终奸干父之干女，而不知悔；干父且奸干子之亲娘而不知非。身以淫娼浪子为假子女而不羞，己且辱身败行，又假子于人，而恐不得。其狗彘之行，臭味本自相投。故此回必写桂姐，为下文东京假子之引，而上文必写桂姐之趋炎认女也。

上一回写瓶儿试药，为后文病源。此文又能于百忙中金莲品玉内写一打猫，为官哥死案。文字精细之针线如此。

写一薛姑子，见得雪月落于空寂，而又一片冷局才动头也。

第五十二回 应伯爵山洞戏春娇
潘金莲花园调爱婿

篇首又找金莲"后庭花"一事，特特与王六儿一扭同心，见二人同恶共济，以结此梵僧药之案，为后文同时死西门之地也。

桂姐自丁二官之后，西门久已疏淡，乃近复渐渐热落者，干女之故。则月娘不能相夫远色亲贤，甘于自引匪类入室，其罪何如！而西门为色所迷，明明看破虚假，却不能跳出圈套，故用伯爵之戏，以点醒西门之心也。

伯爵数回说明桂姐之于三官，而西门乃即有山洞之淫，是其愚而不断，且自喜梵僧之药，欲卖弄精神，亦非有意于桂姐也。夫人之精神，值得几番卖弄哉！故沿至后文惊爱月等事，皆一层层写入死地也。

为结文幻化写一孝哥，为孝哥写一薛姑子，用笔深细，固不必说。至于为一壬子，却写一庚戌日，为一庚戌日，却写一官哥剃头，又先写一西门修养，后又赔写一廿四日。总之文字不肯直直便出，使人看出也。

西门吃梵僧药而死其身，月娘服薛姑子药而亡其嗣，两两相对，真正一对愚人。

上回品玉写一猫，此回又写一猫。上文犹是点明雪贼，此回却明明写猫惊官哥，盖为后文作引，一伏金莲之深心，一见瓶儿之不能防微杜渐也。

金莲之于敬济，自见娇娘后，而元夜一戏，得金莲一戏，罚唱一戏，至此斗叶子一戏，乃于买汗巾串入花园之戏，方讨结煞。一见西门之疏，一见二人之渐，而处处写月娘，又深罪月娘也。

王婆于金莲袖内掏出汗巾，为西门作合。今敬济亦以汗巾作合，一丝不爽。

第五十三回 潘金莲惊散幽欢
吴月娘拜求子息

至此回，方写金莲、敬济二人得手，而得手却在卷棚内，且惊散之后，又用西门摸着。总写西门之疏略，而又描金莲之惊魂也。

月娘求子，盖正对"扫雪"一回也。夫雪夜求子，明是怨愤，而借求子作勾挑之计，所以牢宠其夫。此回求子，方是真正求子也。然总与西门无相关涉，写尽继室之假，而观后"撒泼"一回，则求子又明是挟制之媒。

写孝哥来历，却详细如此。一者见名分之正，不似瓶儿，二者欲为幻化地，不得不为薛姑子药地。

扫雪烹茶，由寒而渐暖也。因雪结胎，由热而归于冷也。且雪胎能无幻化乎？

孝哥胎而官哥病，结果之人出，而冤孽之人该算账矣。又官哥，子虚转世也。孝哥，西门转世也。本性一回头，冤孽已不住。然则暗中棒喝，明明示人，又此书之本意也。

写王姑子念经者，又为月娘，薛姑子一映，见月娘误于雪而空，瓶儿迷于色而忘也。

第五十四回 应伯爵隔花戏金钏
　　　　　　任医官垂帐诊瓶儿

　　此回俱是下文引子。盖伯爵戏金训，明言遗簪坠珥，俱是相思隔花金串，行当入他人之手，是瓶儿未死，已先为金梅散去一影。然瓶儿一死，亦未尝不有"隔花人远天涯近"意，是此一回既影瓶儿死，复遥影莲摧梅谢。若任医官，又为官哥作衬。见官哥不死，瓶儿尚可医。官哥死而瓶儿必死，子虚之灵不爽矣。

　　写王姑子处修经，一缴玉皇庙，一起永福寺，一衬西门、月娘、瓶儿之愚也。

　　花园中一令，明说西门豪华不久，如世所云风花雪月者也。而诸笑谈，又明说西门之得以肆其恶者，以有钱耳。总为财字一哭也。

　　写敬济、金莲一惊，盖为二人留地步也。夫不惊走，势必常寻闲空，而心胆一放，墙壁难瞒，敬济不能居于西门家矣。故用一惊顿住，留至西门一死，即接写售色东床，又不费手，又有地步也。且因此可悟私琴童一回之文矣。欲为金莲私婿不露马脚于西门生时，必先写私仆露马脚于金莲一来时，见金莲惩此一辱，便不敢十分放胆。必俟西门死，月娘烧香去，方败露尽情也。故写琴童特为敬济地耳。盖当日想时，不写敬济、金莲得手于西门在日，不足以形其奸。乃写其得手，而雪娥、娇儿在侧虎视，何以不败露？一败露，而敬济能不作琴童之续乎？故用先写一琴童，以厌足娇儿、雪娥之心，以暗惊金莲之胆。又写一理星，以迷西门之魄。又写一蕙莲，死以灭雪娥之口，一春梅骂李铭以杜

《红楼梦》与《金瓶梅》之关系

娇儿之谗。又写一月娘，随处开端托大，然后敬济、金莲得终西门之身而不败。夫敬济不败，方可至西门死后细细抽笔，单单写之也。文字用地步如此，人乌知之！

又韩金钏，韩者，寒也，已是冷信特特透露，接写至爱月，乃岁晚寒深，温气全无矣，是又不可不知。

第五十五回 西门庆两番庆寿旦 苗员外一语送歌童

此回方正写太师之恶与趋奉之耻，为世人一哭也。写桂姐假女之事方完，而西门假子之事乃出，递映丑绝。吾不知作者有何深恶于太师之假子，而作此以丑其人，下同娼妓之流也。文笔亦太刻矣。

于见太师时夹写一苗员外，一时便写为假子者，千百不止也。总是丑诋之词，必云扬州苗员外，所以刺西门之心也。

赠歌童者，所重在春鸿、春燕四字也。言你正在胜时，岂知春去秋来，又有别人家一番豪华。旧日韶光易老，甚勿昧昧，及早回头，犹恐不及也。乃西门不悟，必至死而方休，为后人之所深悲，比比然也，又不特西门一人而已。

写富贵必写至相府之富贵，方使西门等员外家，市井之气不言而出。

送鸿迎燕，必接写在"隔花"一戏之后，正见上回，为透露冷字消息，此乃用"送鸿迎燕"四字以点其睛，示炎热有限，繁华不久也。

第五十六回 西门庆捐金助朋友
常峙节得钞傲妻儿

　　此回是"财"字一篇小结束。盖梵僧药以后，乃极力写色的利害，此又写财的利害，为"酒肉朋友""柴米夫妻"八字同声一哭也。

　　西门捐金，人言彼不得朋友之报，不知其盗子虚之物为捐金之费，比盗贼得平人财物而施人者，更加一等罪恶。盖我既盗朋友之财，何责朋友之负我哉！

　　二目已做完，又接叙水秀才一段。盖水乃冷物，今欲写西门氏冷落于七十九回后，而不露冷信于前数十回之前，不特无以劝惩，亦何以为之文字哉！然即写一水秀才来，则正炎热时，何以入此冷姓？而水秀才一来，文字亦必冷尽矣。故先提明水秀才，乃闲闲说出，又轻轻抹去，重复写一"温"字出来，言此时冷虽未冷，热已不热，惟此尸居馀气，以旦夕待死耳。故隔花一戏，借韩金钏透出"寒"字，又借春鸿留，春燕死，透出春去秋深。此又以水、温二秀才言不热之，渐将冷之，几层层文字，固自做开卷"冷、热"二字，非真个有西门氏请代笔先生也。至后温秀才去，而聂两湖代写轴文，已隐一冷水于内。故带水战，冷已极矣。而西门死，伯爵祭文，方用水秀才，水字为冷，岂不益信！

第五十七回　闻缘簿千金喜舍
　　　　　　　戏雕栏一笑回嗔

　　此回单为永福寺作地。何则？永福寺，金、瓶、梅归根之所，不写为守备香火，则金莲亦不能葬此，春梅亦不来此。使止写守备香火，而西门无因，不几无因，而果顾客失主乎？故用千金喜舍，总为后文众人俱归于此也。

　　如瓶儿死于梵僧药而药，由永福寺。金莲、敬济葬于寺中，春梅逢月娘于寺内。而玉楼又因永福寺见李衙内，是众人齐归于此，实同散于此也。安得不特特写一重修之千金，出于西门氏乎！

　　接写二尼印经，相映成趣，见不反本笃实，重伦好礼，虽千金之施，何益身命？只足为败亡之因。且岂但千金无益，即再舍些，亦不过如此而已，点醒世人无限。一笑回嗔，盖顺笔照管金莲、敬济初得乎情事，又点明不能放胆，以为西门死后地步也。文字点染之妙如此。

　　写金莲、敬济情事，即于永福寺化缘之后，见金莲不知死也。

第五十八回　潘金莲打狗伤人　孟玉楼周贫磨镜

此回将雪娥一点者，何也？盖永福寺已修整，众人将去，而群芳凋，必寒信先至。故雪娥一夜西风，而莲李杏梅皆有寒色矣。

林太太因月儿之荐也。故才写月儿，必云在招宣府中供唱来。

写爱月儿不言语者，见月儿适才受辱，全已归恨桂姐，故后日思所以陷桂姐者，不一而足也。文心深细如此。

打狗伤人，其恶故云妒瓶儿矣，乃并伤及其母。宜乎其死比瓶儿更惨也。至于磨镜，非玉楼之文，乃特特使一老年无依之人说其子之不孝，说其为父母之有愁莫诉处，直刺金莲之心，以为不孝者警也。我固云作者以玉楼衬金莲，至此益信。看其拿姥姥送来小米与磨镜者，其于姥姥之年老心酸肉痛无复依倚者，能不刺人心怀乎？甚矣！金莲之可杀，而凡不孝如金莲者，又皆可杀也。

必云磨镜者，盖欲金莲磨其恶念以存本心。而镜者，又以此镜彼，欲其以磨镜之老人，而回鉴其母之苦情如一体而不异也。惊闺叶底，不一思量，尚能容于天地间乎？武二哥之刃，磨砺以须者久矣。

玉楼，此书借以作结之人也。周贫磨镜，所以劝孝也。以此点醒"孝"字之意，以便结入幻化之孝也。千里结穴，谁其知之？

观磨镜文字，作者必有风水深悲，自为苦孝之人，而作此一回苦语，直结入一百回，孝哥幻化，总是此生此世，不能一伸其志于亲，为无可奈何之血泪也。

第五十九回　西门庆露阳惊爱月
　　　　　　　李瓶儿睹物哭官哥

夫官哥死，而瓶儿死，瓶儿死而西门亦死，故访爱月见西门之岁月有限也。月娘生于八月十五日，过十五则缺矣。今爱月姓郑，犹云正爱好月，又早过十五日也。豪华易老，日月如流，歌舞场中，不堪回首，奈何，奈何！

上文一路写官哥小胆，写猫，至此方一笔结出官哥之死，固是十二分精细。乃于官哥临死时，写梦子虚云"你如何盗我财物与西门庆，我如今告你去也"二句，明是子虚转化官哥，以为瓶儿孽死之由，以与西门索债之地。二句道尽，遂使推唤猫上墙，打狗关门，早为今日打狗伤人，猫惊官哥之因，一丝不差。甚矣！作者之笔真有疏而不漏之至理存乎其中，殆夺天工之巧者乎！然后知其以前瓶儿打狗唤猫，后金莲打狗养猫，特特照应，使看者知官哥即子虚之化身也。

千金之舍，为官哥也。玉皇庙之谶，为官哥也。王姑子家之经，为官哥也。贲四所印岳庙所舍之经，为官哥也。子虚之账，已勾销一半，至于瓶儿之死，为官哥也。然则瓶儿死后之费，亦在官哥账上算，实在子虚账上算也。墙头之物，能存几何哉！至苗青之物，以王六儿处来，即以韩道国去，且加两倍之利。玉楼之物，得之杨家，失于李氏，屈指算去不差一丝，人亦何乐而贪人之财也哉！其如不省何！

何以知官哥为子虚化身也？观梦子虚云："如今我告你去也。"夫子虚已死数年，而何以不告，且必云"如今我告你去"？

"如今"二字，见以先我已来讨债。作孽至如今，债已将完，孽已将成，止用一告，便来捉淫妇奸夫也。明明在此，而自有《金瓶》以来，能看而悟其意者谁子？今日彼我抉其隐而发之也。

第六十回　李瓶儿病缠死孽
　　　　　　西门庆官作生涯

　　此回小小一篇文字，见色欲有悲伤之时，钱财无止足之处，为世人涕泪相告也。

　　瓶儿之病因官哥，本因子虚。乃官哥未死，子虚不来，是官哥即子虚。官哥既死，子虚频来，是子虚即官哥，而必写官哥在子虚怀中者，正子虚所以缠瓶儿之处，而瓶儿缠孽之因也。或人必执官哥在子虚怀中，疑为子虚乎？彼乌知着相受迷之故，而自己先着相受迷也。

　　官作生涯，见西门一片市井，全不改悔也。又为临死算本之时，预开账簿也。

　　此回文字开首将题面两事轻轻叙完，下文接以一酒令，总括金、瓶、梅三人，并玉楼，并爱姐、月娘，已为后文一番结束。上映吴神仙以及卜龟等文字也。且更以二《清江引》为月儿作衬。而第一个又为金莲、敬济一引，"赶他去别处飞"，又为春梅地也。故此回是过节，文中却插入关锁，文字神妙之至。

第六十一回　西门庆乘醉烧阴户
　　　　　　　李瓶儿带病宴重阳

　　夫下一回瓶儿方死，此回宴重阳，乃不起之信也。然先陪写一烧阴户，且夹写一金莲之淫，是未写瓶儿之死机，先已写西门之死机也。何则？西门死时，自王六儿家来，以及潘六儿继之方死。今自王六儿家来，潘六儿继之，已明明前后对照，岂非死机已伏？故于伏西门死机之时，即夹写春梅发动之机。盖春梅别茂，而西门已冷落于夕阳衰草矣。何以见春梅发动之机？曰以申二姐见之。盖春梅、固庞二姐也。二姐者，二为少阴，六为老阴，明对六儿而名之也。然郁二姐者，郁结其气于莲开之时也。今西门冷落已来，瓶馨花残，其久郁之二姐，已将伸其志矣。故用入申二姐后文骂之，正所以一吐从前之郁。夫至春梅之气尽吐，将又别换一番韶华，而去日之春光，能不尽付东流乎？故西门亦随之而死，莲、杏亦因之而散也。然插此意于瓶儿未死之先，真是龙门再世。

　　欲写瓶儿之病，不能畅其笔意，则用写医至再三，其讲病源，论药方，一时匆匆景象，则瓶儿之病不言而自见，若人俗手，一篇如何病重，的的剥剥，到底写不出也。

　　写算命起数，固见忙追光景，又为冰鉴、卜龟作照也。

　　瓶儿本是花瓶，只为西门是生药铺中人，遂成药瓶，而因之竹山亦以药投之。今又聚胡、赵、何、任诸人之药入内。宜乎丧身黄土，不能与诸花作缘也。故以诸医人相乱成趣。

第六十二回 潘道士法遣黄巾士
西门庆大哭李瓶儿

此回文字，最是难写。题虽两句，却是一串的事。故此回乃是一笔写去，内却前前后后穿针递线，一丝不苟，真是龙门一手出来，不敢曰又一龙门也。

如写瓶儿，写西门，写伯爵，写潘道士，写吴银儿、王姑子、写冯妈妈，写如意儿，写花子由，其一时或闲笔插入，或忙笔正写，或关切或不关切，疏略浅深，一时皆见。至于瓶儿遗嘱，又是王姑子、如意、迎春、绣春、老冯、月娘、西门、娇儿、玉楼、金莲、雪娥，不漏一人，而浅深恩怨皆出。其诸人之亲疏厚薄浅深，感触心事，又一笔不苟，层层描出。文至此，亦可云至矣。看他偏有馀力，又接手写其死后"西门大哭"一篇。且偏更于其本命灯绝后，预先写其一番哭泣，不特瓶儿、西门哭，直写至西门与月娘哭，岂不大奇？至其一死，独写西门一人大哭，真声泪俱出。又写月娘之哭，又写众人之哭，又接写西门之再哭，又接写月娘之不哭，又接写西门前厅哭，又写哭了又哭。然后将"鸡就叫了"一句顿住，便使一时半夜人死喧闹，以及各人言语心事，并各人所做之事，一毫不差，历历如真有其事。即真事令一人提笔记之，亦不能全者，乃又曲曲折折，拉拉杂杂，无不写之。我已为至矣尽矣，其才亦应少竭矣，乃偏又接写请徐先生，报花子由，报诸亲，又写黑书，又写取布搭棚，请画师，且夹写玳安哭，又夹写西门再哭，月娘恼，玉楼疏，金莲畅快。及接写伯爵做梦，咂嘴跌脚，再接写西门哭，伯爵劝，一篇文字方完。我亦并不知作者是神工，是鬼斧，但见其三段中，如千人万马却一步不乱。读此一回，谓世间有一史公生在汉世，吾不信也。

西门是痛，月娘是假，玉楼是淡，金莲是快。故西门之言，月娘便恼；西门之哭，玉楼不见；金莲之言，西门发怒也。情事如画。

伯爵梦簪折，西门亦梦簪折，盖言瓶坠也。点题之妙，如此生动，谁能如此？

第六十三回　韩画士传真作遗爱
　　　　　　西门庆观戏动深悲

　　这篇文字，特特为丑西门无耻与一班无耻逐臭者，然却又是一篇一气承上启下的文字。

　　传真、观戏、特特相对，盖为一百回地也。夫人死而曰真，假中之真、何以谓之真，乃必传之？瓶儿之生，何莫非戏？乃于戏中动悲，其痴情缠绵，即至再世，犹必沉沦欲海，故必幻化，方可了此一段淫邪公案也。

　　写月娘叫敬济来家吃饭，虽闲闲一语，却写尽敬济在西门家，无人防微杜渐，日深其奸，与众妇女熟滑，而虽有金莲之私，无一人疑而指之也。看文当于闲处，信然，信然！

　　篇内几段文字：自首至吃饭收家伙，是一段上回馀文也。来保请画师来，至小童拿插屏出门，是一段正文。乔大户看木头，至合家大小哭了一场，是一段小殓文字。自来兴买冥衣等件，至打银爵，是设灵一段。自与伯爵定丧礼，至各遵守去讫，是派人一段。自皇庄内相送竹木，至七间榜棚，是搭棚一段。请报恩寺僧是念经，每日两个茶酒是开丧，自为两小段。自花大舅去，至春鸿两个服侍，是下半日一段。自天明梳洗，至第二日清晨，为一段。夏提刑来是一段。吴银儿是一段。到三日念经一段。吊孝一段。大殓一段。题主一段。众人上纸一段。插入桂姐，首七和尚念经一段。插入吴道官送影来一段。午间众人上祭一段。过入观戏之脉，胡府尹上祭一段。郑月儿一段。晚夕众人伴宿，正说观戏至末是一段，虽插三妓，然总是一段文字也。试看他于瓶儿一七曲曲写来，无事不备，无人不来，总为西门一死，详略之间，特特作照。此回犹是第一热闹文字，不是冷局也。

观戏写春梅出色，写西门是正意，写金莲是畅意。写春梅盖为玉箫模神，非如别回写春梅；写金莲盖为如意露线，非如别回写金莲也。

戏中乃因寄丹青而悲。然而一线穿却，言其真如戏也。

必用《玉箫女两世姻缘记》，明言玉箫之所以有此人，特为春梅而设也。何则？开卷出春梅，则以玉箫为大丫头而出之。至前出春梅，必云一玉箫，一春梅，后文护短撒泼，必云玉箫过舌。然则吹放江梅者，玉箫也。吹散江梅者，亦玉箫也。至于书童，瓶儿生子始来，瓶儿一死即去，始终乎瓶儿者，非书童之始终乎瓶儿，乃玉箫合书童而始终乎瓶儿也。盖言箫与书合，为箫疏之风。瓶坠簪折，花事零落，东风恩怨，总不分明。故此回写西门悲，而下回即云"私挂一帆风"。

篇内写花子由夫妻重孝，直是没理到极处，却是遥照武松。至于子由叫姐夫，更奇。

先写银儿，再写桂儿，再写月儿，此处将三人一总。

瓶儿，妾也，一路写其奢侈之法，全无月娘，写尽市井无礼之态。

玉箫、小玉，皆月娘婢也。而月娘皆不能防闲，令其有私，月娘之为人可知，作者之罪月娘亦可知。

上祭者，吴大舅、刘学官、花千户、段亲家，相连成文，言如此行丧礼，目无月娘也，留与人学说谈论也，花费了西门庆也，断绝了以前所攀之亲家也。闲笔成趣。《玉箫记》，却用小玉推玉箫，一笔作两笔用，总罪月娘也。

看戏，既写众男客，又写众女客，总为西门死作衬，总是闹热，不是冷淡，又与生子后上坟文中遥对。

第六十四回　玉箫跪受三章约
　　　　　　　书童私挂一帆风

　　人知春梅为四女乐中第一人，不知作者已先极力描写一玉箫也。盖瓶者，养花之物，而箫者，歌舞之器，悲欢皆可寄情于中。故生子加官，必写玉箫失壶，而私书童于此起，盖藏淫泆之调于箫中欢也。

　　瓶儿一死，即使奸情败露，书童远去，是藏离别之调于箫中悲也。此是作者特以箫声之悲欢离合，写银瓶之存亡，为一部大关目处也。

　　玉箫必随月娘，是作者特诛月娘闺范不严，无端透露春消息，以致有金莲、敬济、雪娥等事，故以玉箫安放月娘房中，深罪月娘也。

　　"三章约"者，了［乃］作者自言此后半部，皆散场之词，所为离歌三叠而烟水茫茫云者，正渭城之景也。夫极力写金、瓶、梅三人，今死其一矣，已后自然一一散去，不再出一笔写其合聚来也。故此处以玉箫，"三章约"一点明之。

　　瓶儿死而书童去，春鸿去而春梅别，两两相映。盖送归鸿而为梅开之候，瓶儿坠而琴书冷矣。故瓶儿与书童一时并宠，而藏壶必用琴童也。

　　玉箫入金莲手中，虽为梅开之兆，然试以金莲所品之名思之，又月娘之所必争者也。故后文撒泼，以玉箫话起。

　　月下吹箫，玉楼人悄，莲漏频催，春梅映雪。一瓶春酒已馨，此时此际，琴书在侧，不忍作送鸿迎燕之句，真大难为情，故用作书以消遣也。此又作者之心。

篇内接叙二太监讲朝政，盖为下文引见朝房地也。

第六十五回　愿同穴一时丧礼盛
　　　　　　守孤灵半夜口脂香

　　瓶儿死于九月十七，西门庆于正月廿一，屈指才三个月，子虚亦灵矣。后文看其明明一日日叙去，便又有如许文字，而又止是三月中的事，一丝不紊。

　　此回自二七做起，乃是吴道官念经，一结玉皇庙。

　　此回插孟锐，总是忙忙写分散之局，故早伏后线也。

　　黄宋为市井小人之妾上纸，其卑污不必言矣。然夹写请黄太尉，盖为后文引见而言也。夫引见朝房，又为一百回逃难避兵而言也。总是匆匆欲结，又不能匆匆即结。文字有一定起结如此，而不尽尔也。瓶儿死，春梅未即出头，固应写金莲结果。今看他不写金莲结果，先找足金莲出身。夫金莲出身者，王招宣府中婢也。欲恶招宣必恶其妻子。使其子若贤，必能化其母，然使其媳若贤，亦必能劝其子。今欲写招宣之妻子不贤，而不先写其媳之父亦属权奸，则招宣之妻子固应为金莲受报，而其媳又何辜受招宣妻子之累哉？故必先写六黄太尉误国殃民如此，言其女应如此报，而不受污西门，亦天幸耳。作者恶金莲并及其出身固矣，及并及其出身处之人之媳，则恶金莲为何如哉！

　　丧礼胜，看他先写破土，又写请地邻，乃写十一月辞灵，又写发引。至于发引，看他写看家者，写摆对者，写照管社火者，写收祭者，写送殡者，写车马，写轿，写起棺，写摔盆，写社火，写看者，写悬真，写出头，写在坟前等者，写点主，写回灵，写安灵，许多益曲折折，总为西门一死对照。然却一语过到守灵，不知不觉，真神化之笔也。

如意儿者，如意原为插瓶之物，今瓶坠而如意存，故必特笔写之，写如意所以写已死之瓶儿也。况瓶儿已死，即西门意中人，而奶子如之，所为如意儿也。总之为金莲作对，以便写其妒宠争妍之态也。故蕙莲在先，如意儿在后，总随瓶儿与之抗衡，以写金莲之妒也。

如耍狮子必抛一毬，射箭必立一的，欲写金莲而不写一与之争宠之人，将何以写金莲？故蕙莲、瓶儿、如意，皆欲写金莲之毬、之的也。

第六十六回 翟管家寄书致赙
黄真人发牒荐亡

　　此回写瓶儿一梦也。乃胡知府、周守备、荆都监以下武官，李知县以下文官，又宋御史、黄主事、安郎中、翟管家，色色皆来，特与西门一死相映。夫瓶儿与西门之死，不阅三月，而冷暖如此，写得世情活现。

　　写黄真人者，盖深恶金莲也。写恶如瓶儿，犹可忏悔，非如金莲之不能超脱也。

　　翟谦寄书云杨提督卒于狱，盖结西门之豪华也。何则？西门之通蔡京，以陈洪与杨家亲也。今杨提督死，而西门无所事恃矣。况杨提督被劾，而瓶儿别嫁，今瓶儿死，而杨提督亦死，又是一大章法。

　　上回既出力写瓶儿一死，使此回即接手写别事，不特情事突然，而上文亦俱属写之无益。何则？盖瓶儿之死非一朝一夕可以结过不提之人、之事、之文字也。然则此回如何重新复做瓶儿之死，看他用某人祭、某人吊，并黄真人如何发牒，如何作法事，总是一篇敷衍文字。故不嫌层层描写也。

第六十七回　西门庆书房赏雪
　　　　　　　李瓶儿梦诉幽情

　　月娘扫雪，至此又写赏雪。夫前雪为春前之雪，一层层热了来。此回为腊底之雪，一层层冷了去也。因写诸花，固用雪为起结。

　　瓶儿初来，月娘扫雪；瓶儿一死，西门赏雪，特特相映。忽插爱月，又为"踏雪访"相映也。夫爱月必踏雪访，盖言冷将至也。雪月下无他花，惟待春梅矣。

　　接言黄四，盖为后爱月家楔子也。爱月儿，又为王招宣林氏楔子也。林氏，又为金莲故也。总是金莲一人文字。

　　篇内借行酒令，明明点出扫雪前文。观伯爵云"头里小雪，后来大雪"可见。

　　此回瓶儿之梦，非结瓶儿，盖预报西门之死也。至何家托梦，方结瓶儿。

　　篇内写金莲戴金赤虎分心，盖特为瓶儿初来一照。而"情感"一回后接云"打金满地娇九凤甸儿"，盖已为此回瓶儿梦中初醒之金莲作地。其笔力之强健为何如？

　　伯爵生儿，特刺西门之心，又为孝哥作映也。

　　叙孟二舅，人知伏脉，接叙敬济陪坐，乃所以伏脉也，人乌知之？至于问孟锐年纪，却是为玉楼点睛。人又乌得知之。盖言玉楼正当时，而非将残之杏，为嫁衙内作地也。

　　篇末将玉皇庙，报恩寺、永福寺一总。夫玉皇庙，皆起手处也。永福寺，皆结果处也。至报恩寺，乃武大、子虚、瓶儿念经之所，故于此一结之，是故报恩者，孝字也。惟孝可以化孽，故诸人烧灵，必用报恩寺，而结以孝哥幻化，然则报恩寺，又是玉楼、孝哥二人发源结果之所也。

第六十八回　应伯爵戏衔玉臂
　　　　　　　玳安儿密访蜂媒

　　此回特写爱月,却特与桂姐相映,见此时有月无花,一片寒冷天气也。始郑鸨出迎,何异李鸨。爱香出迎,何异李桂卿,伯爵帮衬,不减昔日李家之伯爵。此日之架儿,犹是昔日之踢行头者。盖写一月姐,又特特与桂姐相犯也。

　　桂姐后有瓶儿之约,月姐后有林氏之欢,又遥遥相映。

　　王姑子与薛姑子一嚷,则上文印经、遗嘱、念经,月娘与金莲前后吃符药,一总结住。下抽笔单写金莲,为壬子日相争之线也。然则二尼,又起衅之由欤!

　　前后回内,凡写黄、安诸人来拜,必用西门赴席时夹写。盖诸人来拜,无非衬西门之热,即几回央烦摆酒,亦无非衬西门之趋奉,非意在诸人也。意不在之人,而必写之,见用为衬叠花样之人,故不妨夹写,然必夹写,乃能衬出也。

　　桂姐文中,踢行头何等热闹。架儿等人,此回却用一喝即散,盖月儿此回过线,下文即拿聂越儿等人也。月儿与银姐合伙,而伯爵一戏,即用葵轩数语点明一部内写诸娼妓之故。盖辱西门庆、月娘与娼妓、鸨儿、忘八,皆声应乞求也。

　　伯爵戏衔玉臂,与出洞一戏,遥遥相映,却自是两样心事。桂姐愈见其疏,月儿愈见其密也。

　　桂姐家必着丫头看西门出院,恐往吴银儿家去。月儿亦必叫郑春送西门到家,两两遥对,盖信此文与桂姐相犯,盖月姐亦恐到银姐儿家也。

《红楼梦》与《金瓶梅》之关系

桂姐为月娘之女,月下桂也。今月儿夺桂儿之宠,引林氏之媒,明言桂已飘零,月非秋月,盖雪后之明蟾,独照空林,大是凄切之情。

玳安儿,蝶使也。于蝴蝶巷一映出,于此处访蜂媒,又一映出也。

第六十九回 招宣府初调林太太
　　　　　　丽春院惊走王三官

　　此回特与金莲出身处说报应，则西门之因果不问可知矣。

　　夫李桂儿，西门之表子也，乃王三官私之，其气固不必言。今忽得一人指引，即无林氏，已有差人拿访之势，况乎林氏嘱之，为一举而两得乎？此西门一生快意事也。夫快意至此，其为愿已足，宜乎死期迫之矣。末找伯爵，又为十弟兄一描。

　　林太太之败坏家风，乃一入门一对联写出之，真是一针见血之笔。

　　月儿宠而李桂姐疏，又遥与瓶儿、金莲相映。

　　林氏以告引诱三官之人为由，以通西门，然则三官卖了母，林氏又卖了子也。西门之假子，自应此等人做。

　　西门通林氏，使不先压倒王三官，则必不能再调，且必不能林氏请过去，西门请过来。今看他只向林氏借话，便一过入王三官求情，则三官不折自倒，而一任林氏与西门停眠整宿矣。齐家必先修身，信然！

　　末写与桂姐疏淡，却是月儿告西门引入林氏之本意，西门在其局中矣。

第七十回　老太监引酌朝房
　　　　　　二提刑庭参太尉

　　甚矣！夫作书者必大不得于时势，方作寓言以垂世。今止言一家，不及天下国家，何以见怨之深；而不能忘哉！故此回历叙运艮峰之赏无谓，诸奸臣之贪位慕禄，以一发胸中之恨也。

　　又入何太监。何永寿，见何者不可苟延岁月，而必以财色速之也。夏延龄、何永寿，又特为西门下针砭也。夏延龄，实始终金莲者也。盖言莲茂于夏；而龙溪有水，可以栽莲。今夏已去而河空流，虽故趾犹存，韶光不是，眼见芳菲全歇，惟残枝败叶；摇漾秋风，支持霜雪耳。故贲四嫂必姓叶，而带水以战情郎。且东京一回之后，惟"踏雪访月"而叶落空林，景物萧条，是又有贲四嫂、林太太等事也。此处于瓶儿新死，即写夏大人之去，言金莲之不久也。用笔如此，早瞒过千古看官。我今日观之，乃知是一部"群芳谱"之寓言耳。

　　接连二本，又与曾御史，与蔡京本相映。

　　太监引酌，又几乎排挤翟管家矣，看其用笔处自见。此回写一太尉，夹叙众官，只觉金貂满纸，却不一犯手重复，又止觉满纸奸险，不堪入目之态，宋末固应如此。写出太尉独谢何永寿之礼，则太监之势可知，则西门附太监之荣又可知。总是以客形主也。

　　写西门自加官至此，深浅皆见，又热闹已极。盖市井至此，其福已不足当之矣。

　　此回写诸官员，真有花团锦簇之妙。

第七十一回　李瓶儿何家托梦　提刑官引奏朝仪

此回托梦，方结住瓶儿。下回虽时复照应瓶儿，乃是点染，非真结也。此回瓶儿已结，看其写袁指挥家便见。

篇末写风。夫前酒令内写风花雪月，但上半部写花，写月，写雪，并未写风。今一写风而故园零落矣。故特特写风，非寻常泛写也。然而此书亦绝无一笔泛写之笔。

此书以玉皇庙、永福寺作起结，而以报恩寺作关目。今忽写相国寺、黄龙寺，盖为前后诸寺作点睛也。

写何太监送飞鱼袋，真是末世无礼之极。

写朝散，只用十二象不牵而自走，便将朝散写得活现，真是一笔胜人千万笔。

上文参太尉，此回引奏一篇冠冕文字，偏又夹入瓶儿托梦，王经解馋，真是矫健不由人意料处。

上回已极力写太尉，此回若再写朝罢复参，便嚼蜡矣，故止用"知印拿印牌来"一照，便生动之极，且随手收拾，止用"又过一夕"，"又挂了号，又辞了翟管家"，使上二回无数文字，三"又"字一齐收拾干净。真是史中妙品。

朝见必用拜冬，又映瓶儿十月死期，又出改重和元年，映西门明年正月死期也。

又重和元年，直照开讲"政和年间"四字，是一部书大照应、大起结处。盖政和叙起"热"字，重和接写"冷"字，一百回大书，固应有许多对峙关键也。

《红楼梦》与《金瓶梅》之关系

又春梅，下半部书之枢纽也。故必写拜冬，一阳生而梅花之消息动矣。故下文即频以玉箫吹之也。

自前回至此回，写太尉，写众官，写太监，写朝房，写朝仪，至篇末，忽一笔折入斜阳古道，野寺荒碑，转盼有兴衰之感，真令人悲凉不堪，眼泪盈把。然黄龙寺又寓言起风之源。言西门精髓将枯，肾水已竭，不能生此肝水，血不聚而风生黄龙之府，四肢百骸，将枯朽不起矣。故下文西门死，必云相火烧身变出风来，盖为此也。泛泛观之，乌知其寓意之妙！然则，相国寺又相火之寓名欤？僧名智云可见。

写设朝是一番笔意，散朝是一番笔意，总非小字辈所能梦见。

永福寺，众人托生，乃于此处先轻轻提出一袁指挥，真是云外神龙忽露一爪，令人不可拟议其妙。

第七十二回 潘金莲殴打如意儿
       王三官义拜西门庆

夫金莲之妒瓶儿，以其有子也。今殴打如意，亦是恐其有子，又为瓶儿之续。是作者特为瓶儿馀波，亦如山洞内蕙莲之鞋也。

上文写如许谄媚之奸臣，此回接写金莲吃溺，真是骂尽世人。王三官嫖桂姐，与西门争衡之人也。乃一旦拜为干父，犹贴其母，则西门之畅意为何如？夫天道畅发于夏，即有秋来，况人事哉！此西门将死之兆也。

西门拜太师干子，王三官又拜西门干子，势利之于人宁有尽止？写千古英雄同声一哭，不为此一班市井小人哭也，其意可想。

百忙里即收转李铭者，为后娇儿拐财作地。

写月娘严紧门户，反衬西门死后疏略，真是不堪，元礼之至。

处处以玉楼衬金莲之妒，固矣，然处处必描玉楼"慢慢地走来"，"花枝般摇战的走来"，或"低了头不言语"，"低了头弄裙带"，真是写尽玉楼矣。

写西门告月娘露机，为翟管家埋怨，却用月娘几语，一衬西门疏略，一衬月娘有心也。

写伯爵，必用十二分笔，描其生动，处处皆然，又不待此回之鹊叫也。

写安忱来拜，处处在西门饮酒赴约之时。盖屡屡点醒其花酒

《红楼梦》与《金瓶梅》之关系

丛中，安忱无忧，不知死之将至，正是作者所以用安忱一人入此书之本意也，故安郎中乃念经时之木鱼，必随时敲之，方是用他得着也。

上回月娘扫雪时，诸人已全合拢，却用玉楼上寿一总，观其酒令便知。此回安忱送梅花来，春梅将吐气，诸人将散，又用玉楼生日一总，信乎玉楼为作者寓意之人。盖高踞百尺楼头，以骂世人，然而玉楼生日，特接下一回畅写之，盖为清明之杏，特特出落而作嫁李公子地也。

四盆花：红白梅花，为弄一得双之春梅作照；茉莉者，不利也；莘荑者，新姨也，盖不利金莲也。

写王三官丑绝，总是为假子骂尽也。

第七十三回　潘金莲不愤忆吹箫　西门庆新试白绫带

夫吹箫之忆，直追至内室乞恩时，故金莲不愤也。

玉楼生日，自扫雪后一写，至此又一写，盖言去年花开颜色改，今年花开复谁在也。又是前后章法。

新试白绫带，已为后文一死作地。而不愤忆吹箫之后，金莲复来，盖又为撒泼一回作引。总之，自瓶儿死后，至此后撒泼，总写金莲之肆志得意以取辱也。

玉箫留果子，盖为下文过舌地也。

此回方将写玉箫一人之意说出，盖书童附瓶儿而私玉箫。然则玉箫又银瓶之对，且玉箫为西门传递消息之人，今加一"忆"字，则水流花谢，天上人间，已有无穷之感，已将上文无数用玉箫处一结。下文即用玉箫，皆吹落梅花，吹散残春，非复如上文之吹开消息，故用一"忆吹箫"。

看者只知复点瓶儿，不知却是结束玉箫。不然，玉箫乃特特用笔写出之人，与春梅同例齐等，不一结束，岂成笔墨。有此一结，后文便可轻轻收拾于翟管家宅内去，不嫌简略。不然，后文写春梅好，还是收拾玉箫好？此文字苦心处，无如人尽埋没他也。

以上凡写金莲淫处，与其轻贱之态处已极，不为作者偏能描魂捉影，又在此一回内，写其十二分淫，一百二十分轻贱。真是神工鬼斧，真令人不能终卷再看也。

如"把手遮在脸上这点儿那点儿羞他"，又"慌的走不迭"，又"藏在影壁后黑影里悄悄听觑",又"点着头儿",又云"这个我不敢许",真是淫态可掬,令人不耐看也。文字至此,化矣哉!

"不愤忆吹箫",却用几番描写。唱《集贤宾》时,一番描写。西门吃酒进来,金莲听觑,一番描写。西门前边去,金莲后来,又一番描写。极力将金莲写得畅心快意之甚,骄极满极,轻极浮极,下文一激便撒泼,方和身皆出,活跳出来也。文人用笔,如此细心费力,千古知心,却问谁哉!我不觉为之大哭十日百千日不歇,然而又大笑不歇也。

王箫转子儿,正是结出。此回特为玉箫结文,不为瓶儿,明眼人自知。后用玉楼,不许玉箫近前,又是作者特重玉楼以衬金莲处,又自言结住玉箫不写也。

此回特写春梅与西门一宿,与收春梅文字一映,为后文之春梅出落春信,又结西门庆之春梅也。夹叙秋菊,以与上无数打秋菊一总,为含恨地也。总之,此回俱是照后作结的文字,看他一路写去,有心者自见也。

五戒转世,又是西门转世之影,看他有一语空闲无谓之文乎?梵僧药又加白绫带,已极淫欲之事,不为下文更有头发托子在也。文字必用十二分满足写法。

写生处只在一二语,看他写金莲狂淫,只用"两手按着他肩膀,一举一坐",便使狂淫人已活现,与品玉文中提的"龟头刮答刮答怪响"一语活现,皆一样笔法也。

此回用伯爵,说吴大舅为都根主子,已为后西门死,伯爵嘱敬济语作照。

金莲说"孟三姐好日子,不该唱离别之词",又是作者点明此回玉楼生日,为收煞之文也。

数果子,又为打迎儿,数角子遥对,总是收煞之文。

内云去年玉楼生日还有瓶儿，不知明年玉楼生日已无西门。只有敬济酒醉作闹，以反照二十一回内玉楼生日。信乎作者以玉楼纲纪众人也，以玉楼生日起结诸回文字也。须放眼观之。

第七十四回　潘金莲香腮偎玉
　　　　　　　薛姑子佛口谈经

此回"品玉",乃写下回"撒泼"之由,然实起于一皮袄。夫皮袄,乃瓶儿之衣也。金莲淘气,终由瓶儿之衣。然则瓶儿虽死,作者犹写已死之瓶儿,为金莲作对也。

月娘教桂姐、郁二姐、申二姐到娇儿房中去,后又教出来,则其羞变成怒可知。

此处写薛姑子谈经,明言孝哥,盖一眼觑定一百回内幻化之结也。

上已写品玉,此又写偎玉,却是两样。品玉者,惊喜梵僧之药,先品而后试之;偎玉者,春色狼藉之至,更受不得,乃偎之,先试带而后品也。特与梵僧药作遥对章法,不如此不得死也。

上回品玉文中,写金莲品法,是一气写出,用几个字"或"将诸品法写完。此回却用两段写,中夹要皮袄一段,先用"按着粉项",后用"一面说着"四字,两个"又"字,一个"回"字,临了用"口口接着都咽了",便使一样排蛙口、底琴弦、搅龟棱、脸偎唇裹之法,却犯手写来,不见一毫重复,又是一篇绝世妙文。作者心孔,吾不知其几百千窍,方能如此也。

第七十五回　因抱恙玉姐含酸
　　　　　　　为护短金莲泼醋

此回写金莲淘气，乃先写如意，总为金莲淘气之根也。

申二姐之见怒于春梅，而月娘乃与金莲合气，何也？曰以春梅实以玉箫故也。玉箫又月娘之婢也。玉箫婢私书童，金莲之所目睹者也。意中岂不曰尔婢私人而不知，乃责我婢之骂人，且曰奶子私主而不管，乃管我婢之骂人。况乎自不愤吹箫，其心高气傲，已争十二分体面。

盖自有瓶儿以至于今，方得其死后一畅，不知不觉，诸色尽露骄矜气象，且也自元夜游行之志，今即以瓶儿之衣酬之，其满为何如？乃月娘一语拂之，宜乎其不能耐矣。而壬子之期又误，故满腹矜骄满足，变为满腹拂逆不愤，以与月娘闹，盖犹欲为忆吹箫之稿也。不知月娘只见春梅，不见玉箫，甚矣！不修其身，无以齐其家。

月娘无以服金莲，西门亦无以服月娘，皆不修身之谓也。信乎作者以阳秋之笔，隐罪月娘，而以玉箫明丑之也。

前文教众人到娇儿房中去，是一番羞怒。此回月娘说春梅，而金莲护短，是一番羞怒。

西门护短，又是一番羞怒。此月娘淘气之由，而皮袄又是一番心事，合在其中发出，却不在此账算也。

皮袄者，瓶儿之衣也，乃月娘、金莲争之，直将其墙头二人公同递物心事说出。夫月娘、金莲，西门庆之妻妾也，瓶儿，花家之人，三人并未谋面，乃一旦月娘为之设法，用盒抬银，金莲、月娘、春梅，铺毡，墙头递物，不啻与瓶儿一鼻孔出气者，财之为事也。

夫财在而月娘有心，金莲岂无心？乃银物俱归上房，而金莲之不愤可知，其挑月娘、西门不合于瓶儿入门时，盖有由也。至于瓶儿入门，问金鬏髻，西门词语之间，上有愧色，况众妻妾乎！其争其妒，大抵由财色而起。夫财色有一，已足亡身。今瓶儿双擅其二，宜乎其死之早，并害及其子也。至于死，金莲快，而月娘亦快。金莲快，吾之色无夺者；月娘快，彼之财全入己。故瓶儿着完寿衣，而锁匙已入上房矣，此二人之隐衷也。乃金莲之隐易知，而月娘之隐难见，今全于皮袄发之。何则？

金莲固曰，他人之财，均可得也，而月娘则久已认为己有矣。一旦西门令二婢一奶子守之，已不能耐。然而月娘老奸巨猾人也，回心一想，即守之于花楼下，乃我之外库耳，且可息人之争，故从之而不逆。今忽以皮袄与金莲，是凡可取而与之者，皆非我所有也，能不急争之乎？

然而老奸巨猾者，必不肯以此而争之，则春梅一骂之由，正月娘寻之而不得者也。而金莲又有满肚不愤，乃一旦而对面，不至于撒泼不止也。写月娘、金莲必淘气而散者，一见西门死后，不能容金莲之故。且瓶儿先疏后合，金莲先密后疏，正两两相照也。

写月娘以子挟制其夫处，真是诸妾之不及，真是老奸巨猾，以此而知，从前烧夜香俱假也。作者特用阳秋之笔，又写一隐恶之月娘，与金莲对也。

前瓶儿来，月娘扫雪，盖与瓶儿合也，却是玉楼生日。此与金莲淘气，是与金莲疏也，却又是玉楼生日。遥遥相对，为一大章法，大照应。

金莲撒泼之先，却写一玉姐含酸。夫玉姐自入门时至今，何日不含酸？乃此日不能宁耐，何哉？盖有惩于瓶儿也。何则？元夜取皮袄，玉楼、瓶儿皆有皮袄者也。是二人乃一体之人。今几何时，而瓶儿之衣已入他人之手，固应于伯爵家赴会时，观金莲翩翩之态，而动前车之悲也。况瓶儿之财，人争利之，玉楼亦几乎续之矣。明眼人岂不自知？固一念及，而薛媒婆之恨，已悔无及矣。此处写含酸，特为李衙内引也。则又作者散场之笔，而何其神妙如此。

未娶金莲，先娶玉楼；未散金莲，先散玉楼。信乎玉楼为金莲之衬叠文字也。

一路写金莲得意，不特瓶儿死后，诸事快意，即李桂儿被拿，又是第一快心之事。盖欲为金莲放心肆意于敬济，以逼到武二哥手，故不得不为之极力写其肆志快意之极也。桂儿宠而金莲受辱，月儿宠而金莲之出身处受污。总之，作者深恶金莲，处处以娼妓丑之，且以娼妓丑其出身之处也。

争锋毁院后，月娘、瓶儿始合，惊走三官，月娘、金莲已离，又是绝大章法。盖前桂儿败而月娘快，金莲亦快。两快，而瓶儿容与其间矣。此文桂儿败，而金莲愈快，月娘未必快。愈快则骄，未必快则怒。宜乎金莲、月娘之共相敌对也。月娘未必快者何？盖以干女故也。看其前文为桂儿说东京人情，此文为桂儿解释三官，俨然一李三妈之不啻。甚矣！作者特用大笔如椽写一桂儿，盖欲骂西门庆之妾为娼，而使其妻为老鸨儿也。故写月娘纯以阳秋者以此，混混看者，谁其知之？

看他写相骂时，却夹写玉楼、娇儿、大姈子、三尼诸人，真是心闲手敏。而雪娥必至闹后方言，大姐在坐面无一言者，各人心事如画。盖雪娥自快，而大姐为瓶儿快之也。至于放去姥姥又是绝妙乖滑之笔，分明借姥姥起端，却是借起端为省笔。不然，月娘骂姥姥固不妙，姥姥阻金莲与不阻金莲亦不妙，文字大是碍手,不如一去之为畅快好写也。

金莲入门时,大书其颠寒作热,听篱察笆,盖以一笔贯至此回也。

月娘骂处,却都是瓶儿、雪娥旧话,是代以前受怨之人一齐发泄,然则怨怒之于人大矣哉!

此处写玉楼,其云雨处,与雪夜烧香之月娘一样,而西门亦是一样抱惭。然而玉楼自是含酸,月娘全是做作,前后特特相映,明明丑月娘也。

夫写相骂之时,乃插三尼,可谓忙中闲笔矣。乃直写至看狗,其间为何如哉!

玉箫学舌,作两番写,其相骂时,亦作两番写,中用拉劝者一间也。

篇内写月娘相骂,忽人金莲知桂儿被恼之言,不是闲扯。盖特写金莲于瓶儿死,又桂儿辱,一片得意骄人神理,为金莲数月来,月娘之所不能宁耐者也。

内插荆都监事,明言荆棘起于庭前,行见月缺花残,芳园蓁芜,为歌舞者报一伤心之信也,岂泛泛写一交游之人乎?

上文写一吃溺之金莲,此回又写一效尤之如意儿。总为舔痈吮痔者极力丑之也。

写月娘挟制西门处,先以胎挟之,后以死制之,再以瓶儿之前车动之,谁谓月娘为贤妇人哉!吾生生世世不愿见此人也。

写西门踢玉箫,亦偏爱常情,乃不知作者特特点出玉箫吹散梅花之故也。

申者,七月之数也,莲至七月将衰。又申者,金也。金风新来,宜乎金莲母子之所必争者也。郁者,鬱也,鬱春意于将来,自当与春梅相合。况韩者,寒也,秋来则寒,寒至有秋。故申二姐必韩道国家荐来,而此后至西门死,全写雪月时节,是知由此秋风而渐引也。

月娘怒金莲，说桂姐事只我知道，又为干女儿护短也，则月娘岂人类哉！

第七十六回　春梅姐娇撒西门庆
　　　　　　　画童儿哭躲温葵轩

　　上文七十二回内，安郎中送来一盆红梅、一盆白梅、一盆茉莉、一盆辛荑，看着亦谓闲闲一礼而已。六十回内，红梅花对白梅花，亦不过闲闲一令而已。

　　不知作者一路隐隐显显，草蛇灰线写来，盖为春梅洗发，言莲杏月桂俱已飘零，而瓶断簪折，琴书俱冷，一段春光，端的总在梅花也。此回乃特笔为春梅一写。

　　金莲与月娘淘气，而春梅撒娇，虽祸起春梅，而不为金莲写，特为春梅写，亦花各有时。金莲，乃一谢时之芰荷，故不如当春之梅萼，是故写春梅而不写金莲也。但写春、梅亦有两样笔墨。为其将有出头之日，为春梅计，则守备府中固春梅扬眉吐气之处，是此处写其撒娇，盖为春梅抬身分也。若云为西门庆计，则金屋梅花，深注金瓶。一旦瓶坠金井，而梅花亦狼藉东风，跟见为敬济所揉抨，是此处一写，又为梅花伤心，且为西门伤心也。故玉箫调里吹彻江城，瓶已沉矣，而水岂复能温乎，是用接写温秀才之去也。

　　温秀才未来之先，写水秀才，是温必水之温也。金瓶水煖，可养梅花，今瓶破而水亦冷矣。梅花自应摧折，为敬济所得也。但温秀才，即该写之于瓶儿之初来。不知作者，固言瓶水初温，而寒瓮兴悲，蛟龙失水，则玉胆梅花，其芬芳能几何哉！深悲韶华之迅速，风流之不久也。

葵花乃爱日之花，而"必古"又"屁股"之讹。水性就下，宜乎与夏龙溪私漏消息，而瓶破委泥，是又有倪秀才为葵轩作朋，以同就于污下也。

至于愈趋愈下，以至平路成河，水流花谢，红叶飘零，故叶五儿之女，必嫁夏宅。而何夫人来，贲四嫂必带水大战，盖尽贝叶随波，又露一段空色消息。是故必于此日先写一散漫将落之梅，而接写温秀才之去，已是落花流水一段残春音信，作伤心之话也，故又用画童哭躲。

乔大户纳官，亦非泛泛。夫言乔者，木也，乔木如拱，已作白杨青草之想，盖有"闻道白杨堪作柱，怎教红粉不成灰"二句在内。官者，棺也，乔木成棺，不死安往？

忽放何九、王婆入来，盖至何家托梦，已结瓶儿。以下皆极力收拾金莲之笔。故此处将二人一点，使看者知武二处磨刃以待也，却嫌生入不止，又于前文伏一何千户，拿一起盗案请问，盖即伏此脉也。文字针线之妙，无一懈可击，安得不令人叫绝！

借何十事即插一宋得原奸丈母事，早为下文金莲售色，以后至出门等情总提一线也。所云宋得原者，盖言敬济直送金莲出门，以归根于永福寺也，妙绝神理。谁其知此金针之细，如曰"送得远也"。然则敬济其结果金莲之人乎？

"舞裙歌板"一诗，梳栊桂姐文中已见，今于此回中又一见。盖桂儿乃秋花，为莲花零落之期，桂花开处，金莲已有过时之叹。况此时桂已飘零，后文纯是一片雪月世界哉！花不摇而自落矣。是此一诗两见，终始桂儿，又实终始金莲。特特一字不易，以作章法，以对下文二八佳人之一绝，作两篇一样关锁也。

"舞裙歌板"一诗是财，"二八佳人"一诗是色，故用二见遥遥相对。

因宋得原之名，益知金莲、敬济之名贯通之妙。盖开处则曰金莲，败落止馀旧茎，此陈茎芰乃金莲之下场头也。是二人乃二而一者矣。

炉鼎乃身之外肾，今送与宋乔年，盖言此物断送长年也，安得不死？看他有一句闲言乎？

第七十七回　西门庆踏雪访爱月　贲四嫂带水战情郎

　　此回接写尚小塘、聂两湖，为温秀才作馀波，不知已为贲四嫂作流红地也。夫残花成叶，片片随波，转眼成灰。会心者，上小塘徘徊独步，莲已成空，当寻贝叶之风，以悟眼前实地。而元如眼底湖光，犹作流芳之感。是以情牵不断，又为残叶惹相思也。惟小塘通两湖，故叶叶浮来，可作水中之战。

　　夫安郎中名忱，言安枕也。宋乔年，言断送长年也。汪伯彦，言汪之北沿也。他如葵蕴，骂其为男子中之媪，俗言婆婆妈妈是也。黄葆者，骂其为保儿也。

　　贲四嫂作带水之战，却用汪伯彦、雷起元、安忱同拜。要请赵霆，一似闲中一交游，再不然云写西门之财势，为众人所垂涎足矣。不知总为带水之叶作指点也。盖云汪北沿，当雷声起元之正月，而安枕以战带水之贝叶，不知潜地之雷霆已动，又换一番韶光。区区水面残叶，能有几日浮荡？而殷殷顾盼于小塘两湖之上，以作伤心语哉？

　　写残叶，必写先踏雪访爱月。何也？盖必雪月交辉，而莲叶始全落空，梅花乃独放也。又为下文春梅之过文，亦无不可也。

　　月娘名月，而爱月亦名月，何也？盖言月缺复圆，花落复开，人死难活。前文六十五回之《普天乐》已明明言之矣。月后加一"爱"字，便是老人所见之月，令人眼泪盈把，不能追回少年之花荫寂寂时也。

　　此回写云理守，是言云遮月之意，故后文结果月娘以往云家去遇普净师也。

忽入来友儿。夫三友，乃花间之雀莺燕等鸟也。鸟来而花残，况黄鹂乃四月之鸟，春已归矣。故来友儿自王皇亲家出来，夫王皇者，黄也，离王皇亲而来，此黄鹂也。改名来爵，爵者，雀也，古"雀"字即"爵"。总是作者收拾花事之笔，而看者混账看过，遂使作者暗笑也。

杨姑娘死者，杨去而李开，玉楼之去，几已伏矣。

贲四女名长姐，嫁夏家。言叶长于夏为莲叶也。莲叶已无，只落枯茎矣。故后文接写陈敬济。

必言贲四嫂水战，盖言莲叶在水。夫止馀莲叶，则莲花已空而金莲之死近矣，是皆金莲的文字。

又虚描一楚云，言同归于梦，而梦实空也。况月与花有情，今云来月闭，且云来雪落，雪至花凋，不使其来，盖既已梦矣。应须空写，故用"鹿分郑相、蝶化庄周"二句，自点双睛。奈之何人不知之也？此梦直说出一百回月娘之梦。总之五十回以后，总是收结的文字。

此书写数梦，以总结入月娘之一梦。如瓶儿死，有伯爵一梦，西门一梦，后书房一梦，何家一梦。瓶儿未死，先有子虚一梦。瓶儿临死，又有迎春一梦。西门将死，又有月娘一梦。金莲死，又有敬济一梦，春梅一梦。及敬济作花子，又自为一梦，周宣一梦。然后结入月娘云理守之梦。不知先已有武松一梦在第九回内，然总不如楚云之梦，写得滑脱之极，使一书中众人皆入梦中，又令人不知是写一梦，却又借庄周、郑相二句，明明点出是梦。文字奇妙至此，亦难赞其如何奇妙之所以然矣。

第七十八回　林太太鸳帏再战
　　　　　　　如意儿荃露独尝

宋御史送一百本历日来，亦平平一事，不知皆作者如椽之笔写之也。

盖言一百回文字，至下一回，将写其吃紧示人处也。财色二字，至下一回讨结果也。

况一百本历日，言百年有限，人且断送于酒色财气之内也，故用宋乔年送来。又瓶儿一百日后，是西门死期，言瓶之罄矣，不能苟延也。

篇内窗梅表月，檐雪滚风，盖一总后文春梅、月娘、雪娥等事也，岂泛泛写景。

又找叶五儿一段，点明花残叶落之故也。

再战林太太，却先写叶五儿，言败叶辞林，春光去矣。而林太太之再战，其报金莲出身之处，已可为尽情，故用自此一段后，歇手写西门死也。

如意儿荃露独尝，盖于金莲文中，又找足瓶儿也。如意儿夫家姓熊，娘家姓章。夫熊有胆者也。盖如意儿乃瓶中一胆，故名如意。而姓章，犹言瓶胆一张。又胆瓶春水浸梅花，故荃露独尝也。夫瓶已失矣，止存其胆，因胆而想其瓶，是结此瓶一段公案。

至东京来，两写宿雪娥房中，总言雪后梅花发而莲花老，总是金莲文字。

伯爵妻姓杜，希大妻姓刘。杜者，肚也；刘者，留也。可想偶及之，附志于此，盖白嚼入肚，携带想留客也。

熊旺妙，熊之所旺者胆也。

云月结亲，是晦暗景象，是空濛景象，与上文雪月空林，是冷清景象，是凋零景象。

写玳安与贲四嫂通，是言玳安儿为月娘叶落归根，伏西门小员外之线，又蝶藏叶下，已无花也。

此处写金莲之不孝，又找磨镜一回，总是作者为世之为人子者，痛哭流涕，告说人老待子而生活，断不可我图快乐，置吾年老之亲于不问也。

恐人不依，是用借潘姥姥数段，告如意儿等，言为人之有亲者刺骨言之。

苟有人心，谁能不眼泪盈把，我亦不能逐节细批。盖读此等文字，不知何故，双眼惟有泪出，不能再看文字矣。读过一遍，一月两月，心中忽忽不乐，不能释然。至于写金莲之一味要说人，便不顾其母，于春梅口中映出之，以及后文令其母回去，总是写其与月娘不复合，以至出门到武二家也。

梦簪折而瓶儿死，梦衣破而西门死，遥遥相映。

玉箫送簪物与来爵女人，特结蕙莲之案，却是结玉箫之事。盖箫至黄鹂声咽，亦再不能作一曲断续之调也。

忽又写一蓝氏，也是太监侄儿之妻也，有钱，俨然又一瓶儿。盖花篮亦可载花，花瓶亦可载花，而无如篮在何家。何者，河也，竹篮打水，到底成空，总是一番虚景。

金莲，恶之尤者也。看他止写其不孝；普净，善之尤者也，看他止写其化众人以孝。故作者是孝子不待言，而人谁能不孝以行他善哉！

此回特特提笔写一重和元年正月初一，为上下一部大手眼，故极力描写诸色人等一番也。

王三官娘子与蓝氏，同一影子中人，乃黄氏写在蓝氏前，今反是蓝氏来，而黄氏不一出见，此是作者异样躲滑处。盖黄氏与蓝氏一齐都来，不能一齐实写，使一齐实写，皆云二十分齐整，匪特文字碍手，即看者亦如神案前成对炉瓶，味如嚼蜡矣。看他只用二十分精采写蓝氏，便使一杳然不出之三官娘子，真如海外三山，令人神往，真是写一是二，又有一手双写之妙。

第七十九回　西门庆贪欲丧命　吴月娘丧偶生儿

此回乃一部大书之眼也。看他自上文重和元年正月初一写至此，一日一日，写至初十，今又写至看灯。夫看灯夜，楼上嬉笑，固金莲、瓶儿皆在狮子街也。今必仍写至此时此地，见报应之一丝不爽。

此回总结"财色"二字利害，故"二八佳人"一诗，放于西门泄精之时，而积财积善之言，放于西门一死之时。西门临死嘱敬济之言，写尽痴人，而许多账本，总示人以财不中用，死了带不去也。

吴神仙起先在周守备家，言周者，舟也，分明撑宝筏而相渡也。今日在土地庙中，虽有神仙，其奈地府何？盖深示人以及时行善，悔则无及矣。

孝哥必云西门转世，盖作者菩心欲渡尽世人，言虽恶如西门，至死不悟，我亦欲化其来世。又明言如西门庆等恶人，岂能望其省悟？若是省悟，除非来世也。

写西门一死，其家中人上下一个不少，然止觉凄凉，不似瓶儿热闹，真是神化之笔。

此回内，即写李三、来爵负恩赖批之事，真是"冷暖"二字中，一丝也差不得。

鸿守信义，故贤于雀，然而春鸿亦不能久留矣，观此方知命名之妙。观后往张二官家去，方知苗员外送童之意，为报丧帖，勾魂帖也。

写伯爵，止用"愕然"二字，写尽小人之心，已写尽后文趋承张二官之意，真是一笔当千万笔用也。

女婿斩衰泣杖，其非礼为何如！乃反衬瓶儿死，其奢僭处更难堪也。

第八十回　潘金莲售色赴东床
　　　　　　　李娇儿盗财归丽院

　　看官着眼看他大手笔处，看他一丝不乱处。在于何处？看他止用二人发放一部大题目，一曰"售色"，一曰"盗财"，是其一丝不乱处，是其大笔如椽处。

　　夫色不可售，而西门之色亦有所售之也。财不可盗，而西门之财亦有所盗之也。止用两笔，将一部作恶的公案，俱已报应分明，不差一线，笔力简捷如是。一部书，直看到此回，方知李铭之名为可笑。何则？俗语云"里明不知外暗"。观其转财物，方知其命名之意，是故此书无一名不有深意。

　　夫文章有起有结。看他开手写十弟兄，今于西门一死，即将十弟兄之案，紧紧接手结完，如伯爵等上祭是也。内除花子虚死，连云里守八人，一个不少，却抽出云里守留至一百回结照二捣鬼，完"热结冷遇"之案，故此回止以七人结之。再于其中出脱吴典恩另结，却又止用六人。今添一花子由作七人，是明明冷结子虚，文字参差之妙如此。

　　于祭文中，却将西门庆作此道现身，盖言如此鸟人，岂成个人也。而作如此鸟人之帮闲，又何如乎？至于梵僧现身之文，实为此文遇了那样鸟人，做此鸟事，以致丧此鸟残生也。

　　王六儿上祭，盖为拐财远遁之引，莫认月娘吃醋。

　　又借骂王六儿，将桂姐、银姐随手抹过后一影月儿，以王三官与桂姐同结，盖又结林氏，又借张二官，将伯爵、李三、黄四一齐结住。总之，第一回东拉西扯而出，此回却又风驰电掣而去,真是千古文章能事。

观三日演《杀狗记》,固知予言不谬。

写月娘烧瓶儿之灵,分其人而吞其财,将平素一段奸险隐忍之心,一齐发出,真是千古第一恶妇人。我生生世世不愿见此人者,盖以此也。

写月娘与李鸨相争,真是棋逢对手。作者何恶月娘之深,而丑之以不堪也。

补写蔡御史,总为西门之交游放声一哭。接写一伯爵,更不堪也。盖十弟兄,惟伯爵更密些,故写一伯爵,以例众人。

第八十一回　韩道国拐财远遁　汤来保欺主背恩

夫西门吃药而死，完武大公案也。李娇儿盗财归院，完瓶儿、子虚公案也。此回道国拐财，完苗青公案也。来保欺主，完蕙莲、来旺公案也。一部剥剥杂杂大书，看他勾消账簿，却清清白白，一丝不苟。

点染胡秀处，总欲结王六儿一案，以为道国拐财之由，而必由苗青处来，乃又结苗员外之死也。文章又非死板论杀者，王六儿与西门私，却在胡秀口中，杭州地面结，大奇！

来保请敬济上马头，请表子，又早为敬济后文伏脉。

翟亲家乃如此结煞，而乔亲家又绝不音问，人情如画。

来保妻弟刘仓，妙绝。与李铭一样，盖言留藏。夫有留藏之物，何所不有，况妻弟哉？

第八十二回　陈敬济弄一得双
　　　　　　　潘金莲热心冷面

　　此回人云金莲文字，不知乃过下一十八回文字之脉也。使不弄一得双，何有春梅下文许多文字？使不有热心冷面，何有下文玉楼严州许多文字？是此回，乃春梅别放之由，而玉楼结果之机也，与金莲全不相干，下文乃正经金莲收煞文字。

　　私仆以木香棚露香囊破绽，止为一解着耳，不知已为此回木香棚伏线。茶蘪架，不过金莲约人之地，不知又为严州伏线。葡萄架，本为翡翠轩各分门户，却又为调婿得金莲之金针。是此书大结穴，大照应处。寓言群花固应以此作间架，但用笔入细，人不知耳。用两诗余作勾挑，用两小唱写淫情，又是一样小巧章法，特用清脱之笔，以一洗从前之富丽也。

　　玉楼来时，在金莲眼中，将簪子一描。玉楼将去，又将簪子在金莲眼中一描。两两相映，妙绝章法。

　　写弄一得双，却必写敬济拿药材，后文识破奸情，必写敬济抱衣往外跑。总是注明西门持家不以礼，而堆药放衣物于二妇人之楼上为失计，且又注明金、瓶、梅三人之在花园为外室也。

　　陈敬济者，败茎之芰荷也。陈者，旧也，残也，败也。敬，茎之别音，济，芰之别音。盖言芰荷之败者也。金莲者，荷花也，以敬济而败，则敬济实因败金莲而写其人，非为敬济写也。即后文写敬济之冷铺飘零，亦是为金莲而写，不为敬济也。盖言金莲之祸，不特自为祸，以祸西门，即少有迷之者，亦必至于败残凋零，如残荷败芰而后已也。岂特有一己之莲子无成，残香零

《红楼梦》与《金瓶梅》之关系

落于污泥者哉?至于陈洪,盖言残红。敬济于此中脱胎,岂非败茎之芰荷?陈茎芰,乃莲花之下稍结果处,故金莲独与敬济投,而蕙莲亦必与敬济相热也。

上文安忱送红白二梅花,又有红梅花对白梅花之令,每不解,何必定写两样梅花,以映春梅?观此回春梅羞得脸上一红一白,方知前文之妙。盖已写一漏泄之春光,于西门生前观赏之时,惟天之祸福之几,当倚伏如此。不谓作者之笔竟与化工等。噫!作者其知几之人,所谓神之谓也乎!

西门冷处,只用金莲在厅院一撒溺,已写得十分满足,不必更看后文,已令人不能再看,真是异样神妙之笔。

第八十三回　秋菊含恨泄幽情
　　　　　　春梅寄柬谐佳会

　　秋菊与金莲何仇？但类各不同，互相怨恨耳。然而夏去秋来，池莲褪粉，篱菊绽金，自是不得不然之时势。又一屋中，莲、梅、菊备三时，而添一陈敬济之败荷，则秋深时候，故应暂让秋菊说话。

　　此回方是结果金莲之楔子，却用一纵一擒，又一纵，又一擒作章法。

　　写月娘上盂兰会，又早为岳庙烧香作衬，以及敬济推宣卷而作弊，总为月娘丑绝，且明明书其罪案也。

　　春梅寄柬固写金莲，亦写春梅，盖弄一得双后，不一补写春梅，则后日何以联属假弟妹之情？而前一回方写热心冷面，又不便即畅言春梅，须用此回一补。文字如下场鼓，一阵急一阵，逼金莲下场，却又不得不故为迂缓其调，以为春梅地也。作者苦心，作文之难如此。

第八十四回　吴月娘大闹碧霞宫
　　　　　　　普静师化缘雪涧洞

　　此回乃大书月娘之罪，以为一百回结文之定案也，以为以前凡写月娘之罪案结穴也。夫凡写月娘偏宠金莲；利瓶儿墙头之财；夜香之权诈；扫雪之趋承；处处引诱敬济，全不防闲金莲；置花园中金、瓶、梅于度外，一若别室之人，随处奸险；引娼妓为女，而冷落大姐；卖富贵而攀亲；宣卷念经，吃符药而求子；瓶儿一死，即据其财；金莲合气；挟制其夫；种种罪恶，不可胜数。而总不如此回之罪为深切注明，又驾出于诸妇人之上者也。何则？夫寡妇远行烧香之罪，已属万死无辞，乃以孝哥儿交与如意看养。夫西门氏无一人矣，此三尺之孤，乃西门家祖宗源远流长，传之于今日者也。西门在日，且当珍之保养之，不可一日离其侧，况其死后乎？况有金莲在侧，官哥之前车可鉴，瓶儿之言不犹在耳乎？乃一旦远行烧香。夫烧香非必不可辞之事，且为必不可行之事，以致太岁起衅，伯才招灾，苟有人心，当不为此。况夫敬济现在家中，即无秋菊之言，犹当早计及此。矧秋菊言之屡屡，已又亲移大姐进仪门内，而又令玳安、平安等监其取药与当物。今忽远行，乃反去其监守以随己。夫大姐在仪门里住，则敬济同在内厢房，以论娇儿、玉楼等妇人，则混杂不便。使其在铺上宿，则花园内之金锁钥谁收乎？以论金莲、春梅，则尤不便，况乎玳安、来安皆随去，其余俱在，贮许多金粉于园庭，列无数孀居于后院，一旦远行烧香，且自己又为未亡之人，乃远奔走于数百里之外，以礼论之，即有夫之妇，往邻左之尼庵僧舍，亦非妇人所宜，乃岳庙烧香。噫！月娘之罪，至此极矣。此书中之恶妇人，无过金莲，乃金莲不过自弃其身，以及其婢耳。未有如月娘之上使其祖宗绝祀，下及其子使之列于异端，入于空门，兼及其身几乎不保，以遗其夫羞，且诲盗诲淫于诸妾。而雪洞一言，以其千百年之宗祀，为一夕之喜舍布施，尤为百割不足以赎其罪也。况乎玉箫私人而不知，小玉私人而又不知；以及后来旺被逐之奴而复引入室，以致有雪娥之走；因窃玉以婚，以致平安之逃，吴典恩之丑。一百回中，无一可恕之事。故作者特用写后文春梅数折以丑之也。其丑之处，真胜于杀之割之也。故曰此书中月娘为第一恶人罪人，予生生世世不愿见此等男女也。然而其恶处，总是一个不知礼。夫不知礼，则其志气日趋于奸险阴毒矣，则其行为必不能防微杜渐，循规蹈矩矣。然则不知礼，岂妇人之罪也哉？西门庆不能齐家之罪也。总之，写金莲之恶，盖辱西门之恶；写月娘之无礼，盖罪西门之不读书也。纯是阳秋之笔。

第八十五回　吴月娘识破奸情
　　　　　　　春梅姐不垂别泪

　　西门庆倒，而金莲曰"亏其扶住"；殷天锡辱，而月娘云"亏其正经"。乃作者特写一样笔墨，以丑月娘也。有一笑谈云：一人夏月戴毡笠而走热极，乃取其笠以作扇，而向人曰："不是戴了他来，岂不热死？"与此两回文字，一样成趣。

　　敬济托薛嫂捎信，明言败荷于雪中，而回想莲开之意，写出消败光景也。

　　夫写春梅，原为炎凉翻案，故用特写其不垂别泪，以为雪中人放声一哭也。一部炎凉大书，而有一不垂别泪之人，宜乎为炎凉之翻案者也。故后文极力写其盈满，总为作者有此不肯垂下之泪郁结胸中故耳。曰玉楼亦不受炎凉所拘之人也，奈何独写春梅？不知玉楼之身分又高春梅一层。不在金、瓶、梅三人内算账，是作者自以安命待时、守礼远害一等局面自喻，盖热亦不能动他，冷亦不能逼他也。然则何以含酸？此又玉楼睹瓶儿死，人分其财而作，自有韶华速迅之感，生不逢时之叹。言我若死矣，亦与瓶儿一样。是其知几处，是其行破处。故云因抱恙非有所争如金莲之琵琶，亦非若月娘之满肚经卷，全变作一腔贪痴势利。故春梅不垂别泪，玉楼辞灵不哭。一样出门，止觉春梅是一腔愤懑，玉楼是深浅自知。故玉楼结至李衙内，以一死知之而即往，而春梅必结如许狼藉不堪。是又作者示人，见得人固不可炎凉我，我亦不可十分于得意时太扬眉吐气也。故旧家池馆之游，春梅形愈下而心愈悲矣。宜乎有敬济、周义诸人之纷纷不已也。

第八十六回　雪娥唆打陈敬济
　　　　　　　金莲解渴王潮儿

　　写敬济无知小子未经世事，强作解人如画，唤醒多少浮浪子弟。

　　打敬济必用雪娥，盖残枝败茎，必用雪压之而倒也。然后知入手金莲激打雪娥文字之妙。

　　张团练，喻荷盖之犹张也。今雪压陈茎之芰，宜乎团盖不能复张，故下文张团练，即与敬济分矣。

　　夫水秀才下来，温秀才已去，瓶儿已罄，梅子不酸，则莲花之渴何如？是能少延旦夕残喘，不过于污泥中取其潮湿耳。然则金莲之不堪田地又何如？

　　夫金莲一去，理应即用武二手刃之，惟恨其缓也。奈何又到下回？不知作者盖欲顺水推船，将伯爵十弟兄公案一照，故用张二官。不然，平平散去，犹不尽十弟兄之恶。若春鸿又是顺水船中顺便文字。至于守备府，又为"埋尸"一段文字。夫必写"埋尸"，所以结金莲，出落春梅之笋也。至若陈敬济，又不得不然之文，且为归结陈洪、张氏、大姐之笋，而后文冯金宝，并严州，又为作花子、做道士之笋。一层层又逼入守备府中，与春梅复合也。文字相生开合之妙如此，是大间架，盖五凤楼手。

第八十七回　王婆子贪财忘祸
　　　　　　　武都头杀嫂祭兄

　　此回方结"冷遇亲哥嫂"之人，至一百回，乃又结"冷遇"之文，方知一百回如一百颗胡珠，一线穿串却也。

　　写一伯爵，方写一武二，又是第一回特特相照，非泛泛写伯爵之冷暖也。

　　写张二官不要金莲之语，乃见伯爵落得做小人，不是又写一有主见之张二官也。作者何暇为此书无因之人写其主见？不见王三官、林氏诸人，至西门死后，久已不在此书之册内矣。

　　写月娘暗中跌脚，方知玉箫藏壶之妙。夫杀金莲与玉箫藏壶何与哉？须知月娘与金莲进门时，深爱之也。不深爱，不能使金莲肆志为恶，以与诸人结仇。然而使月娘始终爱之，则小玉之私玳安且成婚矣，如意之私来兴，亦合房矣，所云家丑不可外谈者是也。使金莲不伤月娘之心，则虽有敬济云云，或亦逐敬济而遣大姐，金莲未必去也。此实论时度势之情，即月娘大有主见，令其改嫁，亦必念姊妹之情，留之家中，寻售主而遣之。此亦常情。即不然，王婆来云，嫁于武二，月娘不伤其心，亦必然以一二言。而王婆虽贪而忘祸，特无一冷眼者提醒耳。一闻月娘言而王婆变卦，武二哥之事不稳矣。夫打死李外传，月娘之夫几遭毒手，岂有不冷眼觑破今日之事？乃不发一言，止暗中跌脚，且转而与玉楼言，是其情义尽矣，其怨恨深矣。其情义尽而怨恨深者在何处？盖在撒泼之一日。夫撒泼，又起于玉箫之透漏消息。玉箫之甘心为用，是又在书童之私，而乃有三章之约。夫书童之私，却如何先安一根，则用写藏壶也。然则书童者，死金莲之人也。故独附瓶儿而不附金莲。其必瓶儿生子而即来者，盖即于最闹热，已伏一杀金莲者矣。至于瓶儿死，则必用死金莲矣，故即入三章约。然则三章约者，勾魂帖也。夫瓶儿为一样淫妇，何以于生子时，不伏一死之之人？曰固早伏之矣。死瓶儿之人，即用子虚，则瓶儿未入西门，未嫁竹山之先，乔皇亲花园中已伏之也。何以见子虚死之？盖子虚以鬼胎化官哥，官哥以爱缘死瓶儿，是子虚死之也。然而非子虚死之也，金莲死之也，又何以故？官哥不死，瓶儿不死，金莲又死官哥之人也。子虚固欲以官哥之死死瓶儿，然非金莲以死官哥之死授子虚，则子虚亦空为孽化耳。是金莲死官哥，实金莲死瓶儿也。金莲既为死瓶儿之人，则于翡翠轩特对照一葡萄架，早早已伏一死瓶儿之人矣。是瓶儿生子而书童来，内室乞恩而书童附，瓶儿一死而书童去。明似为瓶儿写一书童，暗却为金莲写一书童，为瓶儿写者，见此日同宠之人，即将来同散之人，似没甚关系。为金莲者，盖即从《水浒传》中武二手内刀下夺来，终须还他杀去。夫既夺之而来，而如何令之去？故必用敬济。然徒用敬济，何以处月娘数年之情分？使不写其与月娘花攒锦簇四五年，又何必向武松讨情分夺来？既极力描其花攒锦簇，乃为敬济事，固应弃之如遗，亦不应知其必死而不一言。此玉箫离间之人，必不可少，而所以成此离间之人者，则因书童。然而三章约，出之金莲口中，则又金莲之自杀。古人云"有机心者，必有隐祸"，盖以此也。是故书童，必以瓶儿生子而来，瓶儿一死即去，始终为瓶儿之荆、聂，以引起金莲之祸端，为瓶儿九泉之笑也。然则金莲死官哥，官哥死瓶儿，西门死武大，金莲死西门，敬济死金莲，究之作者隐笔，盖言月娘死金莲耳。何则？暗中跌脚故也。夫月娘之所以必死金莲，而不一救之者，由于"撒泼"，"撒泼"由于玉箫，玉箫过舌，则因瓶

《红楼梦》与《金瓶梅》之关系

儿之衣，如意之宿，是又瓶儿之灵杀之也。究之玉箫之所以肯过舌者，三章约也。是金莲固自杀。而三章约，所以肯遵依，是又书童之故。然则"藏壶"而云构衅，真非一日一人一事之衅也欤！危机相倚，如层波叠起，不可穷止。何物作者能使大千世界，生生死死之苦海水，尽掬入此一百胡珠之线内？嘻！技至此，无以复加矣。

第八十八回 陈敬济感旧祭金莲
庞大姐埋尸托张胜

一路写敬济不孝处，不能竟此篇，而令人有拔剑逐之之愤。是作者特特写其不孝处，以与金莲待其母相对，见一对万恶禽兽也。

永福寺，如封神台一样，却不像一对魂旗引去之恶套。如武大死，永福寺念经，结穴于永福寺也。杨宗保非数内人，故其念经用素僧。子虚又用永福寺僧念经，一样结穴也。瓶儿虽并用吴道官，实结穴于永福寺，千金喜舍，本为官哥也。至梵僧药，实自永福得来，自为瓶儿致病之由，而西门溺血之故，亦由此药起，则西门又结穴于此寺。至于敬济，亦葬永福。玉楼由永福寺来，而遇李衙内。月娘、孝哥、小玉俱自永福而悟道。他如守备、雪娥、大姐、蕙莲、张胜、周义等，以及诸残形怨愤之鬼，皆于永福寺脱化而去。是永福寺，即封神台之意。但用笔参差矫健，真如天际神龙，令人有风云不测之慨，以视《封神》，真有金矢之别。

此回金莲，乃是着一个竟入永福寺，又是一样写法。永福，寺中，一曰现身之梵僧，二曰长老道坚，然则其寺可知矣。永者涌也。福者腹也。涌于腹下者，何物也？作者开卷固云，生我之门死我户，即此永福寺也。所谓报恩寺者，生我门也。总之和尚出入之门也。至于玉皇庙，即《黄庭》所云灵台也，天府也，此吾之心也。故云有道人出入，盖道心生也。吴道官，盖喻言西门庆等心中无天理，无道心也。十兄弟在吴道之玉皇庙结盟，其兄弟可知。故必用进第二重殿，转过一重侧门也。众人齐在玉皇庙侧门内会吴道，可知不是天心，而一片冤魂齐集永福寺，可知看得过时忍不过也。看官今后，方不被作者之哄。然吾恐作者罪我以此，而知我亦以此矣。

第八十九回 清明节寡妇上新坟
永福寺夫人逢故主

　　此回乃散雪娥之由，而嫁玉楼之机，所以出落春梅也。人言此回乃最冷的文字，不知乃是作者最热的文字，如写佳人才子到中状元时也。何则？上文如许闹热，却是西门闹热。夫西门，乃作者最不得意之人也。故其愈闹热，却愈不是作者意思。今看他于出嫁玉楼之先，将春光极力一描，不啻使之如锦如火。盖云：前此你在闹热中，我却寒冷之甚，今日我到好时，你却又不堪了。然而此回却是写春梅，未便写玉楼。夫玉楼乃作者自喻，而春梅则非自喻之人。盖云：且令他自家人去，反转炎凉他一番，使他一向骄人之念，市井短见之习，自家愧耻一番。我却不与他一般见识，我还要自家愈加儆策，不可如他得时便骄纵。故下文方写玉楼，而接笔即写玉簪之横，见得我虽乾乾终日，尚有小人妻菲于下，设稍不谨，则又亡秦之续。故又接写"严州李衙内受辱"，见忧心悄悄，惟恐如斯，时以患难自儆，羞辱自惕。此我之所以处得意者必如此也。设也稍自放逸，求枣强县夫妻相守读书，岂可得哉？此作者真是第一等人品，第一等身分，第一等学问写出来，以示人处富贵之方。然而作者写西门热闹，则笔愈放；写春梅得志，则笔蓄锋芒而不露；至后文写玉楼，则笔愈敛而文愈危，是大圣贤大豪杰作用。是故玉簪乃玉楼镌名之物，而即以之为抑玉楼之人，见我到富贵虽呼己名而求下于人，犹恐不尽然也。至于严州，敬济固以色迷，而玉楼实以名累。李衙内以利局人，即所以害己。玉楼以计骗人，几不保其身。吁！名利场中，酒色局内，触处生危，十二分敛抑，犹恐不免，君子乾乾终日，盖以此哉！是故我云《金瓶》一书，体天道以立言者也。

于此回首夹写大姐归去一段文字，后文于雪娥文中篇尾，又夹写大姐归去一段文字。止用首尾带写，又是一样章法，总是收煞之笔也。然此回大姐去两番，而敬济终不收，是何故？盖又作者阳秋之笔，到底放不过月娘也，夫大姐即元寄放箱笼，亦有随身箱笼，于十七回内，明明说搬入上房，乃今只遣大姐独归，两番全不题起箱物，直至后文雪娥逃，来安走，惠秀死，敬济要告，方肯拿出，则月娘之贪刻阴毒无耻，已皆于不言中写尽。然则不为大姐哭，当为瓶儿哭也。故必幻化其子，方使月娘贪癖、刻癖、阴毒无耻之癖乃去也。

第九十回　来旺盗拐孙雪娥
　　　　　　雪娥受辱守备府

　　此文发脱雪娥到守备府也。一篇文字，总是在打墙板儿两闲话结语上结穴。盖为春梅发泄寒彻骨之郁结也。而月娘使被逐之奴复归，且全不防闲门户，是又在作者阳秋之内矣。作者何恨月娘至此！而蕙莲公案至此又结。

　　开手写李衙内问玉楼。若是俗笔，自应接写玉楼爱嫁。看他接手即人雪娥事，真令玉楼事似绝不相干，下回却又一笔勾转，既为玉楼抬高身分，又为衙内遥写相思，而行文亦真有蝶穿花径，鹤舞云衢之妙。不是一直写去，如三家村冬烘先生讲日记故事。

　　此一回写雪娥一生黠滑，故至此也。

第九十一回 孟玉楼爱嫁李衙内 李衙内怒打玉簪儿

至此回，诸妾已散尽矣。然李公子来求亲，却云玉楼爱嫁，诛心之论。

薛嫂旧媒，陶妈新媒，夫桃旁之雪，乃是杏花之色，非若前此之雪压枝头以相欺也。

算命以及"妻大两，黄金长"等语特特相犯，即用薛嫂唤醒多少痴人。而只留银壶作念，其余凡玉楼者皆带去，知挑杨姑娘骂张四舅何益，而月娘送茶赴席，则李家又添一西门姑娘或西门大姨，西门庆如有兄弟，又当为西门大舅也。可笑，可想。即写玉簪，总是作者教人慎持富贵于得意时，而又见风波世路无刻不然，才得微名，即为身患也。

夫西门等之热，热以钱耳。读书人之热，热必以名。今玉楼既不热于西门庆家，且杏花乃状元之称，宜乎读书人之所谓热者也。乃热以名。而名即为累，此玉簪之所以为玉楼累也。观玉楼之名，必镌于簪上可知。故上文讲财色的利害已完，又恐人不知而求名，故于此回又将"名"之一字为累，痛切为人陈之，见必至玉簪儿卖掉了方能安稳。

第九十二回　陈敬济被陷严州府
　　　　　　　吴月娘大闹授官厅

　　敬济已为雪娥唆打，固云芰荷憔悴矣，乃犹可支持残茎，至此则又入严州。夫严州者，严霜也。今此一入，雪上加霜，不全根披剥，将安在哉？幸有徐尅救命。夫尅者，风也。徐风者，言虽有雪上之霜，幸而风威不急，犹可跟跄支吾于徐风之下。有一日张胜巡风，则风利如刀，刀利如风，方是入骨之朔风，吾不知败荷叶之残茎烂盖，吹向何方去也。

　　卖去玉簪，买一满堂。夫满堂者，红也。此与杏花自是一色，当相安无疑矣。

　　铁指甲杨二郎，枯柳枝也，巢风卖雨。夫柳枝，当严冬之时，其穿破烂之芰茎，何难之有？一旦因风吹雨，则潦倒败荷叶何能当哉？

　　李遇严霜，亦当少挫，故李通判父子至严州均受辱。但必写至衙内宁死不离玉楼，则所以报玉楼者至矣。谁谓守志待时者之不得美报也哉？

第九十三回　王杏庵义恤贫儿
　　　　　　　金道士娈淫少弟

　　此回写敬济浮浪之报，不必言矣。然而作者之意不在敬济，犹在玉楼也。夫此回文字，乃在玉楼，谁其信之哉？然而非予好为奇论也，请看"王杏庵"三字何居。夫上回顿住玉楼，接写大姐死等情，总言敬济之败。此回又接写我若得志，固不与炎凉市井较量，亦不敢以富贵骄人，亦不敢以名心为累，然而尤不肯作自了汉，贪位慕禄，不做好事，见义不为也，故又写杏庵义恤一回，又自恐为义不终，故必至送敬济作任道士徒弟而止。盖言我恤人，必当使之复全人道，以扬其祖宗之美而后已也。故又名敬济为宗美也。此作者一片大经纶，真是看天地伦物，皆吾一体，不肯使一夫一妇不得其所，不化于道者也。是故晏者，安也，入晏公庙，则欲安其身，为任道士徒，则欲收其心。我之所以为古道者如此。而无如今之为道则不然，一味贪淫好色，我费多少心力，安插其身，收束其心，不勾他一夜酒杯，遂使金莲之三章约，复出于残茎芰荷之口。甚矣，今道之移人如是也。今道者，即所谓金道士也。盖后二十回内，总是作者寓己之学问经济以立言，又不特文章之妙绝今古也。

　　晏公庙任道士作徒，可为安其身心矣。无端今道引人，又致旧性复散。夫"陈"者，性"旧"也。三者"散"之别音也。是名陈三，故有陈三而冯金宝又来矣。

第九十四回 大酒楼刘二撒泼
　　　　　　　酒家店雪娥为娼

夫止知为今道，不肯为人道，则祸患又来，坐地有虎，眼前尽危几［机］矣。

雪娥归娼，固是报西门庆，却又寓言梅雪争春。但雪厌而残荷不起。今必欲扶起败荷，势必委弃残雪。盖又写春梅当日窥时度情，不得不然之势。然亦顺手结住雪娥。下文一死，不过结煞耳，此回已结住矣。其娶雪娥者，必用潘五。盖言春梅之于雪娥，则金莲成其仇也，真与激打一回相照。言我所以做激打一回者，盖为此地一结用耳，文字分明之甚。而取名玉儿，不过雪之别名。至于写张胜，乃为杀敬济之线耳。

写鸡尖汤，特与激打一回银丝鲊汤相映成章法。

内只用几个"一推""一泼"，写春梅悍妒性急如画。

第九十五回　玳安儿窃玉成婚
　　　　　　　　吴典恩负心被辱

　　此回理应接敬济到守备府矣，只因本意要写热结之弟兄为正意。

　　今因贪写假夫妇，遂致假兄弟之文不畅，亦未结。如上文，虽言伯爵背恩等情，却未结言如何报应结煞，而亦未畅言其何以背恩，为世之假弟兄劝也。故此回且按下敬济，再讲月娘处。

　　夫西门死而月娘存，必为之描其炎凉，为一部冷热之报。诸事已叙其大半，则亦宜收拾月娘矣。

　　夫月必云遮，固用云里守之梦于一百回内，而不先以渐收之，又何以成大手笔哉！故用窃玉成婚，在吴典恩之前。盖小玉者，月中之兔，今与中秋同事月娘。

　　夫月至中秋，兔已肥矣，兔至肥时，月亦满矣，盈亏之理，一丝不爽。月才当满，已缺一线，渐缺渐缺，以至于晦而后已也。是故小玉才成婚，乃中秋月满之时，而平安已偷金钩于南瓦子内，盖才满一夜，早已如钩照南瓦子上也。

　　夫月之有无消息，当问梅花，故一求春梅，而吴典恩已被辱矣。复领出金钩，则月尚有半边，如月娘之守寡，为人之播弄不定。然月自是梅花主人，故又与春梅相往来也。

　　写月娘之奉承春梅处，固是为西门庆冷处描，却又是作者深恶月娘之阴毒权诈，奸险刻薄，而故用此等笔以丑之也。

　　玳安者，蝴蝶也。观其嘻游之巷可知，观其访文嫂儿可知。文嫂者，蜂也。其女儿金大姐者，黄蜂也。蜂入林中，春光已

· 312 ·

老，故先用之以为敬济做媒，则当金莲正盛之时，而后用之于林氏也。蜂媒，必蝶使可访。故用玳安。玳安者，墨班黄班，所谓花蝴蝶也。

第九十六回　春梅姐游旧家池馆
　　　　　　　杨光彦作当面豺狼

　　此回乃一部翻案之笔，点睛处也。向日写瓶儿，写金莲等人，今皆一一散去。使不写春梅一寻旧游，则如水流去而无漾迴之致，雪飘落而无回风之花，何以谓之文笔也哉！今看他亦且不写敬济到府，先又插入春梅一重游，便使千古伤心，一朝得意，俱迥然言表，是好称手文字，是好结局，不致一味败坏，又见此成彼败，兴亡靡定，真是哭杀人，叹杀人。

　　此后敬济入府，而春梅与月娘离矣，故此回写重游。然于游自己之故宫与金莲之旧馆，串入敬济，便有无限伤心之处。不特泛泛一笔，写其相思之无味也。写杨光彦又为敬济之交游十弟兄一描。总之，作者深恨交游之假而作此书。故此回又从吴典恩串出，以深恶痛绝之下，方结出二捣鬼，以为我亲兄弟放声大哭也。

　　此回叶道相面，单结敬济。盖上回冰鉴为众人一描，后回卜龟又一描，方将众人全收去。夫既遮遮掩掩将敬济隐于西门庆文中，则不必急为敬济结束。今既放手写敬济，是用于将到守备府中，即为之照冰鉴卜龟一样结束，以便下文一放一收而便结也。

　　此回作者极写人生聚难而散易，偶有散而复聚，聚而复散，无限悲伤兴感之意。故特写春梅既去，复寻旧游，适然相遇，因千古奇逢，亦千古之春梅念旧主人，而挂钱请酒之出于自然而然吧。

第九十七回 假弟妹暗续鸾胶
　　　　　　真夫妇明谐花烛

　　夫一回"热结"之假,"冷遇"之真,直贯至一百回内,而假父子则已处处点明。

　　桂姐之于月娘,银姐之于瓶儿,三官之于西门,西门之于蔡京是也。真父子,则磨镜之老人,李安之老母等类。至于假夫妇,满部皆是,并未有一真者。有自己之妻而为人所夺,且其妻莫不情愿随人,是虽真而实假也。有他人之妻而己占之,是以假为真,乃假中之愈假者也。故此处一写假弟妹,结上文如许之假夫妻;一写真夫妇,结上文如许之假弟妹。总之,为假夫妻结穴,见"色"字之空,淫欲之假,觉"东门"之叶,无此慨恻也。

　　看他下一"葛"字,便有正大光明,三媒六聘,全无一点苟合之意,所为真也。

　　总之"财色"二字,财是交游,着兄弟上讲,故用"冷热"二字;色是淫欲,着夫妻上讲,故用"真假"二字,总之一样也。

　　此处结黄三等一案,特为来保背主之罪下一审语,非有别也。

　　伯爵于此回文内,结其死者,盖至吴典恩、杨光彦,则十兄弟"热结"之文已完。下文云里守,乃借云以收月娘,非犹是"热结"文字。故此处以伯爵死即结煞"热结"之文矣。然则假弟妹,盖又结十兄弟也。总之,此回已完,下文另出爱姐,以劝假夫妻中之少有良心者。另出二捣鬼,以劝亲兄弟中之全无良心者,作第二番结束,以示叮咛告诫之意,实则此回已结完也。

第九十八回　陈敬济临清逢旧识　韩爱姐翠馆遇情郎

　　上文已大段结束，此回以下复蛇足爱姐何？盖作者又为世之不改过者劝也。言如敬济经历霜雪，备尝甘苦，已当如改过，乃依然照旧行径，贪财好色，故爱姐来而金道复来看敬济，言其饮酒宿娼，绝不改过也。虽有数年之艾在前，其如不肯炙何！故爱姐者，艾也，生以五月五日可知也。

第九十九回　刘二醉骂王六儿
　　　　　　张胜窃听陈敬济

　　此回乃完陈敬济一人之案，其取祸被杀，总是不肯改过，故用以艾炙之，则爱姐乃所以守节也。且欲一部内之各色人等皆改过，故又以爱姐结于此，且下及于一百回。总之作者著此一书，以为好色贪财之病，下一大大火艾也。

第一百回　韩爱姐路遇二捣鬼　普静师幻度孝哥儿

　　此回为万壑归源之海也。看他偏有闲笔，将王六儿安放湖洲，然后接一李安。噫！何以写李安哉？盖作者双结春梅、玉楼，见春梅虽风光占尽，却不如玉楼之淡薄于真定之中，而依理为安也。看他以飞天夜叉李贵，随李衙内之旁，而李安拿张胜，自云李贵是其叔，而今乃避春梅以往投之，凡三用笔而可知也。夫幸而处乱世之中，不为市井所污，一旦明心见理，得安于真定之天，以远此趋炎之消，则惟于理为依，是我之所安也。故玉楼为杏之名，家于真定，不趋严州，而李安又往投之也。一篇淫欲之书，不知却句句是性理之谈，真正是道书也。世人自见为淫欲耳！今经予批后，再看，便不是真正道学，不喜看之也，淫书云乎哉！

　　夫卖玉簪，不求名也。甘受西门之辱，能耐时也。抱恙含酸，能知几也。以李为归，依于理也。不住严州，不趋炎也。家于真定，见道的而坚立不移也。枣强县里，强恕而行，无敢怠也。义恤贫儿，处可乐道好礼，出能乘时为治，施吾义以拯民命于水火也。以捣鬼孝哥结者，孝悌乃为仁之本也。幻化孝哥，永锡尔类也。凡此者，杏也，幸也，幸我道全德立，且苟全性命于乱世之中。以视奸淫世界，吾且日容与于奸夫淫妇之旁，"尔焉能浼我哉？"吁！此作者之深意也。谁谓《金瓶》一书不可作理书观哉！吾故曰：玉楼者，作者以之自喻者也。

　　春梅死于周义，亦有说也。夫周者，舟也。周秀者，舟中遗

《红楼梦》与《金瓶梅》之关系

臭也,因春梅而遗臭也。周仁,舟人也。周忠,舟中也。惟周义,乃一义渡之舟,凡人可上,随处可留,喻春梅之狼藉不堪,以至于死也。且喻义舟随流而去,无所抵止,以喻一部中之人,纷纷纭纭于苦海波中,爱河岸畔,不知回头留住画舫以作宝筏,只知放乎中流随其所止,以沉没而后已。故普净座前,必用周义之魂往生为高留住儿,但愿世人一篙留住,以登彼岸。不枉了作者于爱河岸边捣此一百回鬼也。是故以爱姐遇二捣鬼,同往湖州何官人家,见王六儿守节者,自言作《金瓶梅》之意,千古痴人,谁能为作者一验其笔花也哉?

一部炎凉奸淫文字,乃结以"解冤"一篇,言动念便是财色,财色便有冤家也。

官哥之孽报,同孝哥之幻化,见官多有孽,孝可通神也。

一百胡珠结人云指挥梦里,见我之云中指示人梦在此一百回书,而人之读我一百回书,乃如在云中梦中,未必能知我之苦心也。

以玳安养月娘,又言危殆而当求安也。

月入云中,万事空矣,宜乎俱入空色之悟。

西门复变孝哥,孝哥复化西门,总言此身虚假,惟天性不变,其所以为天性致命者,孝而已矣。呜呼!结至"孝"字,至矣哉,大矣哉!凡有小说复敢之与争衡也乎!故周贫磨镜一回,乃是大地同一孝思,而共照于民胞物与之内也。

春梅嫁周秀,是欲人以载花船作宝筏也。"色"字大点醒处。

玉皇庙发源,言人之善恶皆从心出。永福寺收煞,言生我之门死我户也。

韩爱姐抱月琴,方知玉楼会月琴,与翡翠轩、葡萄架弹月琴之妙,盖一线全穿。玉楼是本能勤岁月者,爱姐是没奈何改过者,瓶儿、金莲是不能向上又不知改过者也。又,一部书皆是阮郎之泪。然则抱阮当痛绝千古而著此书欤！第一回弟兄哥嫂，以"弟"字起，一百回幻化孝哥，以"孝"字结，始悟此书，一部奸淫情事俱是孝子悌弟，穷途之泪。夫以"孝、弟"起结之书，谓之曰淫书，此人真是不孝悌。噫！今而后三复斯义，方使作者以前千百年，以后千百年，诸为人子弟者，知作者为孝悌说法于浊世也。

三遂平妖传序

张无咎

　　小说家以真为正，以幻为奇。然语有之：画鬼易，画人难。《西游》幻极矣，所以不逮《水浒》者，人鬼之分也。鬼而不人，第可资齿牙，不可动肝肺。

　　《三国志》人矣，描写亦工，所不足者幻耳。然势不得幻，非才不能幻，其季孟之间乎？尝辟诸传奇：《水浒》《西厢》也；《三国志》《琵琶记》也；《西游》，则近日《牡丹亭》之类矣。他如《玉娇丽》《金瓶梅》，另辟幽蹊，曲中奏雅。然一方之言，一家之政，可谓奇书，无当巨览，其《水浒》之亚乎？他如《七国》《两汉》《两唐宋》，如弋阳劣戏，一味锣鼓了事，效《三国志》而卑者也。《西洋记》，如王巷金家神说谎乞布施，效《西游》而愚者也。至于《续三国志》《封神演义》等，如病人呓语，一味胡谈。《浪史》《野史》等，如老淫土娼，见之欲呕，又出诸杂刻之下矣。

　　王穉山先生每称罗贯中《三遂平妖传》堪与《水浒》颉颃。余昔见武林旧刻本，止二十回，开卷即胡员外逢画，突如其来；圣姑姑不知何物，而张鸾、弹子和尚、胡永儿及任、吴、张等，后来全无施设，方诸《水浒》，未免强弩之末。兹刻回数倍前，盖吾友龙子犹所补也。始终结构有原有委，备人鬼之态，兼真幻之长。余尤爱其以伪天书之诬，兆真天书之乱，"妖由人兴"，此等语大有关系。即质诸罗公，亦云青出于蓝矣。使穉山获睹之，其叹赏又当何如耶？书已传于泰昌改元之年，子犹宦游，板毁于火，余重订旧叙而刻之。子犹著作满人间，小说其一斑，而兹刻又特其小说中之一斑云。楚黄张无咎述。

陶庵梦忆

张　岱

甲戌（1634）十月，携楚生住不系园看红叶。至定香桥，客不期而至者八人：南京曾波臣，东阳赵纯卿，金坛彭天锡，诸暨陈章侯，杭州杨与民、陆九、罗三，女伶陈素芝。余留饮。章侯携缣素为纯卿画古佛，波臣为纯卿写照，杨与民弹三弦子，罗三唱曲，陆九吹箫。与民复出寸许界尺，据小梧，用北调说《金瓶梅》一剧，使人绝倒。是夜，彭天锡与罗三、与民串本腔戏，妙绝；与楚生、素芝串调腔戏，又复妙绝。章侯唱村落小歌，余取琴和之，牙牙如语。……

续金瓶梅集序

西湖钓叟

小说始于唐宋,广于元,其体不一。田夫野老能与经史并传者,大抵皆情之所留也。情生则文附焉,不论其藻与俚也。《金瓶梅》旧本言情之书也。情至则易流于败检而荡性。今人观其显不知其隐,见其放不知其止,喜其夸不知其所刺。蛾油自溺,鸩酒自毙,袁石公先叙之矣。作者之难于述者之晦也。今天下小说如林,独推三大奇书曰《水浒》《西游》《金瓶梅》者,何以称乎?《西游》阐心而证道于魔,《水浒》戒侠而崇义于盗,《金瓶梅》惩淫而炫情于色,此皆显言之,夸言之,放言之,而其旨则在以隐,以刺,以止之间。唯不知者曰怪,曰暴,曰淫,以为非圣而叛道焉。乌知夫稗官野史足以翼圣而赞经者,正如云门韶濩,不遗夫击壤鼓缶也。夫得道之精者糟粕已具神理,得道之粗者金石亦等瓦砾,顾人之眼力浅深耳。

《续金瓶梅》者,惩述者不达作者之意,遵今上圣明颁行《太上感应篇》,以《金瓶梅》为之注脚,本阴阳鬼神以为经,取声色货利以为纬,大而君臣家国,细而闺壶婢仆,兵火之离合,桑海之变迁,生死起灭,幻入风云,果因禅宗,寓言亵昵,于是乎蔓理言而非腐,而其旨一归之劝世。此夫为隐言、显言、放言、正言而以夸、以刺,无不备焉者也。以之翼圣也可,以之赞经也可。西湖钓叟书于东山云居。

续金瓶梅凡例

紫阳道人

一、兹刻以因果为正论,借《金瓶梅》为戏谈,恐正论而不入,就淫说则乐观。故于每回起首先将《感应篇》补叙评说,方入本传。客多主少,别是一格。

一、小说以《水浒》《西游》《金瓶梅》三大奇书为宗,概不宜用之乎者也等字句。近观时作,半有书柬活套,似失演义正体,故一切不用。间有采用四六等句法,仿唐人小说者,亦即时改入白话,不敢粉饰寒酸。

二、此刻原欲戒淫,中有游戏等品,不免复犯淫语,恐法语之言与前集不合,故借潘金莲、春梅后身说法,每回中略为敷演,旋以正论收结,使人动心而生悔惧。

三、小说类有诗词,前集名为词话,多用旧曲。今因题附以新词,参入正论,较之他作颇多佳句,不至有直腐鄙俚之病。

四、前集中年月故事或有不对者,如应伯爵已死,今言复生,曾误传其死一句点过。前言孝哥年已十岁,今言七岁,离散出家,无非言幼小孤霜,存其意,不愿小失也。客中并无前集,迫于时日,故或错说,观者略之。

五、前止于西门一家妇女酒色饮食言笑之事,有蔡京、杨提督上本一二段,至末年金兵方入,杀周守备而山东乱矣。此书直接大乱,为南北宋之始,附以朝廷君臣、忠佞贞淫大略,如尺水兴波,寸山起雾,劝世苦心正在题外。

幽梦影

张 潮

《水浒传》是一部怒书，《西游记》是一部悟书，《金瓶梅》是一部哀书。

（江含徵曰：不会看《金瓶梅》而只学其淫，是爱东坡者，但喜吃东坡肉耳。）

脂砚斋重评石头记评语

　　写个个皆到，全无安逸之笔，深得《金瓶》壶奥。（庚辰本第十三回眉批）

　　此段与《金瓶梅》内西门庆、应伯爵在李桂姐家饮酒一回对看，未知孰家生动活泼？（甲戌本第二十八回薛蟠酒会处眉批。）

　　奇极之文，趣极之文。《金瓶梅》中有云："把忘八的脸打绿了，"已奇之至。此云"剩忘八"，岂不更奇！（庚辰本第六十六回柳湘莲说："东府里除了那两个石头狮子干净……我不做这剩忘八！"处双行夹批。）

歧路灯自序

李禄园

　　古有四大奇书之目，曰盲左，曰屈骚，曰漆庄，曰腐迁。迨于后世，则坊佣袭四大奇书之名，而以《三国》《水浒》《西游》《金瓶梅》冒之。呜呼，果奇也乎哉！《三国志》者，即陈承祚之书而演为稗官者也。承祚以蜀而仕于魏，所当之时，固帝魏寇蜀之日也。寿本左祖于刘，而不得不尊夫曹，其言不无闪灼于其间。再传而为演义，徒便于市儿之览，则愈失本来面目矣。即如孔明，三国时第一人也，曰澹泊，曰宁静，是固具圣学本领者。《出师表》曰："先帝知臣谨慎，故临终托臣以大事。"此即临事而惧之心传也。而演义则曰"附耳低言，如此如此"，不几成儿戏场耶？亡友郏城郭武德曰：幼学不可阅坊间《三国志》，一为所涸，则再读承祚之书，鱼目与珠无别矣。淮南盗宋江三十六人，肆暴行虐，张叔夜擒获之，而稗说加以"替天行道"字样，乡曲间无知恶少，仿而行之，今之顺刀手等会是也。流毒草野，酿祸国家，然则三世皆哑之孽报，岂足以蔽其"教猱升木"之余辜也哉！若夫《金瓶梅》，诲淫之书也。亡友张揖东曰：此不过道其事之所曾经，与其意之所欲试者耳。而三家村冬烘学究，动曰此左国史迁之文也。余谓不通左史，何能读此；既通左史，何必读此？老子云：童子无知而朘举。此不过驱幼学于夭札，而速之以蒿里歌耳。至于《西游》，乃取陈玄奘西域取经一事，幻而张之耳。玄奘河南偃师人，当隋大业年间，随估客而西。迨归，当唐太宗时。僧腊五十六,葬于偃师之白鹿原。安所得捷如猿猱、痴若豚豕之徒,而消魔扫障耶?感世诬民,佛法所以肇于汉而沸于唐也。余尝谓唐人小说,元人院本,为后世风俗大蛊。偶阅阙里孔云亭《桃花扇》,丰润董恒岩《芝龛记》,以及近今周韵亭之《悯烈记》,喟然曰:吾故谓填词家当有是也。藉科诨排场间,写出忠孝节烈,而善者自卓千古,丑者难保一身,使人读之为轩然笑,为潸然泪,即樵夫牧子厨妇爨婢,皆感动于不容己。以视王实甫《西厢》、阮园海《燕子笺》等出,皆桑濮也,讵可暂注目哉!因仿此意为撰《歧路灯》一册,田父所乐观,闺阁所愿闻。子朱子曰:善者可以发人之善心,恶者可以惩创人之逸志。友人皆谓于纲常彝伦间,煞有发明。盖阅三十岁以迄于今而始成书。前半笔意绵密,中以舟车海内,辍笔者二十年。后半笔意不逮前茅,识者谅我桑榆可也。空中楼阁,毫无依傍,至于姓氏,或与海内贤达偶尔雷同,绝非影射。若谓有心含沙,自应坠入拔舌地狱。乾隆丁酉八月白露之节,碧圃老人题于东皋麓树之阴。

消夏闲记

顾公燮

太仓王忬家藏《清明上河图》，化工之笔也。严世蕃强索之，忬不忍舍，乃觅名手摹赝者以献。先是，忬巡抚两浙，遇裱工汤姓，流浇不偶，携之归，装潢书画，旋荐于世蕃。当献画时，汤在侧，谓世蕃曰："此图某所目睹，是卷非真者，试观麻雀小脚，而踏二瓦角，即此便知其伪矣。"世蕃恚甚，而亦鄙汤之为人，不复重用。会俺答忬寇大同，十子方总督蓟辽，鄢懋卿嗾御史方辂劾忬御边无术，遂见杀。后范长白公（允临）作《一捧雪传奇》，改名《莫怀古》，盖戒人勿怀古董也。忬子凤洲（世贞）痛父冤死，图报无由。一日偶谒世蕃，世蕃问："坊间有好看小说否？"答曰："有。"又问："何名？"仓卒之间，凤洲见金瓶中供梅，遂以《金瓶梅》答之。但字迹漫灭，容抄正送览。退而构思数日，借《水浒传》西门庆故事为蓝本，缘世蕃居西门，乳名庆，暗讥其闺门淫放。而世蕃不知，观之大悦，把玩不置。相传世蕃最喜修脚，凤洲重赂修工，乘世蕃专心阅书，故意微伤脚迹，阴搽烂药，后渐溃腐，不能入值。独其父嵩在阁，年衰迟钝，票本批拟，不称上旨。上寖厌之，宠日以衰。御史邹应龙等乘机劾奏，以至于败。噫！怨毒之于人，甚矣哉！

戏戒四录

梁恭辰

钱塘汪棣香（福臣）曰："苏、扬两郡城书店中，皆有《金瓶梅》版。苏城版藏杨氏。杨故长者，以鬻书为业，家藏《金瓶梅》版，虽销售甚多，而为病魔所困，日夕不离汤药。娶妻多年，尚未有子，其友人戒之。………杨为惊寤，立取《金瓶梅》版劈而焚之。……其扬州之版，为某书贾所藏。某家小康，开设书坊三处。尝以是版获利，人屡戒之，终不毁。……某既死，有儒士捐金买版，始就毁于吴中。

新译红楼梦回批

哈斯宝

第九回　西厢记妙词通戏语
　　　　　牡丹亭艳曲警芳心

〔本回译自百二十回本第二十二、二十三回。〕

批曰：我读《金瓶梅》，读到给众人相面，鉴定终身的那一回（编者按：见第二十九回），总是赞赏不已。现在一读本回，才知道那种赞赏委实过分了。《金瓶梅》中预言结局，是一人历数众人，而《红楼梦》中则是各自道出自己的结局。教他人道出，哪如自己说出？《金瓶梅》中的预言，浮浅；《红楼梦》中的预言，深邃。所以此工彼拙。

红楼梦评

诸 联

书本脱胎于《金瓶梅》,而褻漫之词,淘汰至尽。中间写情写景,无些黠牙后慧。非特青出于蓝,直是蝉蜕于秽。

春雨草堂别集

宫伟镠

　　《金瓶梅》相传为薛方山先生笔，盖为楚学政时，以此维风俗、正人心。又云赵侪鹤公所为，陆锦衣炳住京师西华门，豪奢素著，故以西门为姓。后有《续金瓶梅》。乃山东丁大令野鹤撰，随奉严禁，故其书不传。

绘图真本金瓶梅序

蒋敦艮

曩游禾郡，见书肆架上有抄本《金瓶梅》一书，读之与俗本迥异，为小玲珑山馆藏本（按小玲珑山馆为淮阳鹾商马氏，藏书极富），赠大兴舒铁云，因以赠其妻甥王仲瞿者。有考证四则，其妻金氏加以旁注，而元美作书之宗旨乃揭之以出。书贾索值五百金，乃谋诸应观察以四百金购得之。此书久列禁书之中，儒林羞道之，实不知其微妙雅训乃尔（按此书大约有二本，马本外惟随园本，曾询诸仓山旧主，据云：幼时犹及见之，洪杨之劫，园既被毁，书亦不知所在云云），用是叹作伪者之心劳日拙，而忠臣孝子之心，卒能皎然自白于天下后世。分宜之富贵，东楼之贪侈，熏灼朝野数十年，已等于飘风之过耳。元美之口诛笔伐已快于九世之复仇，则此书之得以留遗，经一二名人之护持宝玩，完好如故，未始非天之劝善惩恶，有以阴相之也。此意曾与应观察道及之，拟集众力，付诸剞劂。观察以蒙禁书之嫌，故迟回而未有以应，人之好事，谁不如我，后岂无仲瞿其人乎？吾将完此书以待之。同治三年二月蒋敦艮识。

金瓶梅考证

王仲瞿

《金瓶梅》一书,相传明王元美所撰。元美父忬,以滦河失事,为奸嵩构死。其子东楼实赞成之。东楼喜观小说,元美撰此以毒药傅纸,冀使传染入口而毙。东楼烛其计,令家人洗去其药而后翻阅此书,遂以外传。旧说如此,窃有疑。元美为一代才人,文品何等峻洁,不应有此秽亵之作,阴险如东楼,既得其情,安得不为斩草除根之举。明知之而故纵之,亦非东楼之为人。得此原本而诸疑豁然矣。

曾闻前辈赵瓯北先生云:"《金瓶》一书为王元美所作,余尝见其原本(随园老人曾有此本),不似流传之俗本,铺张床笫等秽语,纸上傅药以毒东楼,其说支离不足信也"。元美当父难发后,兄弟踵嵩门哭吁贳罪,嵩以谩语慰之,而卒陷其父于死。元美与严氏有不共戴天之仇。当时奸焰薰灼,呼天莫诉,因作此书以示口诛笔伐。西门者影射东楼也,门下客应伯爵等影射胡植白启常王材唐汝楫诸人也。玳安等仆影射严年也。金瓶梅影射东楼姬妾也。西门倚蔡京之势影射东楼倚父嵩之势也。西门之盗人遗产谋人钱财,影射东楼之招权纳贿筐筐相望于道也。西门之伤发而死影射东楼之遭刭而死也。一家星散孝哥死后,吴月娘寄居永福寺,影射东楼服罪,家财籍没,奸嵩老病寄居墓舍,抑郁以终也。忠孝而作此书,而顾以淫书目之,此误于俗本而不观原本之故也。

《红楼梦》与《金瓶梅》之关系

原本与俗本有雅郑之别。原本之发行，投鼠忌器，断不压东楼生前书出传诵一时。陈眉公《狂夫丛谈》（此书曾于舒文处见抄本），极叹赏之，以为才人之作，则非今之俗本可知。或云李卓吾所作，卓吾即无行何至留此秽言？大约明季浮浪文人之作伪，何物圣叹从而扇生毒焰，扬其恶潮耳。安得举今本而一一摧毁之（按今本每回后有圣叹长批，大半俗不可耐或亦是后人伪记）。

按此原本乃小玲珑山馆主人赠舒文者，不知与云松观察所见之本有无异同（赵所见为随园本否，他日当问之），珍珠密字，楷法秀丽，余妻尤爱玩不置，绣余妆罢，意为之注，颇能唤醒恶人不浅，拟与舒文力谋付梓，为元美一雪其冤。

秀水王昙识于鉴湖偕隐庐，时乾隆五十九年十月十日也。

茶香室丛钞

俞 樾

　　今《金瓶梅》尚有流传本，而《玉娇李》则不闻有此书矣。余从前在书肆中见有名《隔帘花影》者，云是《金瓶梅》后本。余未披览，不知是否此书也。

桃花圣解庵日记

李慈铭

阅《孟邻堂文钞》，其《与明史馆提调吴子瑞书》，辨王民望、唐荆川事，谓："民望之死，非由于荆川。民望逮下狱时，荆川在南讨倭，已逾七月。至次年冬，民望死西市；而荆川已先半载卒于泰州舟中。可证野史言弇州兄弟遣客刺荆川死之妄。"其说甚确。然引万季野说云："民望与鄢懋卿同年相契，力恳其劾己以求罢。懋卿谓上于边事严，喜怒不可测，止勿劾。民望乃自属草，付其门人方辂上疏劾之。帝果大怒，遂下狱论死。"是民望之死，实自为之，与严氏亦无涉。然果尔，则卿州兄弟，何以切齿分宜？世蕃之刑，至买其一胛持归祭墓，熟而啖之。据沈德符《野获编》言，介溪以弇州兄弟皆得第，责怒世蕃，谓其不肖，世蕃遂谋中伤之。而民望闻杨忠愍之死，为之悲叹，属其子振卹其家，祸以此起。他书亦言分宜因弇州与忠愍游。又经纪其丧，适以求古画于民望不得，怒遂不解。盖论者谓以张择端《清明上河图》，荆川指其中一人闭口喝六，证为赝物，固属附会东坡指李公麟画故事。而王氏父子结衅严氏，则果有之事也。如杨氏言，则以荆川阅兵劾疏。实阴为民望解，鄢懋卿又力沮民望之求劾，似其死全出世宗意矣。

骨量琐记

邓之诚

《茶香客语》云:"《绣像水浒传》镂板精致,藏书家珍之,钱遵王列于书目,其像为陈洪绶笔。袁中郎《觞政》以《金瓶梅》配《水浒传》为外典,板刻亦精。此书为嘉靖中一大名士手笔,指斥时事,如:蔡京父子指分宜,林灵素指陶仲文,朱勔指陆炳。"又云:"有《玉娇李》一书,亦出此名士手,与前书各设报应。"当即世所传之《后金瓶梅》。前书原本少五十三回至五十七回。今所刊者,陋儒所补,肤浅,且多作吴语。后来惟《醒世姻缘》仿佛得其笔意。然二书皆托名齐、鲁人,何耶?李日华《味水轩日记》云:"万历四十五年十一月五日,伯远携景倩所藏《金瓶梅》小说来。大抵市诨之极秽者,而锋焰远逊《水浒传》。袁中郎极口赞之,亦好奇之过。"按:今传世《金瓶梅词话》,五十三至五十五回与通行本不同,有"乘船出游"事,口气亦不类,殆即所谓吴语。《词语》之序,题"万历丁巳",正四十五年,未知即味水所见否?

寒花盦随笔

　　世传《金瓶梅》一书，为王弇州先生手笔，用以讥严世蕃者。书中西门庆，即世蕃之化身。世蕃小名庆，西门亦名庆；世蕃号东楼，此书即以西门对之。或又谓此书为一孝子所作，用以复其父仇者。盖孝子所识一巨公，实杀孝子父，图报累累皆不济。后忽侦知巨公观书时，必以指染沫翻其书叶。孝子乃以三年之力，经营此书。书成粘毒药于纸角，觇巨公出时，使人持书叫卖于市曰："天下第一奇书。"巨公于车中闻之，即索观。车行及其第，书已观讫，啧啧叹赏，呼卖者问其值，卖者竟不见。巨公顿悟为人所算，急自营救，已不及，毒发遂死。今按：二说皆是。孝子即凤洲也。巨公为唐荆川。凤洲之父忬，死于严氏，实荆川谮之也。姚平仲《纲鉴挈要》，载杀巡抚王忬事，注谓："忬有古画，严嵩索之。忬不与，易以摹本。有识画者，为辨其赝。嵩怒，诬以失误军机杀之。"但未记识画人姓名。有知其事者，谓识画人即荆川。古画者，《清明上河图》也。凤洲既抱终天之恨，誓有以报荆川，数遣人往刺之。荆川防护甚备。一夜，读书静室，有客自后握其发，将如刃。荆川曰："余不逃死，然须留遗书嘱家人。"其人立以俟。荆川书数行，笔头脱落，以管就烛，佯为治笔，管即毒弩，火热机发，镞贯刺客喉而毙。凤洲大失望。后遇于朝房，荆川曰："不见凤洲久，必有所著。"答以《金瓶梅》。其实凤洲无所撰，姑以诳语应尔。荆川索之切。凤洲归，广召梓工，旋撰旋刊，以毒水濡墨刷印，奉之荆川。荆川阅书甚急。墨浓纸粘，卒不可揭，乃屡以指润口津揭书，书尽，毒发而死。或传此书为毒死东楼者，不知东楼自正法，毒死者，实荆川也。彼谓"以三年之力成书",及"巨公索观于车中"云云,又传闻异词者尔。不解荆川以一代巨儒,何渠甘为严氏助虐,而卒至身食其报也?

缺名笔记

　　《金瓶梅》为旧说部中四大奇书之一。相传出王世贞手，为报复严氏之督亢图。或谓系唐荆川事。荆川任江右巡抚时，有所周纳，狱成，置大辟以死。其子百计求报，而不得间。会荆川解职归，遍阅奇书，渐叹观止；乃急草此书，渍砒于纸以进，盖审知荆川读书，必逐叶用纸粘舌，以次披览也。荆川得书后，览一夜而毕，蓦觉舌本强涩，镜之黑矣，心知被毒，呼其子曰："人将谋我，我死，非至亲不得入吾室。"逾时，遂卒。旋有白衣冠者，呼天抢地而至，蒲伏于其子之前，谓曾受大恩于荆川，愿及未盖棺前，一亲其颜色。鉴其诚，许之入，伏尸而哭甚哀。哭已，再拜而出。及殓，则一臂不知所往。始悟来者即著书之人，因其父受缳首之辱，进酖不足，更残其支体以为报也。二说未知孰是？观袁中郎《锦帆集》，有"伏枕读《金瓶梅》，云霞满纸，胜于枚生《七发》"等语，则是书史重已久，然实芜秽不足观，不只卷末建醮托生一回，荒诞不经也。

明人章回小说

黄 人

　　有明一代之史多官样文章，胡芦依样，繁重而疏漏，正与宋史同病。私家记载，间有遗轶可补，而又出于个人恩怨，及道路传闻。若夫社会风俗之变迁，人情之滋漓，舆论之向背，反多见于通俗小说。且言禁方严，独小说之寓言十九，手挥目送可自由抒写，而内容宏富，动辄百万言，庄谐互引，细大不捐，非特可以刍荛补简册，又可为普通教育科本之资料。虽或托神怪，或堕猥亵，而以意逆志，可为人事之犀鉴。盖胜朝有种种积习，为治乱存亡之原动力者，史多讳而不言，可于小说中仿佛得之。略举如下：

　　一、不平等专制之毒，未有剧于明者也。君主威福过于上帝，诸臣虽身登三事列清要，而以奴隶畜之，盗贼待之，夷僇髡钳，惟意所施。胡明之士大夫未有不受刑辱者。而受刑辱者，君子尤多于小人，非臆说也。试观有明卿相之受诛，不数倍阉寺嬖幸乎。而士夫则乙科以上对于编氓皆得而鱼肉之。大僚之对于下吏亦皆得操其生死荣辱，重重压力，成此弱肉强食世界。故小说人物每假一巨阀，遘谗罹祸，骈首夷族，其裔流为奴厮，或潜草泽。至一日得志，尽乃杀其仇家以报，且以啸聚暗杀为忠义，淫奔贿迁为佳话。盖怨毒之甚而出此也。

　　二、科举毒，明人视登高第若遐举，故有一种遗传科第热。修德立行为科第也，读书考古为科第也，倾轧标榜、钻营苞苴为科第也，即名人宏制出其余沈而必高谈时艺重科第也。不得则如在九幽，一得即直腾霄汉，泥金报捷，则贫者富，弱者强，死者亦几可复生。尤重进士第一人，谓是入阁捷径。盖世奇荣状元宰相四字，奔走颠倒一世之人。其实明之状元，不论才品，多以门荫墓金得之。朝廷亦以俳优待之，阁臣亦绝无宰辅价值。不过天子之外记室，为阉人司礼秉笔之副而已。然举世懵然不惜也。其现象可于小说中验之。

三、迷信，学仙奉佛及崇奉因果报应，已思想最高矣。以星命堪舆为方针，以狐鬼訾祥为故实。故神怪小说最为社会欢迎。

四、奢淫，明时无藩镇之分敛，及金缯之岁输，故物力稍纾于唐宋，而侈风起焉。宫廷倡之，上行下效，一命以上中人之家，必有园林声伎之奉，缙绅无论矣。一土豪，一游士，以至胥吏仆御，亦器用饰金银，家人曳纨绮，消耗既巨，立致穷困，则设法取足，于是上婪贿下中饱，弱者用诈，强者肆力。而宵人之猎食常遍于江湖，嫘徒之御人不绝于都市，以间谍为业，而酿成倭房之巨创，以啸聚营生而卒召闯献之革命。彼小说中以采兰赠芍为佳话，以揭竿斩木为英雄，非丧心焉，实有慨乎其言之也。

小说丛话

《金瓶梅》一书，作者抱无穷冤抑，无限深痛，而又处黑暗之时代，无可与言，无从发泄，不得已借小说以鸣之。其描写当时之社会情状，略具一斑，然与《水浒传》不同。《水浒》多正笔，《金瓶》多侧笔，《水浒》多明写，《金瓶》多暗刺；《水浒》多快语，《金瓶》多痛语；《水浒》明白畅快，《金瓶》隐抑凄侧；《水浒》抱奇愤，《金瓶》抱奇冤；处境不同，故下笔亦不同。且其中短简小曲，往往隽韵绝伦，有非宋词元曲所能及者。又可征当时小人女子之情状，人心思想之程度，真正一社会小说，不得以淫书目之。（平子）

吾见小说中，其回目之最佳者，莫如《金瓶梅》。《金瓶梅》之声价，当不下于《水浒》《红楼》，此论小说者所评为淫书之祖宗者也。余昔读之，尽数卷，犹觉毫无趣味，心窃惑之。后乃改其法，认为一种社会之书以读之，始知盛名之下，必无虚也。凡读淫书者，莫不全副精神贯注于淫秽之处。此外，则随手披阅，不大留意，此殆读者之普通性矣。至于《金瓶梅》，吾固不能谓为非淫书，然其奥妙，绝非在写淫之笔，盖此书的是描写下等妇人社会之书也。试观书中之人物，一启口，则下等妇人之言论也；一举足，则下等妇人之行动也。虽装束模仿上流，其下等如故也；供给拟于贵族，其下等如故也。若作者之宗旨在于写淫，又何必取此粗贱之材料哉？论者谓《红楼梦》全脱胎于《金瓶梅》，乃是《金瓶梅》之倒影云，当是的论。若其回目与题词，真佳绝矣。

杂　说

吴趼人

　　……《金瓶梅》《肉蒲团》，此著名之淫书也。然其实皆惩淫之作。此非独著者之自负如此，即善读者亦能知此意，固非余一人之私言也。顾世人每每指为淫书，官府且从而禁之，亦可见善读书者之难其人矣。推是意也，吾敢谓今之译本侦探小说，皆诲盗之书。夫侦探小说，明明为惩盗之书也，顾何以谓之诲盗？夫仁者见之谓之仁，智者见之谓之智。若《金瓶梅》《肉蒲团》，淫者见之谓之淫；侦探小说，则盗者见之谓之盗耳。呜呼！是岂独不善读书而已耶，毋亦道德缺乏之过耶？社会如是，捉笔为小说者，当如何其慎之又慎之。……

中国历代小说史论

王钟麟

……吾谓吾国之作小说者,皆贤人君子,穷而在下,有所不能言、不敢言,而又不忍不言者,则姑婉笃诡谲以言之。即其言以求其意之所在,然后知古先哲人之所以作小说者,盖有三因:

一曰愤政治之压制。……

二曰痛社会之混浊。吾国数千年来,风俗颓败,中于人心,是非混淆,黑白易位。富且贵者,不必贤也,而若无事不可为;贫且贱者,不必不贤也,而若无事可为。举亿兆人之材力,咸戢戢于一范围之下,如羊豕然。有跅弛不羁之士,其思想或稍出社会水平线以外者,方且为天下所非笑,而不得一伸其志以死。既无可自白,不得不假俳谐之文以寄其愤:或设为仙佛导引诸术,以鸿冥蝉蜕于尘埃之外,见浊世之不可一日居,而马致远之《岳阳楼》、汤临川之《邯郸记》出焉,其源出于屈子之《远游》。或描写社会之污秽浊乱贪酷淫媟诸现状,而以刻毒之笔出之,如《金瓶梅》之写淫,《红楼梦》之写侈,《儒林外史》《梼杌闲评》之写卑劣。读诸书者,或且訾古人以淫冶轻薄导世,不知其人作此书时,皆深极哀痛,血透纸背而成者也,其源出于太史公诸传。

三曰哀婚姻之不自由。……

中国三大小说家论赞

王钟麟

……是以天僇生生平虽好读书,然不若读小说;读小说数十百种,有好有不好。其好而能至者,厥惟施耐庵、王弇州、曹雪芹三氏所著之小说。

……时则有若王氏之《金瓶梅》。元美生长华阀,抱奇才,不可一世,乃因与杨仲芳结纳之故,至为严嵩所忌,戮及其亲,深极哀痛,无所发其愤。彼以为中国之人物、之社会,皆至污极贱,贪鄙淫秽,靡所不至其极,于是而作是书。盖其心目中固无一人能少有价值者。彼其记西门庆,则言富人之淫恶也;记潘金莲,则伤女界之秽乱也;记花子虚、李瓶儿,则悲友道之哀微也;记宋蕙莲,则衷谗佞之为祸也;记蔡太师,则痛仕途黑暗,贿赂公行也。嗟乎!嗟乎!天下有过人之才,遭际浊世,抱弥天之怨,不得不流而为厌世主义,又从而摹绘之,使并世者之恶德。不能少自讳匿者,是则王氏著书之苦心也。轻薄小儿,以其善写淫媟也宝之,而此书遂为老师宿儒所诟病,亦不察之甚矣。

……由是观小说,至此三书,真有观止之叹矣。吾国小说。非无脍炙人口,在此三书外者。……

对《红楼梦》
为淫书说的批评

评阚铎的《红楼梦抉微》

郭豫适

此书阚铎（字霍初）著，署"无冰阁校印"，民国十四年（1925）天津大公报馆印行。

《红楼梦抉微》不但是索隐派中的恶札，而且也是《红楼梦》研究史上最腐败的著作之一。在《红楼研究小史稿》第四章中，我们曾经谈到，光绪年间"梦痴学人"的《梦痴说梦》"是《红楼梦》研究史上一部难得的反面教材"；这里所要加以批判的《红楼梦抉微》，则更是一部罕见的反面教材。这两部反面教材稍有不同之处，是《梦痴说梦》把《红楼梦》歪曲成一部"丹书"，《红楼梦抉微》则把《红楼梦》诽谤成为一部"淫书"。"丹书"之类的昏庸说教，或许能够领会的读者并不多；而"淫书"之类的恶意宣扬，则颇易使一般读者受害。就这个意义说，两书都是属于《红楼梦》研究中最反动的作品，但后者对于读者的危害似超过前者。

本来，《红楼梦》出现之后，视《红楼梦》为"导淫"之书的，并不乏其人；但像阚铎这样，专门写一本书来证明《红楼梦》之为"淫书"，在整个《红楼梦》研究史上实在是唯一的"创造"。

《红楼梦抉微》一书共九十余页（每页上下两面），约四万言以上。此书除作者自序外，列题一百七十余个，有文一百六十余则。每则文字多寡不等。此书是随笔类的形式，索隐派的作风，

《红楼梦》与《金瓶梅》之关系

内容则是以《红楼梦》和《金瓶梅》相比,且又多从秽亵处着眼。

本书卷首有作者作于民国十三年(1924)的序。序中说:

> 成同以来,红学大盛,近则评语索隐,充塞坊肆,较之有井华水处无不知有柳屯田,殆已过之。然青年男女,沉酣陷溺,乃如鼷鼠食人,恬然至死而不自觉。嘻,何其甚也!《红楼》大体高华贵尚,不至令人望而生厌,而丑秽俗恶,遂随之深入于人心。天下之最可畏者莫若伪君子,彼真小人者,人人避之若浼,诚不如伪君子日日周旋于缙绅之间,反得肆其蛊惑之毒。《金瓶梅》者,真小人也。著《红楼梦》者,在当日不过病《金瓶》之秽亵,力矫其弊而撰此书。初不料代兴以来,乃青出于蓝,冰寒于水,一至于此。

这就是说,《金瓶梅》是一部粗俗的淫书,《红楼梦》则是一部文雅的"淫书"。粗俗的淫书,人知所避,不易受毒,文雅的"淫书",则披着美丽的外衣,读者不知所避,"反得肆其蛊惑之毒"。故《红楼梦》这一"伪君子",比《金瓶梅》这一"真小人",尤为"可畏",更为有害者也。

"兰陵笑笑生"至今不知是何许样人,《金瓶梅》即此人所作。《金瓶梅》是明代出现的一部著名的长篇小说,这部作品在文学史上的地位和意义如何,它在读书界和社会上所起的影响作用如何,总之关于它的是非功过,恐非三言两语所可说尽。所可肯定的是,"淫书"两字,不足全面概括其内容和价值,但它确实又有许多男女两性关系的猥亵描写。然而无论如何,把《红楼梦》和《金瓶梅》相比,说它"青出于蓝,冰寒于水",是一部

对《红楼梦》为淫书说的批评

比《金瓶梅》更"淫"、更"毒",因而也更有害的书,则实实在在是热昏的胡话,恶毒的诬蔑。

阚铎自序的下半段说:

> 不佞自语澈《红楼》全从《金瓶》化出一义以来,每读《红楼》,触处皆有左验,记以赫蹏,岁月既淹,裒然成帙。匪敢发前人之覆,实欲觉后来之迷。但仍举似一例,以待反隅。读吾此书者再读《红楼》,其有异于未读吾书时之感想,固可断言。即再读诸家之评论考据,或亦怃然为间,更未可知。惟《金瓶》虽是杰作,仍不欲家有其书,故于可供参证之处,一一摘录,不徒省对证之劳,亦借免诲淫之谤也,读者鉴诸。

这位评论家认为清朝咸丰、同治以来,很多人对《红楼梦》进行评论、索隐,盛况过于北宋柳永词作的广泛流传,但均未能救治青年男女中《红楼梦》之毒,言下之意,诸种评《红楼梦》的书,均不能揭示《红楼梦》之真义,拯读者于"沉酣陷溺";唯有他高人一等,既能"悟澈"《红楼梦》全从《金瓶梅》"化出"的真义,又有救世的菩萨心肠,著为此书,"实欲觉后来之迷"。他说不欲使人家有《金瓶梅》,"借免诲淫之谤";但他为了搞"参证",从《金瓶梅》里摘录那些段落,特别是摘录那些企图引导读者把《红楼梦》当作"淫书"看的段落,不也是一种"诲淫"的说教吗?

《红楼梦抉微》题、文两者的关系,与我们评述过的"草舍居士"的《红楼梦偶说》不同。《红楼梦偶说》一书各篇的题目是各篇文章的第一句话,这第一句话不一定能概括该文的内容;此书则题文一致,可以从题目窥见文章所要说明的中心内容。今

《红楼梦》与《金瓶梅》之关系

稍摘引一部分在此,使读者由此知道该书所谈的是一些什么东西。计有:"以贾代西门之铁证","贾雨村应注重村字","黛玉与金莲皆曾上过女学","《水浒》化为《金瓶》《金瓶》化为《红楼》之痕迹","《红楼》以孝作骨,《金瓶》以不孝作骨","两书之僧尼","两书之官吏卖法","两书之雪天戏叔","两书在服中作种种之不肖","两书叙事之章法","通灵玉究竟是何物","石头是玉之前身,西门是孝哥之前身","宝玉赐人之故","宝玉怕二老爷","闹书房与闹花院","黛玉之与金莲"及"上学裁衣之相同","葬花之真诠"与"化灰下水与葬坟之别","葬花诗之解释","'偷香玉'三字之意义","焚稿与丧子","黛玉何以姓林","宝钗与李瓶儿","绣鸳鸯描摹横陈之所本","以偷香对窃玉切实发挥","贾珍与可卿之关系","叔公与侄妇之关系","会芳园赏花之所由","可卿丧事与瓶儿丧事之比较","熙凤与王六儿","元春之与吴月娘","迎春与李娇儿","探春与孟玉楼","惜春与孙雪娥","妙玉遭劫与孙雪娥被拐","湘云之与李桂姐","薛姨妈之与王婆","刘老老之与应花子","尤二姐之与瓶儿","晴雯之与瓶儿","袭人之与金莲","袭人之与春梅","袭人之与瓶儿","情解石榴裙与醉闹葡萄架","鸳鸯之与玉箫","林四娘与林太太","两书魇魔法之相似","湘莲打薛蟠即武松打西门","湘莲杀三姐即武松杀金莲","夏金桂合金莲桂姐为一人",等等。

纵观全书内容,约略可归纳为三点。一是认为《红楼梦》从《金瓶梅》一书"化出",这是《红楼梦抉微》一书的基本观点。二是认为《红楼梦》里的人物,是《金瓶梅》里面的人物的"化身"。三是认为《红楼梦》里面的一些事件故事,是《金瓶梅》里面的事件故事的仿写或续写。这三个方面互相交叉。并且其中往往着重于将《金瓶梅》中男女关系的描写来比照《红楼梦》，把《红楼梦》也说成是一部"淫书"。

《红楼梦抉微》七述三个方面的内容，是通过许多形而上学的、极其牵强附会的方法来加以论证的。今就该书上述三个方面，各略举例如下。

所谓《红楼梦》系从《金瓶梅》一书"化出"的理由，可以本书第一条"抉微"为例。此条题为《以贾代西门之铁证》，文云：

> 《红楼梦》何以专说贾府之事？《金瓶梅》十八回《赂相府西门庆脱祸》，因兵科给事中字文虚中等，奏劾蔡京、王黼、杨戬一案，杨戬亲党有西门庆姓名在内，西门庆遣家人来保赴东京打点，曲蔡攸具函嘱托右相李邦彦，并送银五百两，只买一个名字。李邦彦取笔将文卷上西门庆名字改作贾廉云云。《红》书之以贾代西门，即发源于此。

原来，曹雪芹写《红楼梦》时，为了确定他笔下一个家族的姓氏，却必须到《金瓶梅》里寻找根据。就因为《金瓶梅》里写到那个李邦彦把"西门庆"的名字改作"贾廉"，于是曹雪芹便把他的小说所要着重描写的那个大家族起姓为"贾"。《红楼梦》评论史上奇谈怪论真是层出不穷，这里又是一个！从这条"抉微"，我们可以知道，阚铎分明是脑子里先有了《红楼梦》是从《金瓶梅》"化出"这样的一个观念，然后挖空心里地去寻找一切可以比拟的地方的；否则他怎么能够把《金瓶梅》里有人改"西门庆"为"贾廉"这样一个枝节，挑剔出来作为《红楼梦》所写"贾府之事"即是《金瓶梅》里西门庆家的事的"铁证"呢？

所谓《红楼梦》的人物，是《金瓶梅》里的人物的"化

《红楼梦》与《金瓶梅》之关系

身",可举其论证"林黛玉即潘金莲"为例。其中有一则题曰《黛玉之与金莲·上学裁衣之相同》,文如下:

> 林黛玉即潘金莲。颦儿者,言其嘴贫也。一部《红楼》,林于文字为最长,一部《金瓶》,金莲于诗词歌赋无所不能。盖林曾从贾雨村读书,此外并无一人曾上过学。潘亦于七岁往任秀才家上过女学,为《金瓶》各人所无。又谓林能自己裁衣,于他人并未明点,盖潘乃潘裁之女,九岁入王招宣府,又能为王婆裁缝寿衣。潘之精于女红,为《金》书注意之笔,亦可作一确证。

这里又有一个"确证"!这种"确证"实在是经不起批驳的。如果从古代文学作品里寻出一个女子,文才甚好又精于女红,即可看作是林黛玉的前身,那么林黛玉的前身就未免太多了。林黛玉是出身盐宦之家的贵族小姐,潘金莲是出身裁缝的女孩;林黛玉生活在贾府和大观园那样的环境里,潘金莲生活于恶霸西门庆家中;林黛玉始终爱贾宝玉,潘金莲则朝三暮四。总而言之,林黛玉是一个具有叛逆思想性格的贵族小姐,潘金莲则是一个庸俗淫荡的市侩女性。两者究有什么相同之处?

在《红楼梦》评论史上,有些红学家对林黛玉这个人物,千猜万比,有的说她是影射朱竹坨,有的说她是影射康熙的废太子胤礽,有的又说她是秦淮名妓董小宛,如此等等,不一而足。现在阚铎竟又"发展"了一步,把她的前身,找到了《金瓶梅》里潘金莲这个淫荡女子的身上,这真是愈趋愈下。即此一端,也可见索隐派红学之愈来愈下贱了!

《红楼梦抉微》把《红楼梦》里人物几乎都说成是《金瓶梅》人物的化身,除了说贾宝玉是西门庆,林黛玉是潘金莲,薛宝钗是李瓶儿，王熙凤是王六儿，湘云是桂姐之外，又说什么元春、迎春、探春、惜春分别是吴月娘、李娇儿、孟玉楼、孙雪娥，又说袭人是春梅，晴雯是玉箫，等等。但阚铎的这些说法，往往又是自相矛盾、混乱不堪的。如他说宝玉是西门庆，但一会儿又说是西门庆的儿子孝哥的化身；一方面说林黛玉是潘金莲，袭人是春梅，另方面又说袭人也是潘金莲，尤三姐也是潘金莲，如此等等，实在是昏话连篇，随口乱嚼。

所谓《红楼梦》里面叙写的事，即是《金瓶梅》里所写的事，这里且举两例。一是说《红楼梦》里林黛玉葬花，即是《金瓶梅》里李瓶儿葬花子虚。《葬花之真诠·化灰下水与葬坟之别》云：

黛玉葬花即指金莲死武大，瓶儿死花二而言。瓶儿原从金莲化出，故花二之死，与武大异曲同工，其所葬之花，并非虚指，即花子虚也。……《红》二十三回……按，此段先说撂了好些在水里者，即指西门与金莲曾将武大尸身焚化，撒入澥骨池水中。黛云水里不好，拿土埋上，日久随土化了。宝云帮你收拾者，是谓子虚死后，瓶儿请了西门过去，与他商议买棺入殓，念经，发送到坟上安葬，此非葬花而何？却是移作葬武不得。盖武大化灰下水，并无坟之可言！（着重点引者所加）

请读者想想，树上的落花，在这里却变成了人的死尸！林黛玉葬花，在这里却变成了什么潘金莲和西门庆葬武大，变成了什么李瓶儿和西门庆葬花子虚！《红楼梦》里葬花那个动人的故事，就这样被这位索隐家强加污染，变成《金瓶梅》里那种十足的丑恶事件了。是可忍孰不可忍！

《红楼梦》与《金瓶梅》之关系

另可举一例,是说《红楼梦》里写贾宝玉踢人,乃从《金瓶梅》里面西门庆好打老婆而来的。其妙论见《宝玉踢人之故》,文云:

> 西门庆是打老婆的班头,降妇女的领袖。如打金莲,打瓶儿,种种皆其实据。《红楼》全用倒影法,既以宝玉作西门,故将宝玉写成一个受打受降的温柔手段,是为反写;于另一面又受政老之毒打,是为倒写;又于另一面写踢袭人窝心脚,既为侧面文章,又映带西门之踢武大心口,盖谓宝玉并非不会踢人者耳。(着重点引者所加)

请问,贾宝玉有一次生气时无意中踢伤了袭人的腰,这跟西门庆有意行凶、脚踢武大心口有什么关系?跟西门庆好打老婆又有什么相干?这不是随意瞎扯吗?《红楼梦抉微》说西门庆淫,所以贾宝玉也淫,这还可以说是根据某种相同的现象来推断,然而《红楼梦》在这方面着重描写的乃是"意淫",所以如果据此得出结论说贾宝玉即是西门庆,这本来就是荒谬的评论。至于说到对待女性的态度,则《红楼梦》写贾宝玉对姐妹们一贯是"温柔"、服小的,这跟西门庆的粗暴凌虐女性,根本是完全相反的两种情况,怎么能拿来相比,证明贾宝玉即是西门庆呢?阚铎自知对此无法说服读者,于是便曲为解释,说这是《红楼梦》作者使用什么"倒影法",什么"反写""倒写""侧面文章",以此作为他进行这种无聊而又荒谬的"抉微"的遁词。

《红楼梦抉微》在"抉"《红楼梦》之"微"时,联系《红楼梦》《金瓶梅》两书的人物和故事,常着眼于男女关系的叙写,除了考究"贾珍与可卿之关系""叔公与侄妇之关系"之类外,竟又胡说什么"湘云醉眠芍药裀，即《金》书五十二回之山洞戏春娇"（《湘云之与李桂姐》），"宝玉挨打，似琴童挨打。打宝玉而黛玉心疼，打琴童而金莲暗泣"（《宝玉挨打之故》）之类。这种"抉微"，只能说是造谣罢了。此外，书中多处对"通灵玉"所作的那种荒唐而又下流的解释，反复讲什么"闭目想象，必当失笑"之类的话，均属故意引导读者入于邪想。凡此等等，为了不致污染我们的笔墨，也就不想具体引述了。但我们必须如实地指出，那些文字的存在，充分地暴露那个满脑子以《红楼梦》为"淫书"的索隐派，实在是一个荒唐、下作的评论家。

"自心不净，则外物随之"（《汉文学史纲要》第二篇），《红楼梦》研究中此类评论，使人不禁想起鲁迅说过的这两句话。世上确是有那样一些无聊的人，喜欢以肮脏的思想去"研究"文学作品的。他们常用"索隐""抉微"的办法，专去寻找或硬派给这些作品以不洁的东西。

"看《红楼梦》人，有专从暧昧著想象。如迎春受虐，为非完璧；惜春出家，为已失身；宝钗扑蝶坠胎，故以小红、坠儿二名，点醒其事；湘云眠芍药裀，是与宝玉私会，为袭人撞见，故羞向人。"据有的评论家说，"如此之类，也具只眼，然非作者本意所注重，故不必好为刻深。"（《红楼梦索隐提要》）但在我们看来，这类"索隐"，已经不止于什么想入非非，简直是凭空污人清白了。

我们并不是说，《红楼梦》书中没有在某些地方写到男女两性关系。脂评就告诉人们，小说原稿曾有过"秦可卿淫丧天香楼"的描写，由于批书人的劝告，作者把它删却了。但因为删而未尽，故小说于秦可卿的有关描写中，仍存有此等痕迹。关于贾珍、贾琏、贾瑞、薛蟠之流的此类丑恶情况，作者也是带着讽刺、暴露的用意不止一次写到的。问题是在于，我们应当实事求

《红楼梦》与《金瓶梅》之关系

是地估计此类情况的叙写在整部小说中占着怎样的地位,以及作家所抱的态度。如果不作实事求是的比较分析,而是挖空心思地去挑剔破绽,甚至无中生有地制造谣言,把《红楼梦》跟《金瓶梅》都说成是"淫书",那实在是对《红楼梦》的歪曲和诽谤。在二百多年来的《红楼梦》研究中,从这方面来对《红楼梦》进行诬蔑诽谤的,阚铎的《红楼梦抉微》,其荒唐和丑恶真可谓登其峰而造其极了。

《红楼梦小史续稿》第五章第二节